Avec elle

Du même auteur

J'ai voulu appeler maman pour lui dire ma mère est morte, Plon, 2001.

Je, tu, île : mes îles Saint-Louis, Le Seuil, 2004.

Daniel Schick

Avec elle

PLON
www.plon.fr

Ouvrage publié sous la direction
de Véronique de Bure

12, avenue d'Italie
75013 Paris
Tél. : 01 44 16 09 00
Fax : 01 44 16 09 01
www.plon.fr

Mise en pages : Facompo (Lisieux)

Dépôt légal : octobre 2017

ISBN : 978-2-259-25999-6

« Si le feu brûlait ma maison, qu'emporterais-je
J'aimerais emporter le feu… »
Jean Cocteau

« J'ai trop le désir qu'on respecte ma liberté
pour ne pas respecter celle des autres. »
Françoise Sagan

« On vit de ce que l'on obtient.
On construit sa vie sur ce que l'on donne. »
Winston Churchill

« Plus je vieillis et plus je trouve qu'on ne peut vivre qu'avec les êtres qui vous libèrent… »

Albert Camus

Avant-propos

Ce n'est pas un journal intime, quoique.

C'est une longue lettre qui lui est adressée, mais pas que cela.

Ce n'est pas un roman, pourtant tout est romanesque.

Les chapitres sont ceux de nos vies. Ils sont comme des nouvelles. Ils sont des nouvelles d'elle, inspirées par elle.

C'est un portrait d'elle, tricoté à partir de moments partagés, croqués avec elle.

Nous nous sommes rencontrés sur une île autour d'un piano atrophié. Je ne savais pas qu'elle était une chanteuse adulée. Ensuite, j'ai pris le chemin de sa maison de Triel. Les nôtres se sont frôlés, entremêlés. À son mariage, j'étais là. À la mort de ma mère, elle était là. Lorsque j'ai failli tuer une mouche ou perdre un amour, elle était là aussi. Quand l'alcool l'a vampirisée, je l'ai courageusement abandonnée. Je l'ai vue chanter à Bapaume et triompher à l'Olympia. Je l'ai rejointe à Ibiza. J'ai épousé ses silences et embrassé ses rires. Elle m'a appris à éplucher les pommes de terre et à me taire face au silence que le beau impose.

Elle est Véronique Sanson, indomptable, déterminée, libre, en rage souvent, douce toujours.

Pour ne pas la perdre, il faut savoir l'attendre, accepter ses périodes grises, ses absences. Vient le joyeux, toujours. Quand elle est lumineuse, elle l'est beaucoup.

Quant à la lumière, c'est celle du crépuscule que nous préférons.

Elle n'est pas intervenue, à peine. Elle n'a fait que corriger des montagnes de fautes d'orthographe.

1

Partout

Elle dépend du vent. Lorsque le vent souffle, elle dodeline et se met à chanter ou plus exactement à bourdonner. Elle tinte gaiement ou timidement en fonction des humeurs du temps. Assez maladroitement, elle tourne sur elle-même, suspendue dans l'air. Sa vie ne tient qu'à un fil, comme chaque vie. Elle est un mobile. Composé de perles multicolores en verre et de silhouettes de chats de pacotille découpées dans des plaques en métal doré, il amuse les oiseaux et distrait les hommes. Enfin, un homme.

Elle m'a offert cet objet sans importance, devenu indispensable. Elle en possède un aussi. Dès que les clochettes se laissent titiller par le vent, l'objet danse sur mon balcon. Elle est là, pas loin, jamais loin, tout près, à deux mètres de mon canapé, quatre mètres cinquante de mon bureau, huit mètres de mon lit. Ce mobile est coquet sans ostentation, comme elle. Il dépend du vent. Elle dépend de la scène. Les clochettes sont joueuses, des gamines comme elle. Elles sont silencieuses et tristes quand le vent les ignore et que tout est morne. Lorsqu'un jour ressemble à un autre, elle est morne aussi. Les clochettes sont exaltées si le vent devient chef d'orchestre et qu'il fait tout vibrer. Elle est exaltée quand elle monte sur scène. Ce mobile n'est pas sérieux. Elle aimerait ne jamais l'être mais elle connaît trop les choses graves de la vie. Elles lui ont fait perdre son innocence. Elle résiste comme le font les clochettes quand le vent est mauvais. Le temps use. Il brusque. Elle s'en accommode. Elle le défie. Les clochettes sonnent encore malgré leur rouille. Elle écrit, elle compose, elle chante malgré tout, pas contre tout, mais malgré tout.

Avec ses chats découpés dans le métal, ses perles rondes joyeuses, son long fil qui pendouille, l'objet qui s'agite au-dessus du balcon ressemble à un dessin d'enfant. Elle aurait pu l'avoir dessiné. Elle n'a pas quitté l'enfance bien qu'elle soit devenue grand-mère. Quand une tempête approche, les chats, les perles et les clochettes ont besoin qu'on les protège, qu'on les range dans une boîte comme on met un enfant au lit. Elle a besoin qu'on la protège comme ses parents ont si bien su le faire. Elle est encore dans la nécessité de l'être comme si chaque jour était un jour de tempête. Le mobile du balcon est tombé à plusieurs reprises. Il s'est cassé mais il est toujours là. Il survit à tout.

Elle aussi.

Derrière le canapé se dresse une tour de Babel. Tout en haut d'une colonne en Plexiglas transparent, se serrent, unis par des liens intimes, des chants liturgiques russes écoutés par ma grand-mère, la musique choisie pour l'enterrement de ma mère, un disque d'Annie Lennox découvert grâce à un premier amour, trois CD de Brigitte Engerer, les *Requiem* de Fauré, Mozart et Pergolèse et les *Suites pour violoncelle seul* de Bach.

Juste en dessous, elle occupe tout un étage. Ses albums se tiennent compagnie, se blottissant les uns contre les autres, formant un bloc qui s'appelle sa vie. *Le Maudit* menace d'étouffement *Moi le venin* ; *Indestructible* danse collé-serré avec *L'Amour est là* ; *Sans regret* se frotte aux *Années américaines* ; *Exclusivement féminin* est coincé entre *Comme ils l'imaginent* et *Symphonique Sanson*. Afin de choisir un disque puis l'écouter, il faut se contorsionner, souffrir un peu pour cette femme qui chante la souffrance, beaucoup. Bach est pour le réveil. Les *Requiem* plutôt pour le crépuscule. Elle est entre : toute la journée, samedi, dimanche et jours fériés, années sextiles et bissextiles, jours avec ou sans pluie, à midi comme à minuit, les quatre saisons. Je la préfère à Vivaldi.

Lorsque je l'écoute, elle envahit le salon, descend la cage d'escalier, se répand dans la rue puis gagne tout le quartier. Elle atteint les grands boulevards, puis se perd dans les parcs et les jardins. Cet étage-là, sa vie tout entière, n'est pas classé. Pas de chronologie mais un désordre, comme son existence. Il l'organise et l'inspire. Il l'attire autant qu'il l'effraie. Il la rend forte quand elle le maîtrise et faible lorsqu'il la domine.

Dans la salle de bains, elle caresse ma peau. Elle est un savon à l'huile d'olive qui ne savonnera jamais un autre que moi. Je l'utilise avec parcimonie. Pas question que ces effluves de souvenirs ibizéens finissent dans des canalisations. Chaque fois que nous arrivons à Ibiza, elle dévalise une supérette perdue dans les terres sèches et proches de sa maison. Le reste de l'année, elle offre les petits savons verdâtres à ses amis. Acheté en une minute, ce menu plaisir estival embaume les centaines de milliers de minutes du reste de l'année. Quand, en hiver, j'ai besoin d'été, je sors le savon de sa boîte. Il glisse sur ma peau. Elle glisse sur ma peau.

Dans la cuisine, elle est bien rangée. Elle se tient droite comme un soldat au moment de la revue. Son uniforme est bleu ciel, bleu layette. La médaille arborée est un soleil radieux, tout rond, couleur or. Cette boîte ronde et haute, fabriquée en carton dur, enferme le sel d'Ibiza. Cette boîte n'en est pas une. Elle est un souvenir. Pas question de l'ouvrir. Le sel d'Ibiza, appelé aussi « sel de pâmoison », est l'un des piments de sa vie. Elle aime cuisiner. Elle aime *prendre le temps* de cuisiner et peu importe ceux qui ont faim.

Regarder ce bel emballage, c'est être en voiture sous le soleil, rouler avec elle le long des marais, virer à droite pour un village ou à gauche pour rien. Pour rien, elle aime bien.

Au premier plan, un pêcheur attache sa barque. Derrière lui, la mer est calme. Une petite montagne aride déchire l'horizon : le mont Vedra. Celui qu'elle voit chaque jour à son réveil lorsqu'elle vient en vacances à Ibiza. Je le vois tous les jours à Paris. Le pêcheur, la mer et le gigantesque rocher tiennent dans un rectangle de dix centimètres de haut et quinze de large. Cette carte postale au format cinémascope est dédicacée par une certaine Véronique… Courbet. Elle est datée d'août 2014. Son clin de plume est lié à un film que j'ai réalisé sur Courbet. Le maître a mis la nature au cœur de son art, au centre de sa vie. Elle-même a placé la nature au cœur de son existence. Le pêcheur de la carte postale ressemble aux personnages croqués par Courbet, des hommes et des femmes « banals », non idéalisés, non glorifiés. Lors de la projection, elle avait été émue par un tableau représentant une femme qui se baigne. Les formes généreuses et disgracieuses de la baigneuse sont affirmées, affichées sans fausse pudeur, son visage est plissé par le temps, très éloigné des sculptures grecques ou des fausses égéries retouchées et siliconées des journaux en papier glacé. Elle a aimé cette baigneuse qui jouit de l'eau sans être une déesse mais simplement une personne qui jouit de la vie avec une extrême gourmandise. À l'issue de la projection, elle précisa que cette femme ne semblait pas dépendre du regard porté sur elle par les autres, libre d'exister, étrangère à leur jugement, et ce que Courbet avait choisi de représenter la touchait. Elle me confia être davantage attirée et inspirée par la réalité, même si celle-ci se révèle parfois douloureuse, que par les contes de fées auxquels elle aimait croire mais ne croit plus. La carte postale est posée sur le bois clair de mon bureau.

Elle est en noir et blanc, radieuse et paisible. Son sourire est timide. Elle porte un blouson élégant, matelassé. Ses cheveux sont noués à l'arrière.

Une frange tombe sur son front. Deux petites perles percent ses oreilles. Elle est assise sur un canapé, les jambes posées à même celui-ci. Derrière elle, un immense coussin usé. Son corps, son sourire, son visage, son blouson, ses cheveux blonds, la lumière de la pièce, tout est beau, détendu.

Cette description n'a en fait aucun intérêt, aucune espèce d'importance. Elle ne raconte pas l'essentiel : en regardant la photo, on ne voit que ses mains, jointes comme celles d'une élève appliquée qui s'apprête à réciter un poème. Ses mains sont sages, douces, raisonnables et bien élevées. Elles sont en repos, en relâche. En général, elles sont plus belliqueuses. Sur scène, ses mains sont force et violence, détermination et rage, douleur intense et tendresse extrême. Ses mains se sont brisées, cassées. Elles ont été réparées et continuent de vaincre. Elles continuent de dire. Elle est ses mains. Ses mains sont elle, une force invincible. Ses forces sont plus grandes que la taille de ses mains. Elles affirment sa soif de vivre. Elles clament sa liberté. Elles ont chanté ses victoires et défaites amoureuses. Elles sont les abeilles qui ont fabriqué son miel, les araignées qui ont tissé ses succès. Dans ses mains, la permanence de l'adolescence. Elles ont la force qu'elles avaient, la même. Elle a davantage peur de perdre la vue que l'usage de ses mains. Ce sont elles qui écrivent sa vie, elles qui caressent.

La photo n'est pas celle d'une rockeuse mais d'une femme réservée et douce. Elle est peut-être les deux. La photo a été prise dans le petit appartement que j'ai occupé il y a plus de vingt ans. En la regardant, j'entends nos rires et nos timidités. Ce cliché légèrement flou conduit à une nostalgie sans tristesse parce que l'intimité joyeuse qui s'en dégage perdure. Elle est posée sur une étagère, là où tout homme doit se rendre. Elle est la personne que je fréquente avec le plus de constance.

Elle est souvent posée sur mes genoux. Lorsque je veux avoir quelques nouvelles d'elle, je la déploie. Je soulève le couvercle de l'ordinateur, me connecte à un réseau social. Je sais que je vais la retrouver, sur la pointe des doigts, sans la déranger. Le nom que je compose n'est pas le sien, celui que l'on connaît. En tapant son pseudonyme, j'entre dans l'intimité de ses révoltes et de ses amusements. Elle partage les vidéos ou photos qui célèbrent les mondes qu'elle aime et pleure ceux qui la déçoivent, l'indignent. Elle a son monde mais n'est pas hors du monde. Elle s'élève contre tout ce qui est liberticide, punitif et culpabilisant. Si dans la vie publique, elle est discrète et ne frappe pas le macadam en tête des manifestations, sur Internet elle est une pétitionneuse acharnée. Elle fait rarement le commerce de sa notoriété mais quand la République est en danger, elle hurle. Lors de l'élection présidentielle de 2017, pour la démocratie, contre la haine, elle hurla plus fort qu'une meute de loups.

Tous les jours sur mes genoux, elle râle, elle condamne, elle rejette, elle s'inquiète et s'indigne. Elle signe souvent. Je signe aussi, tout contre ses contres. Quand je suis à court de révolte, que ma rage a besoin d'être libérée, que je suis en manque d'indignation, je soulève le couvercle de l'ordinateur portable et lui vole ses colères. Elle est contre une décision de justice qui inflige une lourde peine à une femme qui a tué son mari après avoir été détruite par lui, destin auquel le sien a pu ressembler. Elle est contre ceux qui s'opposent à l'avortement ou empêchent les femmes d'entrer dans certains cafés. Elle est contre ceux qui torturent les animaux, contre les multinationales qui déforestent et tuent. Un vieil homme nous a dit un jour, à la Martinique, que s'indigner, ne jamais être résigné ou blasé est une preuve de jeunesse. Chaque jour nous faisons nos exercices.

Ses colères me rapprochent d'elle autant que ses amusements. Du grand ordinateur de sa maison de Triel, elle scrute les images du monde, repère les burlesques et les incongrues. Ensuite, elle les réexpédie auprès de ses amis. Elle leur injecte une piqûre d'humour afin de les alléger d'un monde qui la déroute. Souvent, dans mon appartement, grâce à elle, je ris tout seul.

Je ne suis pas jaloux des « j'aime » qu'elle adresse aux autres. Elle « aime » beaucoup. Elle adresse ses *like* à celles et ceux qui se battent pour les droits de l'homme, ceux des animaux, à ceux qui protègent la nature. Elle défend toutes les initiatives qui peuvent limiter le mal que l'homme inflige à la terre et qu'il s'inflige à lui-même.

Je n'ouvre pas mon ordinateur dans le but de savoir ce qu'elle fait, avec qui elle est et où elle se trouve. Contrairement à tant d'autres, elle ne se commente pas. Elle ne se célèbre pas, ne se glorifie pas, ne se « pub » pas, ne se sublime pas, ne se ment pas, ne ment pas. Elle ne diffuse aucune photo d'elle.

Elle est chez moi toute la journée. L'ordinateur est allumé jusqu'au soir. Je l'éteins juste avant de dormir. Elle ne s'endort pas au même moment. Le lendemain, je vois qu'elle a partagé ses indignations et ses amusements jusqu'à l'aube.

Dans le salon, elle gît. Elle est une immense clef rouillée posée sur un coussin. Clef grande comme un poignard, que nous avons achetée dans un magasin d'antiquités en Normandie. Quelles portes a-t-elle ouvertes, des portes de palais immenses, de châteaux, d'églises, de mondes disparus, de paradis perdus ?

Écrire sur elle, c'est introduire un sésame dans sa vie afin d'espérer ouvrir quelques passages, frôler l'indiscrétion, tout en n'en fracturant aucun. Ses chansons sont les clefs qu'elle a elle-même forgées. Elle ouvre les portes des seuls lieux qu'elle accepte qu'on visite. Certains recoins de sa vie n'ont pas de serrures. Elle a ses secrets.

René et Colette Sanson ont appris à leurs deux filles l'importance de ne pas tout dire. Résistants, sans la maîtrise du secret ils n'auraient pas pu concourir à sauver la France ni leurs vies.

L'objet rouillé ressemble à une sculpture. Ses chansons, comme les sculptures de Rodin, racontent nos déchirements, nos espoirs, nos attentes, nos guerres intérieures, nos combats intimes et nos peurs. Racontent-ils leurs souffrances afin de s'en alléger ? D'où vient cette nécessité qu'elle comme lui soient dans le besoin de partager ce qu'ils sont ? Ne vivre que pour eux n'est peut-être pas suffisant ? Laisser une trace de ce qu'ils sont est peut-être aussi la raison qui conduit à sculpter le marbre ou les mots.

La clef de chez moi est inutile mais elle sent bon. Le magasin où nous l'avons achetée avait l'odeur du cèdre. À son entrée, le parfum qu'elle portait modifia significativement les lieux. La clef des songes de mon salon sent Cabochard quand celle-ci décide que je suis en Normandie.

Elle porte une chemise blanche. Derrière elle, tout le monde porte une chemise blanche. C'est mon anniversaire. Elle porte aussi un gilet rouge. Un pendentif doré en forme d'étoile est posé sur sa poitrine. Sur cette photo, de ses yeux vifs et tendres, elle fixe un homme plus âgé. Affectueuse, elle s'apprête à l'embrasser. Elle l'enlace. Mon père a toujours aimé les belles femmes. Sur la photo, il ne la regarde pas, il la déguste. Elle aime mon père pour des raisons que j'ignore.

Sa pudeur, son élégance, son humour, l'excellence de son jeu au tennis peut-être. Mon père ressemble au sien. Avec mon père nous avons regardé cette photo il y a peu de temps. Il m'a rappelé que, dans la maison de Triel, elle a accueilli ma mère malade, fragile comme de la porcelaine. Cet après-midi-là fut l'une de ses ultimes joies, la dernière dont je me souvienne. Sa mère à elle aussi connut ses dernières joies dans la maison de Triel avant d'y conclure sa vie.

Elle est cachée dans la commode de la chambre. Les lettres de son écriture sont petites, recroquevillées. Les voyelles et les consonnes bien fermées. L'écriture raisonnable. Elle ne penche ni d'un côté, ni de l'autre. Il n'y a pas de majuscules qui ne devraient pas l'être, pas de virgules mal placées. Aucune lettre n'est isolée d'une autre, toutes sont liées. Les phrases coulent vers le bas de la page comme une rivière tranquille. Cette petite missive exprime de jolies choses, des choses qui pourraient relever de celles de l'amour. À cette époque, les belles choses ne pouvaient pas être envoyées en quelques secondes, en quelques clics. Ce courrier provient d'un siècle qui nécessitait d'aller poster sa missive et d'attendre qu'elle parvienne à son destinataire. C'était le temps où il fallait savoir patienter. Attendre était un plaisir ardent et fiévreux. Dans son mot, pas une faute d'orthographe, de celles dont j'abuse et dont elle s'amuse.

Tendu ou rêveur, inspiré ou vide, mal assis sur un fauteuil trop bas, calé sur une chaise trop dure, allongé sur un canapé, avachi au pied de celui-ci, alangui sur le lit, songeur sur un fauteuil à bascule, vautré sur de grands coussins, partout, elle dirige mes mains. Elle ne le sait pas. Elle ignore que j'écris sur elle. Réminiscences imparfaites, souvenirs impérissables, odeurs indélébiles, visages d'âges différents, paysages imprécis, silhouettes incertaines, regards et sourires intemporels, couleurs troubles, tout revient, puis se précise, expulsé comme le sont les cendres et la lave lors d'une éruption. Rien n'empêche l'envahissement. Elle est là, malgré moi. Depuis quelques mois, elle accapare chacune de mes minutes, celles du jour comme celles de la nuit.

Partout

Elle amoindrit l'importance des autres. Elle minore tous les plaisirs qui ne sont pas liés à elle. Elle met entre parenthèses ce qui n'est pas elle. Mes mains écrivent sur elle.

Elle ne se doute de rien.

Dans la cuisine, dans le salon, dans la chambre, sur le balcon, au fond des armoires et des placards, sur les étagères et par terre, dans ma mémoire, sur mes genoux, dans mes mains, elle est partout.

2

Le piano des îles

Le piano est atrophié, invalide. Des touches sont malades ou absentes. Son manteau de poussière est misérable. L'instrument est abandonné. Au-dessus de lui, pendouille tristement une ampoule ordinaire et solitaire. Le couloir a dû être joli. Il ressemble à celui d'un hôpital déserté. Au-dessous de ce troisième étage, des chambres sont encore occupées. L'hôtel est au bord de l'eau. On entend la mer. Calme, paresseuse, clapoteuse et chaude. Il fait torride et humide en Martinique lorsqu'au même moment, à Paris, il fait froid et triste. C'est novembre. L'hôtel a été beau, peut-être luxueux. Il ne l'est plus. La seule richesse de l'établissement est son piano.

Tout le monde ignore la présence de ce trésor bancal, sauf elle. Lorsqu'un piano est présent quelque part, elle le devine, le rejoint, le dévisage, l'envisage, le considère, puis l'aime. Elle s'assied en face de lui. Il se tient droit comme un i malgré son âge. Elle porte un tee-shirt rouge, un jean banal, des baskets amusantes. Ses cheveux blonds sont retenus en arrière par un chouchou rouge flamboyant. Elle porte des lunettes de soleil. Il fait nuit. Il fait tard. Nous sommes tous les deux dans le couloir, accompagnés de trois ou quatre moustiques.

Je la connais mal. Je la connais peu. Elle me connaît mal. Elle me connaît peu. Nous nous aimons beaucoup déjà. Depuis quelques heures seulement, depuis l'atterrissage à l'aéroport de Fort-de-France, nous adorons nous sourire. C'est idiot mais c'est beaucoup. Nous nous amusons à nous faire rire. C'est simple mais c'est beaucoup. Nous nous regardons beaucoup. C'est tout. Enfin, c'est beaucoup aussi. Novembre 1987, nous sommes invités à un festival de cinéma. Il est la nuit. Les autres festivaliers dorment, les poissons, les aigrettes, les carouges, les colibris, les cocotiers, l'île entière aussi. Pas nous. J'ai entendu parler d'elle, un peu. J'ai entendu ses chansons, pas beaucoup.

Elle se tient debout à côté de lui, droite comme lui. Le tête-à-tête commence. Elle l'observe. Ses mains s'en rapprochent. Je regarde ses mains, le piano, et la lampe qui pendouille bêtement. Sa musique m'est étrangère, pas son sourire que je fréquente maintenant assidûment depuis quatorze heures, quinze minutes et trente-trois secondes, sans discontinuité. Il paraît qu'elle est une adulte. Il paraît qu'un adulte c'est sérieux, grave, encombré d'expériences pesantes. Elle est joyeuse, enfantine, légère. Être en face de ce piano rescapé de guerres qui n'ont pas eu lieu, l'amuse, l'intrigue, l'excite, la tente.

Elle ne résiste pas à la tentation. Elle s'assied sur un tabouret, lui aussi en disgrâce, comme le piano, comme l'hôtel. Elle se redresse. Ses mains sont au bord de lui. Il est délabré. Elle est rayonnante. Il est endormi, vide de vie. Elle est incroyablement vivante, intense. Il ne ressemble pas à un vainqueur. Il est un laissé-pour-compte. Elle est une victorieuse qui n'aime pas les vainqueurs. Elle leur préfère ceux qui ne comptent pas, comptent peu ou ne comptent plus. Elle s'attache à lui, le réveille. Il émet des sons incongrus, catastrophiques, disgracieux. Elle s'acharne. Elle est douce. Il lui résiste. Elle reprend ce qu'elle vient de jouer, pour l'apprivoiser. Elle a l'espoir qu'il retrouve son souffle, mais il n'en a plus. Elle ne chante pas. Je sais qu'elle chante, mais je l'ai peu entendue chanter. Je ne connais que sa voix parlée, une voix plutôt murmurante, sans excès, une voix qui ne s'élève pas, une voix qui prend son temps pour dire avec précision ce qu'elle pense avec précision. Depuis que nous sommes descendus de l'avion, nous nous parlons. Là, dans ce couloir si insignifiant, elle ne me parle plus. Elle est avec lui. Elle et lui se jaugent comme le font toutes celles et ceux qui se rencontrent. Je les regarde. Je la découvre. Je la dévore. Il lui résiste encore. Le temps a abîmé le piano comme le temps abîme souvent. Des années d'abandon l'ont conduit à être rejeté. Son sort de mal-aimé l'a désaccordé. Ça n'a pas d'importance. Elle semble plus sensible à son sort de mal-aimé qu'à ses incapacités musicales. Ses doigts, petits et nerveux, slaloment sur le clavier. Ils font de l'alpinisme, du hip-hop. Ils jouent à saute-mouton entre touches noires, touches cassées, touches blanches et touches absentes. Ses doigts gambadent de touche en touche sans savoir quels sons vont sortir du piano déglingué. Elle décide de palier la défaillance du vieil instrument en chantant. Elle chante dans le couloir, en pleine nuit, avec un unique spectateur, comme si elle était sur une scène devant des milliers de fans. Je reconnais, là seulement, sa voix entendue parfois à la radio. Sa voix danse, se perche, se pose, traîne, s'emporte, m'emporte. L'émotion me fait flancher mais le piano ne flanche plus. Il donne ce qu'il peut. Elle veut qu'il lui offre tout ce qu'il a même si c'est tout ce qui lui reste. Elle a repéré ses incapacités, ses limites, ses impossibles. Elle les dompte. La défaillance cacophonique involontaire et désarmante du piano disparaît sous le son pur et maîtrisé de sa voix. La chanson doit être connue. J'en identifie quelques fulgurances et les soupirs. Elle ne joue pas que pour elle. Je crois qu'elle joue aussi pour moi. Malgré les approximations et les réticences du piano, elle persévère. Elle chante comme s'il allait bien. Sa détermination est plus haute que sa taille, aussi grande que sa force. Elle n'est pas grande. Sa force est plus grande que sa taille.

Elle entame une nouvelle chanson. Elle chante parce que nous sommes joyeux depuis moins d'un jour. Elle veut nourrir, poursuivre cette joie, ce début d'intimité. Notre lit est cette joie. Elle poursuit cette chanson que je reconnais vaguement comme on se rappelle un paysage aperçu rapidement pendant l'enfance. Puis, d'une voix décidée, elle entame une histoire triste, tout en souriant. Elle me sourit. Je suis assis par terre, à côté du piano, contre le mur, presque en face d'elle. Je suis à ses pieds, presque. Je commence à aimer ce qu'elle chante. J'aime déjà le couloir triste, l'hôtel médiocre, la mer calme, l'humidité, la nuit. Ce qu'elle chante me semble juste, écrit au plus près, me frôle. Ce qu'elle chante est comme un bouche-à-bouche. C'est un cœur-à-cœur.

Au-dessous de nous, quelqu'un frappe avec énervement. Il veut dormir, essayer de dormir. Nous ne voulons pas dormir. Elle continue de chanter. Je continue de rester assis. Il continue d'être tard. C'est le premier concert d'elle auquel j'assiste. Plus tard, je l'écouterai des dizaines de fois. Au fil des dizaines d'années qui suivront, je passerai sous les néons qui dessinent son nom aux frontons de tant de salles.

Le concert du couloir qui ressemble à un couloir qui ne conduit nulle part est terminé. Nous le quittons, mais ne nous quittons pas. Nous ne nous quitterons jamais. Le piano reste seul, la gueule ouverte, sans couvercle. L'ampoule continue de s'ennuyer de n'avoir que le vide à éclairer. Il est temps de dormir. « Cela ne veut rien dire il est temps de dormir », dit-elle. Nous ne dormirons donc pas.

Devant l'hôtel, des transats ronflent, dorment sur le côté, se dorent à la lune. Nous les rejoignons. Nous nous allongeons.

En France métropolitaine, le ciel est couvert. En Martinique, il est très étoilé. Elle dit, avec un air d'enfant innocent, comme si les enfants étaient innocents : *Et si nous comptions les étoiles ?* Alors nous avons commencé à compter les étoiles. Trente ans plus tard, nous continuons de les compter. Il paraît qu'il y en a beaucoup. Véro annonce qu'elle a une histoire drôle à raconter. Véro, pas Véronique Sanson. Quand on compte les étoiles avec quelqu'un, qu'on a la galaxie comme aire de jeux, on dit Véro. Je découvre Véro, mais j'ignore qui est Véronique Sanson. Nous ne sommes pas sur une scène. Nous sommes sur le sable. « Est-ce que tu connais cette histoire ? » Elle la raconte. Les étoiles ricanent, les transats se gondolent, pas moi. Je n'ai rien compris et ça se voit. La honte me transforme en tomate avariée. Elle rit. Elle aime les visages de ceux qui ne comprennent pas, ne savent pas tout, ne font pas semblant de savoir. Elle n'aime pas ceux qui font semblant. Elle ne fait pas semblant. Elle ne sait pas comment on fait semblant. Cela ne l'intéresse pas. J'essaie à mon tour de raconter une histoire drôle. Elle ne l'est pas. Elle est consternée mais pas condescendante. J'essaie de retricoter l'histoire. C'est pire. Tomate avariée, je deviens tomate déconfite. Elle rit encore. Je me suis perdu en cours d'histoire et elle rit. Elle ne se moque pas mais elle rit. Elle passe sa main dans mes cheveux, geste d'encouragement. Sa caresse capillaire est une incitation à mieux faire la prochaine fois, à ne surtout pas renoncer à raconter des histoires biscornues, laborieuses et pas drôles. Je ne m'en priverai pas. Ses mains dans mes cheveux, je passe de la honte à la jubilation. Elle est émue parce que je me suis perdu en cours d'histoire. Elle est émue par ceux qui se perdent en cours de vie. Les étoiles se déplacent, pas nous.

Nous nous parlons encore. Elle confie des choses de sa vie qui sont aussi des choses de la mienne. Je lui confie des choses de ma vie qui sont aussi les choses de la sienne. Nous ne parlons pas d'amour, mais de tout le reste. Ça fait beaucoup. On peut passer sa vie à essayer de comprendre quelqu'un sans y parvenir et comprendre quelqu'un en un seul jour. En un jour, je crois avoir compris ce qui l'anime, la compose et l'enflamme. Une promenade au bord de la mer, un déjeuner sous les cocotiers, un piano récalcitrant, trois moustiques envahissants, quelques transats et des millions d'étoiles nous ont conduits à un certain rapprochement, à un rapprochement certain.

Le lendemain, un déjeuner est organisé en bord de mer. Dès celui-ci, je mesure, et apprécie, son sens de l'observation. Par ses réflexions judicieuses et nuancées sur les uns et les autres, sur les plats servis, la mer et les oiseaux, je découvre une intelligence aiguisée. Elle n'en fait pas un outil de pouvoir. Elle ne l'utilise pas pour créer un rapport de force. Son esprit n'est pas une haie qui transforme l'autre en athlète obligé de sauter toujours plus haut. Elle est intelligente, elle le sait, ses parents ont dû lui dire et ça lui suffit. Ses phrases sont toujours pleines d'humour. Les histoires drôles qu'elle aime raconter sont aussi une scène où elle aime triompher. Elle aime les conter et les écouter. Elles dédramatisent la vie, l'allègent, la pimentent. Son humour et ses rires sont sa façon de vivre, sa façon de survivre. Sous ce soleil écrasant des Caraïbes, j'adhère à sa légèreté. Celle-ci est un paravent, sa barrière de corail. Derrière sont les vagues scélérates qu'elle a bien connues.

Pendant les entrées, durant les crustacés, au moment des desserts et du café, je l'observe m'observer. Elle m'observe pensant que je ne le perçois pas. Elle voit tout, ressent tout, analyse tout, mais elle a fait semblant de ne faire que sourire, que rire, que profiter des mets, des pâtés à la goyave ou à la banane, du café et du vent. En réalité, elle observe masquée. Elle affiche un sourire afin qu'on ne voie que lui, qu'il désarme. Pendant qu'elle sourit, elle fait autre chose. Elle se fait une idée. Elle élabore son opinion. Elle aiguise ses impressions. Elle confronte son intuition à ses observations. Je fais la même chose.

Après le déjeuner, nous marchons dans le jardin qui entoure l'hôtel. Nous plaisantons. Nous rigolons, oui rigolons comme des gamins qui aimeraient l'être encore. Qu'elle s'amuse de bêtises à un franc est une preuve de bonne santé, la preuve que le prix des choses n'a aucune importance pour elle. C'est trois fois rien une blague à un franc. Pour elle, une histoire drôle à un franc vaut de l'or.

Le jour nous avons dégusté le soleil et le soir des écrevisses. Ensuite, nous avons à nouveau distrait la lampe du couloir puis amusé les transats et compté les étoiles qui n'attendaient que cela. Autour de nous, il y avait une centaine d'autres festivaliers, paraît-il. Ce deuxième soir ils dormaient tous, pas nous. Le sommeil commença à frapper à la porte de mes paupières. « Tu veux te coucher, mais pour quoi faire ? », me demande-t-elle. J'ose dire « Parce que je suis fatigué ». « Alors on va se baigner », répond-elle. Et le jour s'est levé.

Après un petit déjeuner ultratardif, nous allons à nouveau flâner dans le parc de l'hôtel afin d'écouter la nature et la contempler. Elle est éblouie en regardant les fruits orange des parokas, les fleurs jaunes des allamandas, celles blanches du gingembre, les mauves des célosies ou le rouge vif des balisiers. Elle m'a abandonné pour un colibri à tête bleue. Elle préfère observer le long bec fin de cet oiseau mâle nerveux et ridiculement minuscule, plutôt que de continuer à s'adresser au mâle crâneur et hâlé qui se trouve à côté d'elle. Je ne suis pas vexé. J'aime la regarder, observer. Le colibri plante son bec d'une fleur à une autre avec une rapidité vertigineuse. Je pourrais la laisser seule qu'elle ne s'en apercevrait pas. Je le fais, me cachant derrière un immense et majestueux fromager. Elle ne remarque ma disparition qu'après de longues minutes. Nous observons ce mâle concurrent qui nous surprend à gober une mouche et à la dévorer en quelques secondes. Elle ne dit rien en assistant à ce meurtre, précisant que, pour elle, un animal tue par nécessité vitale, raison pour laquelle elle l'accepte. Un homme n'a pas besoin de tuer pour survivre donc elle n'accepte pas qu'il tue. Le colibri a droit à sa mouche, pas moi. Quelques années plus tard, je frôlerais la disgrâce pour avoir osé envisager d'éliminer de la planète une mouche irritante et bruyante. Elle pardonne tout aux colibris, bien plus qu'elle ne pardonne aux hommes. Elle souhaite alors raconter une histoire, pour une fois pas drôle « mais éminemment vraie », dit-elle. Elle me demande de l'écouter avec attention parce que l'histoire est grave et sérieuse. Autour de nous, la nature est légère et insouciante. Elle, ne l'est plus. Le colibri plante son long bec fin dans le cœur d'une fleur. Il ne nous écoute pas. Il ne parle pas français. Elle : « Écoute bien cette histoire. La forêt brûle. Tous les animaux fuient. Ils cavalent pour sauver leur peau. Ils abandonnent leur forêt à grandes enjambées. Un colibri reste. Il s'accroche à son arbuste alors que les flammes se rapprochent. Il a une obsession : conserver au bout de son long bec une goutte d'eau. Le feu approche. Il décolle. Comme un canadair, il veut larguer son eau sur l'incendie. Au moment où il s'apprête à le faire, passe un lion qui se carapate comme tout le monde. Il s'arrête devant le colibri. Le lion lui dit qu'il faut partir, que l'incendie menace tout. Justement, lui répond indigné et ahuri le colibri, cette goutte d'eau, c'est ma part, ma contribution. Il déverse sa goutte pour sauver le monde. » Elle est un colibri. Et ajoute devant son frère en haute voltige géostationnaire : « Il n'y a pas de petite goutte d'eau ridicule, pas de petite part, rien n'est trop infime qui justifie qu'on se défile. Une part ajoutée à d'autres parts forme un gâteau. Un homme et un homme forment l'humanité. Une goutte d'eau et une goutte d'eau forment un océan. Il n'y a pas d'espoir si aucune part n'a conscience que sans elle il ne peut y avoir d'océan, d'humanité et encore moins de gâteau. »

Fin de la leçon de chose et de vie.

Elle n'effectue pas seule le voyage en Martinique. Elle est venue accompagnée de son amie et assistante Kanou, aussi enfantine et rieuse qu'elle. Mon ami acteur François-Éric fait aussi partie des invités de ce festival de cinéma, dont l'unique obligation est d'assister aux projections organisées chaque jour. Dès la première, nous fautons gravement. Le film projeté est creux, fade, plat, ennuyeux et prétentieux. Pas une seconde ne semble pouvoir en sauver une autre. Le film nous conduit au désir irrépressible de fuir. Il nous distrait de nous, nous sépare de nous. Impossible de partir discrètement sans déranger les autres spectateurs. Je décide de m'accroupir et de marcher délicatement, aussi élégamment que le font les grands singes en pleine savane, protégés du regard des autres par de hautes herbes. Il n'y a pas de hautes herbes dans une salle de projection. Elle, primate à son tour, pose ses quatre pattes sur la moquette avec une habileté remarquée par tous. Elle est suivie de Kanou et de François-Éric. La meute disciplinée composée de ces quatre primates quitte la salle aussi discrètement que possible, c'est-à-dire pas du tout. Abasourdis et hilares, les spectateurs ne regardent plus le film.

Ils nous contemplent, surtout elle.

Elle était la seule à oublier qu'elle était Véronique Sanson, invitée d'honneur.

Sa capacité à oublier ce qu'elle peut représenter pour les autres, à ne pas penser ni se soucier des regards portés sur elle, la conduit à une grande liberté, que j'embrasse sur la bouche.

Nous n'avons vu aucun film en entier je crois. Nous nous en sentions un peu coupables, mais la nécessité de vivre chaque minute comme nous le sentions, notre désir de recréer la colonie de vacances de nos enfances, étaient plus forts que tout. Nous faisions très bien l'humour ensemble. C'était assez rare pour ne pas perdre une goutte de ce plaisir-là. Tout devient source d'humour si on aime boire à cette source. De tout, nous avons fait une source, même d'un sèche-cheveux.

Dans la chambre de François-Éric a lieu une prise d'otages. Kanou, elle et moi sommes retenus sous la menace d'un revolver à 110 volts. Le kidnappeur est impressionnant et joue parfaitement son rôle. Nos vies dépendent du sèche-cheveux de sa chambre qu'il pointe sur nous. Nous sommes ses otages consentants. Il en profite pour délivrer des exigences dont la formulation ne permet à aucun des retenus de garder son sérieux. La résistance s'organise à coups de polochons. Elle en a la plus grande maîtrise, une étonnante expérience. Du lit, elle fait un trampoline. Elle voltige, virevolte rageusement. Les quatre ados post-pubères auraient pu se sentir pitoyables. Nous étions puérils et en avions – heureusement – conscience. Nous nous offrions une prolongation d'enfance. Nous partageâmes d'autres puérilités, d'innombrables puérilités infimes et légères, puérilité assumée, ciment certifié.

Depuis le début du séjour, elle participe à chaque facétie. Elle l'initie même parfois. Mais elle est lâche : chaque fois qu'elle doit justifier des manquements à ses devoirs d'adulte et de star, elle en attribue la responsabilité aux autres, osant un hypocrite « Ce n'est pas ma faute », comme disent les enfants qui n'assument jamais leur bêtise. Faussement effarouchée, elle affirme son innocence avec le sourire qui va avec. Qui croirait qu'une lionne de scène puisse être une brebis égarée ?

Lors du séjour à la Martinique, elle a une trentaine d'années et est atteinte du syndrome de l'adolescence qu'on ne veut pas quitter. Plus de trente ans après, les mêmes symptômes perdurent. On ne guérit pas de ce syndrome-là.

Elle, Kanou, François-Éric et moi devenons vite inséparables. Elle et moi un peu plus que les autres. Nous nous découvrons, nous rapprochons. Pour Kanou, le rapprochement a eu lieu il y a un petit moment. Cela fait quelques années déjà que Kanou l'assiste. Pour François-Éric, le rapprochement est plus distant. Lui est plus raisonnable que nous. Il est surtout plus occupé. Il passe beaucoup de temps dans sa chambre, au téléphone. Il semble avoir une liaison téléphonique très envahissante avec Paris.

La bande des quatre parcourt l'île, partage l'art du rien faire, déguste des langoustes et dévisse quelques bouteilles. Le soir, elle se divise en deux. À la nuit, les matelas de plage qui gisent d'ennui devant l'hôtel nous réclament. Elle et moi allons chaque fois leur tenir compagnie. Nos conversations sont denses, puis légères, puis denses, puis légères encore. La légèreté comme la densité sont partagées avec une grande confiance, aucune méfiance, pas de limites. Elle me confie quelques souffrances passées sans en faire de longues tragédies. Je la devine pudique, voire secrète. Je comprendrai plus tard que c'est à ses chansons qu'elle confie tout. Sous la lune, elle maquille ses cicatrices par le partage de ses joies. Elle a laissé à Paris ses désillusions, ses démons, une solitude que je pressentais. Les seules ombres qu'elle acceptait étaient celles des palmiers. Pas de zone d'ombre sous le soleil de Martinique.

Elle a un ami qui habite l'île. Fou de musique, généreux, fantasque, il possède un îlet qu'il nous propose de visiter. L'îlet est un point de beauté posé sur une lagune bleu immaculé. Au large, la ligne d'horizon est dessinée par l'écume blanche des vagues qui se fracassent sur la barrière de corail. Pour y accéder, il faut prendre une petite embarcation et naviguer cinq minutes environ. Je regarde la beauté abrutissante de ce lieu connu des seuls Martiniquais. Je la regarde surtout. Happée par la puissance et la douceur du paysage, elle est silencieuse comme l'eau qui protège l'îlet de tous les tourments du monde. Regarder le paysage et son visage revient à regarder la même chose. Ces deux tableaux sont en osmose. Ils sont un, paisible, harmonieux, apaisant.

L'îlet est un grand rocher dont une maison recouvre à peu près toute la surface. La bâtisse est austère, mais rien ne l'est vraiment quand la mer est un tel écrin. À l'intérieur, aucun objet inutile, aucun luxe, rien de superfétatoire, d'ostentatoire, juste de quoi s'asseoir pour manger, s'allonger pour regarder la mer et dormir à l'abri des embruns. Véronique Sanson connaît les plus grands palaces, mais elle n'est pas une fille de luxe. Celui de cette maison est son isolement, sa tranquillité, ses murs épais, la barrière de corail et sa crête blanche, la mer bleu clair à nos pieds, bleu plus profond au-delà.

Le piano des îles

Nous nous asseyons l'un à côté de l'autre. Nous embrassons le paysage. Nous l'écoutons. Nous ne nous parlons pas durant un long moment, ce qui en fait un moment joli, un moment rare, un moment aussi vaste que l'horizon. Regarder cette mer caribéenne a plus d'intensité que nos mots. Nos silences sont plus denses que nos mots.

Nous regardons le silence.

Nous quittons cette perle posée sur l'eau, éloignée des hommes, pour rejoindre ces derniers dans une salle de projection. Nous sommes attendus. Partir est un déchirement. Nous nous dépouillons de cet écrin pour aller voir un film dont nous n'apercevrons que le début, avant de reprendre une nouvelle fois notre exercice au sol, notre fugue rampante, spectacle chorégraphique fait de corps qui s'étirent lentement, ballet désormais attendu de tous.

Pour sillonner l'île, longer la mer, fendre les plantations, monter aux volcans, se rendre le soir à Fort-de-France, les quatre mauvais élèves du festival que nous sommes prennent une voiture. Dès la sortie de l'hôtel, nous transformons le petit habitacle en cour de récréation, en salle de concerts plus exactement. Nous chantons. Pas n'importe quelle chanson. Fort-de-France est à quarante-trois heures de route de La Nouvelle-Orléans selon les sites qui évaluent les distances, oubliant que seule la mer lie les deux villes. Fort-de-France dans l'eau des Caraïbes et La Nouvelle-Orléans dans celle du golfe du Mexique sont faites du même sel. Les Cajuns de Louisiane chantent une vieille chanson que les plus de vingt ans n'ont pu que connaître. Cette chanson, reprise par Zachary Richard, est alors dans nos têtes. C'est elle que nous chantons, chanterons jusqu'à ce que nous ne puissions plus chanter. Elle est notre aire de jeux, un point de rassemblement, le carburant de nos escapades. À chacune de celles-ci, nous offrons aux bananiers et cocotiers une nouvelle interprétation. Nous avons entonné *Travailler c'est trop dur, et voler c'est pas beau* des dizaines de fois jusqu'à la fin du séjour, jusque dans le hall de l'aéroport d'Orly. Quelques années plus tard, cette chanson deviendra l'hymne d'un club très fermé – et inconnu de tous – dont elle est un membre fidèle. Le seul cercle auquel elle ait jamais, probablement, appartenu.

Il fait soir. Nous n'avons pas envie de rester dans l'air climatisé de l'hôtel à entendre une musique qui ne peut que s'écouter de loin, musique qui va avec l'éclairage tamisé, la moquette et les glaçons. Une brise légère fait descendre des collines un air auquel nous ne pouvons résister, *Travailler, c'est trop dur...* chante le vent. Il faut quitter les lieux, nous suggère la brise.

Nous décidons de partir à l'assaut de la nuit martiniquaise, prêts à enlacer ses routes chaotiques. José, son ami mélomane et noceur, nous a indiqué une boîte de nuit que seuls les insulaires fréquentent. Pour la trouver, il suffit de prendre à gauche en sortant de l'hôtel, puis au premier rond-point à droite, puis tout droit, puis au niveau de l'entreprise de réfrigération à droite encore. Ensuite, on tombe sur une nationale qu'il faut prendre à gauche. Dès un nouveau rond-point, il ne faut surtout pas suivre la direction Fort-de-France mais bifurquer sur la route opposée. À Saint-Joseph, c'est simple, arrivés à l'église, c'est la route d'en face. « Là, vous commencerez à voir les panneaux qui mentionnent le nom de la boîte de nuit : Babaorum, vous vous souviendrez ? » demande José. En route pour le Babaorum !

Elle est assise à l'arrière. Tous les enfants sont assis à l'arrière quand la voiture surchargée s'engage sur la route des vacances. Colette et René Sanson à l'avant, Violaine et elle, sur la banquette, ont pris maintes fois cette route que tout enfant espère toute l'année. Sur celle du Babaorum, elle a le même âge que celui de ses parents quand ils ne savaient plus comment caser dans leur automobile les raquettes de tennis, les chapeaux contre le soleil et les tricycles. J'aimais aussi être assis à l'arrière de la voiture à côté de mon petit frère, heureux d'écouter mes parents parler entre eux, oubliant que nous étions derrière, pensant que nous ne les comprenions pas. Nous étions des espions et adorions cela. Parfois, je me couchais sur le siège arrière afin de voir défiler le haut du paysage, les cimes des platanes, les toits des maisons. Sur la départementale D23 en direction de Fort-de-France, elle et moi nous sommes allongés sur la banquette de la voiture afin de voir défiler le haut des cocotiers, rejoignant, retrouvant ainsi nos enfances.

Après deux heures de route, nous arrivons enfin, exactement là où il ne fallait pas arriver : à Fort-de-France. Dans la ville endormie, seules quelques ombres de chats rappellent que la vie existe. Nous sommes perdus, mais pas seuls au monde. Mini-colonie de vacances unie pour le meilleur et pour le pire, *unus pro omnibus, omnes pro uno,* un seul pour un, un pour tous, nous sommes d'accord pour continuer à chercher le Babaorum. Pendant deux heures qui n'auraient dû durer qu'une demi-heure, François-Éric se montre impassible et souriant, un rocher que pas une tempête ne peut ébranler. Au fur et à mesure de nos hésitations, Kanou est plus inquiète et envisage, exagérément paniquée, la possibilité que nous ne trouvions jamais le Babaorum. Kanou allume une cigarette. Elle va tout de suite mieux. Nous entamons une nouvelle fois notre hymne. Il devient un signal de détresse adressé à toute l'île qui ne l'entend pas. Ma voisine est plutôt enchantée de nos cafouillages. Elle jubile de nos incompétences, s'amuse de nos divergences géographiques, de nos logiques qui ne se ressemblent pas. Elle n'est d'aucune aide, capable de se perdre partout. Elle est très heureuse de ne pas avoir à intervenir, d'éviter de donner une indication qui aurait pu, accidentellement, nous permettre d'atteindre notre objectif dans les meilleurs délais. Comme les contraintes, les journées découpées en vingt-quatre heures, elle n'aime pas non plus les délais.

Pour elle le chemin parcouru, celui à parcourir, est plus important que la destination. La nuit délayée ensemble, c'est repousser le moment où il faudra aller dormir. Nous nous perdons dans la nuit mais nous gagnons de nouvelles histoires que nous nous remémorerons, que nous écrirons peut-être. Ce grand égarement nous permet de tricoter les souvenirs qui embelliront nos vies. Nous le savons. J'aurais aimé que nous nous perdions davantage pour agrandir le souvenir de ce moment-là

Travailler c'est trop dur, et voler c'est pas beau résonne dans l'île éteinte. Nous roulons lentement à la recherche du moindre indice qui pourrait nous rapprocher du Babaorum. Nous arrivons devant ce qu'il reste de deux hommes très enrhumés. En un magnifique créole assorti de quelques mots en français, ils expliquent avec patience et gentillesse le chemin de la boîte de nuit. Nous revenons sur nos pas, trouvons le bon rond-point qui conduit à la bonne route. Un panneau indique enfin le Babaorum. *Et voler c'est pas beau, d'mander la charité, c'est quéqu'chose j'peux pas faire...* À nous la Martinique by night.

Nous arrivons au cœur d'une banlieue industrielle. Chaque entrepôt rappelle à l'autre qu'il est laid. Le paysage est sinistre. Incongrue, une bâtisse fade et petite a réussi à s'immiscer dans cet immense champ de tôles. Sur son fronton un néon clignote. Il éclaire par saccades un parking quasiment vide. Nous sommes devant la boîte de nuit la plus légendaire de l'île, tant attendue, tant espérée. Déçus et hilares, nous n'abandonnons pas notre mission et partons à l'assaut de la boîte de toutes les folies, de toutes les transes, de toutes les vapeurs. En nous rapprochant de la porte d'entrée, une musique torride disco-créole jette sur le bitume un parfum d'exaltation. Le Babaorum va être notre temple de Bacchus. Nous nous déhanchons déjà.

Mais…

La boîte de nuit est vide, la piste de danse est déserte, pas un moustique, pas une cigarette allumée, pas un verre qui se casse, pas le bruit du jet de la bière, pas de cocktails agités dans des shakers. Seuls trois hommes discutent affalés au bar. Dos à la piste de danse, ils ne nous remarquent pas.

François-Éric, Kanou et moi ne résistons pas longtemps à la tentation de discocréoler. Elle ne se précipite pas sur la piste. Elle nous laisse ouvrir le bal. Je danse. Et peu importe mon ridicule. Je bouge, beaucoup. Je déhanche. Je sautille. Je crâne. La musique dirige mes pas. Elle libère mon corps engoncé de Parisien arrogant. Je danse parce que j'aime danser. Je danse aussi pour elle, afin qu'elle danse à son tour, pour qu'elle se rapproche du centre de la piste, dans l'espoir qu'elle devienne le cœur de mes pas. Le centre de la piste n'est pas le centre d'une scène. Elle hésite à entrer sur la piste alors qu'elle connaît le plaisir d'être au cœur de la scène. Sur scène sa musique l'anime, la porte, la libère. Sa musique vient de son corps. Sur la piste du Babaorum, la musique ne vient pas d'elle. Elle doit offrir ses gestes à une composition qui lui est étrangère et dont le rythme n'est pas le sien. Elle s'essaie à quelques mouvements, entame des gestes, les interrompt, change de chorégraphie. Elle ébauche. Elle envisage. Elle utilise plus ses bras que ses jambes. Son jeu de jambes est gauche mais plein de bonne volonté. Ses pieds se prennent dans des tapis qui n'existent pas. Elle esquisse des figures libres, entreprend des mouvements très artistiques de patineuse sans patinoire. Elle est gracieuse et maladroite. Elle est infiniment attendrissante. Alors qu'elle semble tout maîtriser, ses mots, ses silences, ses sourires et ses désirs, ses mouvements lui échappent. Elle est une débutante qui danserait pour la première fois. Elle n'évolue pas au centre de la piste, mais elle reste sur le bord, effarouchée. Elle est un chat qui aimerait sauter du haut d'une étagère et qui n'oserait pas. Je lui tends mes bras. Elle ne les refuse pas. Elle les rejoint comme une rescapée enfin sauvée. Nous dansons. Nous tentons de nous suivre, de nous rejoindre. Elle m'échappe. Je lui échappe. Nous nous retrouvons. Nous nous quittons. Nous nous frôlons. Nous nous touchons. Nous nous collons. Nous nous séparons. Nous ébauchons. Nous nous croisons. Nous nous retournons. Nous nous regardons. Nous nous perdons de vue. Nous nous retrouvons. Nous ne nous séparons plus. Notre danse est un condensé de vie que nous promenons d'un bout à l'autre de la piste. À côté de nous, Kanou et François-Éric nous frôlent aussi, mais moins. Les trois garçons qui étaient au bar sont partis. Le patron range le comptoir.

Elle n'a plus aucune raison d'être timide. Elle le demeure. Elle est heureuse de danser, de s'amuser. Elle paraît libre mais sa timidité empêche tout excès. Elle ne danse pas fougueusement mais délicatement, avec application. Notre duo eût fasciné un public qui, s'il était venu, aurait assisté à l'association chorégraphique rare d'une libellule hésitante et d'un grand singe survitaminé. Le patron du Babaorum et un employé ont fini de ranger. Ils nettoient. Nous continuons de danser. Quelques ébauches d'arabesques fantaisistes et quelques délicats sauts de cabri ne m'empêchent pas de contempler sa délicate gaucherie. Elle dessine avec ses bras des formes géographiques qui n'existent pas. Le patron ne nous met pas à la porte mais il l'ouvre sur l'aube naissante. Quelques rougeurs tropicales caressent la tôle des entrepôts. Nous n'entendons pas le chant des macaris mais les moteurs des premiers camions qui arrivent aux entrepôts. Leurs klaxons sifflent la fin de la récréation.

Il est temps de rentrer mais personne ne trouve qu'il est temps de rentrer. Nous prenons pourtant le chemin du retour, sans encombre cette fois, sans chanter non plus. La colo n'est pas fatiguée mais triste. C'est la fin de la nuit et le début d'un autre jour, un nouveau jour qui nous rapproche de l'adieu à ce petit air de vacances dont on aimerait que la ritournelle ne s'arrête jamais. Malgré l'aube dont les rougeurs pointent, nous rejoignons les transats. La lumière du jour efface du ciel les étoiles. Nous ne les compterons pas ce jour-là. Nous nous offrons nos silences. Vite brisés par l'arrivée des premiers clients ultramatinaux de l'hôtel. Ils se jettent à l'eau. Nous nous jetons au lit. Un autre jour commence, tissant quelques liens supplémentaires. Nous nous attachons sans amarres.

Le lundi, je l'ai vue séduire un piano. Le mardi, je l'ai vue quitter une salle de projection en rampant. Le mercredi, je l'ai vue en conversation avec un colibri. Le jeudi, je l'ai vue compter les étoiles. Le vendredi, je l'ai vue tricoter ses songes avec la ligne d'horizon, face à la barrière de corail. Le samedi, je l'ai vue danser comme une jeune fille qui n'aurait jamais dansé. Le dimanche, je l'ai vue triste parce que, le lendemain, il fallait rentrer. Elle m'a vu triste aussi, très. Du lundi au dimanche, je l'ai entendue chanter *Travailler c'est trop dur, et voler c'est pas beau*. Du lundi au dimanche, j'ai vu son immense sourire masquer avec élégance un petit quelque chose d'absent. Du lundi au dimanche, nous nous sommes allongés le soir sur les transats avant de ne jamais avoir envie de dormir. Pendant sept jours, nous n'avons pas respiré loin de l'autre.

Cette semaine-là s'est achevée au passage de la douane de l'aéroport de Fort-de-France, que nous avons franchie avec des têtes d'enfants privés de dessert sans raison. Dans la salle d'embarquement, assis et ronchons, nous nous offrons des gueules bougonnes. Malgré la tristesse qui encombre cette fin de récréation, dans l'avion au niveau de la Floride, nous rions à nouveau de magnifiques choses insignifiantes. Quelque part au-dessus de l'océan Atlantique, après avoir franchi le tropique du Cancer, aux environs des latitudes N 38° 59' 4.069 et longitude W 42° 21' 47.8125, nous décidons de refuser que l'été soit fini et que l'hiver parisien endeuille nos vies.

À trente minutes de Paris, en survolant la Normandie, nous nous promettons de nous revoir dès nos bagages récupérés. Pas question que l'autoroute du Sud devienne une muraille, un précipice, le fil barbelé qui maintiendrait à jamais nos plaisirs passés derrière nous et empêcherait ceux à venir de naître.

Nous venons d'atterrir. Il fait froid mais peu importe. Nous retrouvons nos bagages aussi défaits que nous. Rendez-vous est fixé dans un café de la porte de Saint-Cloud. Une place sans charme, sans intérêt, mais au cœur de nos routes divergentes, celle de Triel-sur-Seine pour les deux complices, celle de l'Ouest parisien pour François-Éric et moi. Il est difficile de nous séparer, alors nous nous séparons difficilement. Nous évoquons déjà nos souvenirs de Martinique comme s'ils étaient des souvenirs âgés.

Nous nous blottissons contre eux. Après le rhum de là-bas puis le chocolat chaud de la porte de Saint Cloud, nous avons repris chacun le cours de nos vies. Pour d'eux d'entre nous, la séparation sera de très courte durée.

3

Nous

Arrivés à Paris, une grande tristesse est venue grignoter nos joies. La fin des vacances était une fin. Une fin c'est toujours triste. J'aurais voulu continuer de rouler la nuit sous la chaleur des étoiles, elle assise dans la voiture, les contemplant comme si elle n'en avait jamais vu, les dénombrant comme si elle savait dénombrer. J'aurais aimé que ne cessent jamais ces minutes où nous écoutions la mer, isolés sur un îlet protégé du reste du monde par une barrière de corail.

Nous avons dû défaire nos bagages au même moment, rangeant pitoyablement, sans le vouloir vraiment, tee-shirts et maillots de bain. Nos souvenirs flamboyants sont déjà des tombes. Elle dans sa vaste maison au bord de la Seine, moi dans un petit studio. J'ai rangé les chemises d'été et sorti celles en velours côtelé qui tiennent chaud en hiver.

Le répondeur du téléphone fixe clignote hystériquement. Impossible de lui échapper. Son bip lumineux interrompt mes songes nostalgiques. Je fais tout ce qu'il est possible d'entreprendre pour ne pas l'écouter, pour ne pas entendre la cohorte de messages qui rappelleront immanquablement que la période de jouvence est morte. J'appelle mes parents, donc ma mère. Je lui raconte avec images et détails cette rencontre avec une femme peu commune, haute comme trente et une pommes, qui rit comme un môme et parle doucement comme une bonne sœur murmure dans un couvent. J'étire l'histoire. Je décris, croque, peins la femme comme si je devais exposer son immense portrait sur le large mur d'un musée. Je tricote le récit sans précipitation afin de prolonger, de revivre la saveur moelleuse de la découverte et l'odeur sucrée des frangipaniers. Le répondeur clignote toujours.

Il strie le compte rendu, le découpe. Il ramène à la réalité. Il abaisse l'altitude des souvenirs. Il zèbre mon visage comme les gyrophares d'une voiture de police. Il m'interpelle. Il me demande de revenir à un quotidien sans sel ou moins salé que les mers chaudes. Les vacances sont finies.

Le répondeur m'oblige à l'écouter. Il déroule la longue litanie des messages. Je rembobine, note. La voix du dernier appel est familière. Une voix timide sur la forme et déterminée sur le fond. « Nous avons évoqué au bord de la plage ton amour pour le reblochon et les coquilles Saint-Jacques. Je ne suis pas la reine du reblochon mais celle des coquilles Saint-Jacques. J'en ai à la maison. » Elle a ajouté : « Je ne te dis pas que tu me manques, cela te ferait trop plaisir, mais c'est vrai, tu me manques », suivi d'un rire adorable, allégeant la signification de ces derniers trois petits mots. Je ne pouvais répondre que moi aussi alors j'ai répondu moi aussi. Je l'ai dit sans plaisanter ensuite afin de ne pas en alléger la portée, afin de ne pas minorer la profondeur de ces deux mots. Je les ai prononcés lentement afin qu'ils soient aussi visibles que deux icebergs en plein océan.

Elle voulait prolonger l'été en plein hiver. Nous avons convenu de nous revoir le lendemain dans sa maison de Triel-sur-Seine. Elle allait cuisiner des coquilles Saint-Jacques, un point sensible, mon point faible. Pour elles, je pouvais faire n'importe quoi. Pour elle, je ne savais pas encore. Je ne savais que les quelques brins de choses vues et vécues à la Martinique. J'ai découvert une femme fine, brillante, timide, enjouée, généreuse, charmeuse, enfantine, blagueuse, enthousiaste, une femme en quête aussi lorsqu'elle me regardait avec tendresse.

Quand je la découvris pour la première fois, assise en face d'un piano qui partait en quenouille, elle était gaie.

À la Martinique, elle vivait chaque jour pour n'en goûter que le sucre et la vanille. Sa légèreté était une élégante réponse à la vie qui l'est moins. Sa vie avait été dense et grave. Elle avait aimé. Elle l'avait chanté. Elle avait souffert. Elle l'avait chanté. C'est tout ce que je savais. À la Martinique, j'ai rencontré Véro sans connaître Véronique Sanson.

Avant de la rejoindre à Triel, j'ai écouté, et souvent découvert, ses chansons, impressionné par son incroyable force. Je ne l'avais pas remarquée en la voyant marcher entre les rhododendrons. En écoutant ses disques, je découvre qu'elle peut être autant une coccinelle qui se pose sur les touches d'un piano qu'un tyrannosaure qui le dompte avec rage et fulgurance. Dans les Caraïbes, je ne la vis que butiner les ibiscus. Dans ses chansons, je remarque qu'elle peut être la fois butineuse et cogneuse, capable de frapper le clavier pour éjecter de l'instrument ses déceptions, ses espérances, ses attentes, ses douleurs. Avant de prendre la route de Triel, j'écoute en quelques heures les disques enregistrés en près de quinze ans. Je suis impressionné par sa capacité à se réinventer, par sa non-dépendance au succès – qui peut conduire à la tentation de s'imiter, de se caricaturer, puis à l'assèchement. Depuis qu'elle chante, elle parle d'amour, du manque, de l'absence, du désir, d'elle, de l'autre qu'elle veut, qu'elle quitte ou qui part. À chaque chanson, elle brode un nouveau pull avec des aiguilles, des mailles, des matières et des couleurs différentes. Chaque fois, c'est autrement. Elle ose.

Je découvre aussi qu'elle eut une période sans, une période en panne, sans que rien ne jaillisse, et des enregistrements très espacés. J'écoute ses chansons assis sur un fidèle rocking-chair. Le tic-tac de son balancement s'associe aux tic-tac qui ont rythmé sa vie, qui l'ont fait swinger ou tomber.

Je suis heureux de rejoindre la femme qui tisse et qui ose, celle qui compte les étoiles.

Un pantalon noir, une chemise bleue, un gros pull, un lourd manteau, des gants et une petite Autobianchi A112 rouge. Nous sommes à l'automne 1987.

Boulevard périphérique, après les Caraïbes, l'autoroute de l'Ouest.

Je m'apprête à me rapprocher de l'intimité de Véro alors que des millions de gens connaissent tout de celle de Véronique Sanson. Je ne connais pas les routes à emprunter pour Triel alors que des millions de personnes savent le parcours, les virages, les impasses et les routes empruntées par sa vie.

Tunnel de Saint-Cloud. Tunnel long et sinistre pour rejoindre une femme lumineuse.

Versailles est annoncé. De chaque côté, des marronniers sans feuilles, sans bourgeons, sans rien. La tristesse du ciel après la lumière dansante des îles. La terre de Paris est froide, sans odeur, mais les effluves de jasmin sambac ou de beaumontia continuent de m'enivrer. Le plaisir de la revoir enivre aussi.

Après avoir dépassé le panneau Versailles, il faut continuer vers l'ouest. Pour Triel, sortir à Poissy. Il fait brumeux. Je quitte l'autoroute, excité, flatté, attendri et curieux.

Départementale 190 direction Villennes-sur-Seine. La maison de Triel n'est plus très loin.

Le talent des autres me grandit. Il me bouleverse, m'impressionne, me déstabilise. Il intimide. Lorsque je l'ai rencontrée sous d'autres latitudes, je n'étais pas intimidé. Sur la route de Triel, plus je me rapproche du quai où elle habite, plus je le deviens.

Le panneau Triel-sur-Seine.

Quelque chose l'attire mais quoi ? Ne pas savoir quelle peut être cette chose – ou ces choses – paralyse. Ces questions augmentent la tension cardiaque, le poids des nuages et celui de la peur. Elles accroissent l'intensité liée à l'excitation.

J'arrive sur le quai. Je passe devant sa maison. Je me gare au bord de la Seine avec maladresse, recommençant la manœuvre plusieurs fois. Je sors de la voiture, oublie le cadeau, mon écharpe, tout ce qui est oubliable. Les phares restent allumés, il faut retourner à l'A112. Je la ferme à clef... mais les laisse sur la porte. J'y retourne à nouveau. Enfin, je suis prêt.

Je longe un muret tout gris. Derrière, la maison est vaste, sans rondeur. En été, il y a du lierre. Là il n'y a que ses traces. Son squelette rampe partout. Le mien pèse plus lourd que la bâtisse. J'avance vers le portail comme si j'apprenais à marcher. Toutes les pièces sont éclairées. Des rectangles lumineux transpercent la nuit sur trois niveaux.

Maintenant, immobile devant le portail blanc de la maison, je vois la sonnette mais ne la désire pas. Je repousse le moment de sonner.

De grands arbres guettent. Cette armée de guerriers dénudés protège la maison, elle l'entoure et en amoindrit le volume. Aucune ombre ne vient perturber la tranquillité immobile de la demeure. Pas d'incandescence de feu, pas de silhouette passante derrière la dizaine de fenêtres qui s'offrent à la Seine et qui prouverait que la vie existe. Aucune musique ne s'en échappe. L'atmosphère ressentie ressemble davantage à celle, inquiétante, d'un film d'Hitchcock qu'à une série guimauve et toujours ensoleillée comme *La Petite Maison dans la prairie*.

Je vais sonner. Un chien va aboyer.

Sur le quai, pas une voiture ne passe, pas un promeneur ne déambule. Les réverbères n'ont rien à éclairer. Les nuages sont figés. Le chien qui devait aboyer, aboie.

Sur la Seine aucune embarcation. Sur la rive d'en face, du village de Triel s'échappent quelques lumières.

Je sonne. Le chien aboie davantage.

Je sonne encore. Pas de réponse, pas de porte qui s'ouvre et libère dans la nuit un faisceau chaud de lumière réconfortante.

Je ne fume jamais mais j'allume une cigarette, puisée dans un paquet tapi au fond d'une poche. Je ne sais pas comment on fume. Je tousse. Le chien s'en moque, les arbres en rient, elle aussi.

J'entends son rire et je ne la vois pas. Elle rit. Elle m'entend m'étouffer alors elle rit. Elle rit depuis la porte enfin ouverte de sa maison. Un rai de lumière s'en libère. Il cavale, caresse la Seine et se perd peu avant Triel. Il découpe sa silhouette, la projette dans la nuit. Elle sort de chez elle comme si elle entrait sur scène. Le portail s'ouvre. Je meurs de froid, de crainte, de tout. Je marche vers elle, me rapproche d'elle, monte quelques marches, avance encore. Elle quitte son halo de lumière. Nous nous enveloppons. Nous nous pressons l'un contre l'autre. Je n'ai pas vu son visage. Elle ne m'en a pas laissé le temps. Nous nous réchauffons. Nous nous retrouvons, trouvons. Nous mettons fin à l'hiver. Ensemble les vacances reprennent. Dans ses bras, plus aucune timidité, plus aucune crainte. En reculant avant de l'enlacer encore, je vois son visage. Le même que celui des Caraïbes. Lisse, hâlé et des yeux à ne voir que ses yeux. Des yeux gigantesques, plus larges que la Seine en face de sa maison. Nous entrons dans la demeure de toutes ses intimités. Elle referme vite la porte. Il fait si froid dehors, si chaud dedans, la même chaleur que celle de la Martinique. Je la regarde encore.

Un couloir pas long mais large. Sur la gauche une porte donne sur un petit salon, une sorte de boudoir désorganisé. En face de l'entrée, un escalier. Elle est devant.

L'intensité de son regard est plus profonde que les gorges du Colorado, son sourire plus large que le Mississippi.

Avant l'escalier, au fond du couloir, sur la gauche après le petit boudoir, la cuisine. Le petit salon était dans la pénombre, la cuisine est sous les feux de la rampe. Sur une table, sur les plans de travail, sur le rebord des fenêtres, partout de quoi préparer mille festins. Des herbes, des pots, des boîtes, de la nourriture, du beurre en repos, du basilic, des odeurs, des couleurs, la vie. Sans perdre de temps, elle me présente à sa famille culinaire, ses amis épices, le basilic en pot, les grappes de tomates, les oignons qui pendouillent. La présentation se poursuit avec la description de ses outils de travail. Objets contondants, affûtés, couteaux spécialisés, elle partage sa passion. Elle coupe le cordon inaugural du partage de plaisir de cuisiner. Je n'ai jamais fait une omelette. Elle s'attarde sur des objets qui lui rappellent des voyages, certains sont des bribes de sa vie, d'autres lui ont été offerts par des fans. Ils ont tous une valeur sentimentale. Ils n'ont aucune autre valeur. Cette valeur-là n'a pas de prix.

Elle porte un pull généreux, ample, et un pantalon. Elle n'est pas fille à robe en mousseline, à chemisier en soie, à tailleur pour dames, à talons pour gonzesses, à dentelles pour vieilles. Et encore ses yeux. Plus joyeux que ceux d'un enfant assis dans un manège qui tourne sur un air d'orgue de barbarie. Elle se poste devant un plan de travail pour mieux le cacher. Ses yeux deviennent coquins. Elle s'attarde, prend un plaisir puéril et amusé, sachant que je brûle de curiosité. Elle prolonge mon délicieux calvaire. Elle est l'actrice qui a, entre les mains, le nom du meilleur acteur de l'année et qui retarde avec jubilation – et perversité – l'ouverture de l'enveloppe. Enfin, elle l'ouvre. Enfin, elle s'écarte du plan de travail. Et nous passons aux choses très sérieuses.

Nous nous rapprochons de mon sacré : les coquilles Saint-Jacques. Elles sont fraîches, grosses, blanches et corailleuses. Elles sont le prétexte qu'elle va mettre dans la poêle pour le faire dorer. Elle m'a fait venir pour ses Saint-Jacques. C'est pour elles que je suis là, pour elle aussi je crois.

Son regard ne me fixe pas. Dès qu'il est sur le point de s'attarder sur les yeux qui l'observent, le regard part en goguette, revient dare-dare et repart en voyage aussi vite. Fortuitement, accidentellement, il se plante à certains moments dans le mien. Ses yeux, ses joues, sa maison, la terre entière deviennent alors rouges. De ce rouge délicieux qui embrase ses joues comme la cheminée chauffe la pièce d'à côté. Elle n'a plus rien à me présenter, plus un brin d'herbe, un bout de salade, aucun ustensile, ni alibi. La reine de la cuisine est nue. Face à son hôte bambin, elle devient timide mais n'a plus rien pour se camoufler. La timidité intimide, alors je le deviens davantage. Les deux intimidés mutuels quittent la cuisine. Nous passons devant l'escalier qui monte aux chambres pour rejoindre un grand salon garni de canapés et d'un piano. La présentation est brève mais elle lui permet de dérougir. Nous ressentons cependant l'irrépressible désir de nous rapprocher, de revenir à la cuisine. N'est-ce pas le lieu de tous les enjeux ? Celui où elle va enfin concocter les coquilles Saint-Jacques, les saler, les dorer, les retourner ? Où le bal va commencer ?

Mais, pendant des centaines d'heures, nous évoquons les Caraïbes sans même qu'elle allume le feu sous la poêle. Pendant des milliers d'heures, nous rions de nos rires passés. Impassibles, les coquilles reposent sur le plan de travail, à quelques centimètres de nous. Impossible de les ignorer. Elles et elle me narguent. Je les espère.

Je lui dis : « Tu te rappelles de la boîte de nuit, au bord de la nationale, avec personne dedans et nous, déchaînés sur la piste ? » Ses yeux deviennent sombres. L'orage s'installe au-dessus des gorges du Colorado. Son sourire disparaît soudainement. Plus de Mississippi. Elle est mortifiée, indignée même. J'ai l'impression de l'avoir insultée. Je viens de dire ce qu'il ne faut pas. Maîtresse d'école sans tableau, instituteur sans craie, elle se dresse sur la pointe de ses baskets afin de grandir son autorité, elle tapote du pied, un air menaçant qui ne ferait peur à personne. « On ne dit pas tu te rappelles de… On dit se souvenir de la boîte de nuit, se rappeler la boîte de nuit mais pas se rappeler de la boîte de nuit. » Je reformule alors la question, en articulant sagement, en appuyant sur « TU », « TE ». Je poursuis avec « rappelles », puis pause et respiration avant de passer directement – et consciencieusement – à « la boîte de nuit » sans passer par le « de ». À nouveau le Mississippi. Plus aucun orage au-dessus du Colorado. Elle vient de gagner une victoire, provisoire. Je recommencerai, réitérerai cette faute jusqu'à la fin de mes jours pour qu'elle la corrige jusqu'à la fin de ma vie.

Nous nous souvenons DE l'hôtel au bord de la mer des Caraïbes. Nous nous rappelons LE piano aux touches manquantes, LES chansons vociférées dans la voiture sur les routes de la Martinique, LES matelas sur lesquels nous nous sommes allongés afin de dénombrer illusoirement les étoiles.

Elle passe un temps fou à préparer un plat non identifié et hors programme mais pas les coquilles Saint-Jacques. Elle prend un plaisir certain à déambuler d'une planche de travail à l'autre. Elle parade.

Et un peu de vin. Nous chantons cacophoniquement puis harmonieusement, puis subtilement notre hymne : *Travailler c'est trop dur, et voler c'est pas beau*... Nous nous accordons.

En nous accordant, nos rires se rapprochent plus que nos voix. Les coquilles Saint-Jacques s'ennuient. Elles ne sont pas mélomanes.

Elle tord les minutes, les déforme, les allonge, les met à terre. Je comprends alors que, pour ne pas la perdre, il faut apprendre à ne pas interrompre sa façon de vivre son temps, surtout quand elle se trouve en état « mijotatif ». Nous nous intéressons à nos vies. Nous nous frayons les chemins qui conduisent à l'autre. Elle pose des questions sur mon enfance, mes parents, et aucune sur ma vie amoureuse. Elle devrait. Elle pourrait commencer par cela mais ne commence pas par cela. Elle n'entame pas une étude de marché. Je n'ose pas évoquer sa vie, ne voulant pas lui donner l'impression d'être interrogée, qu'elle accorde une interview de plus. Mieux vaut donc évoquer les coquilles Saint-Jacques, qu'on ne peut pêcher que du 1er octobre au 15 mai, sauf à Jersey toute l'année.

« Le vin est très bon, dit-elle.

— Je trouve aussi. »

Pourtant, je n'y connais rien. Elle allume le feu, saisit la poêle. Je la vois posée sur la cuisinière allumée à petit feu. Je me consume à petits feux. Je peine à y croire. Je chavire. Les coquilles Saint-Jacques vont plonger dedans.

La cuisine est assez grande pour y danser alors nous y dansons. Nos corps se rapprochent avec moins de légèreté et grâce qu'un pas de deux chorégraphié par Georges Balanchine. Le style est très contemporain, très autotamponneuses. Nos gestes sont gauches. Comme je l'avais remarqué à la Martinique, bizarrement son corps n'a pas le sens du rythme. Elle bouge avec une maladresse subtile. Elle le sait, mais persévère. Sa volonté de danser joli la rend délicieuse à regarder. Nous nous frôlons. Nos poitrines se rapprochent au niveau de la cuisinière, juste à côté des coquilles Saint-Jacques. Elle réduit l'intensité du feu. J'aimerais tellement me rapprocher d'elles, les dévorer, mais rien ne presse. Pour elle, rien ne presse jamais. Il s'agit maintenant de préparer la table, d'organiser sa mise en lumière. Patience et longueur de temps font plus que force ni que rage, me disait La Fontaine quand j'étais petit. Pour elle, il convient d'apprivoiser son impatience, de la juguler. Pour elle, il faut faire de la patience une force afin que la longueur du temps ne devienne pas un obstacle mais un paradis.

Le vin est vraiment bon.

Nous parlons des autres, beaucoup. Nous nous moquons sans concession mais sans aucune méchanceté.

La poêle frétille comme il faut. Elle s'en approche. Que peut-il arriver encore ? Je montre un signe d'impatience. La patience, je l'envisagerai, un peu, trente ans plus tard, grâce à elle. J'assiste, enfin, à l'appoêlissage des coquilles Saint-Jacques, tant promises, tant rêvées. Elles mijotent.

Avec excitation, lenteur, détermination, nos bouches se rapprochent des coquilles dorées comme il faut, salées à la perfection, accompagnées de quelques herbes discrètes tant il faut ne pas amoindrir la saveur intrinsèque de ces *pecten maximus* bivalves et bien ronds de la famille des Pectinidés. Pour l'épater, j'ai appris ma fiche mollusques par cœur en écoutant, en boucle, « Le Temps est assassin » enregistré à l'Olympia en 1985. Je connais les paroles de la chanson par cœur grâce aux coquilles Saint-Jacques. Lorsque j'entends « quelquefois je sens les mystères de toutes les choses que je comprends mal », je n'oublie jamais que les coquilles Saint-Jacques ont, phénomène exceptionnel chez les coquillages, des yeux, oui des yeux catadioptriques.

Elle insiste sur la qualité du vin choisi. Il la libère de ses inhibitions. Il lui offre des ailes de cigogne blanche et la dépose sur une piste de décollage. Mais il m'assomme. Moi, je reste au niveau du sol. Mes semelles ne sont pas de vent comme celles de Rimbaud, mais de plomb. Je lui résiste, comme chante France Gall. (J'écris ceci pour l'énerver mais, en le lisant, elle ne le sera pas, pas du tout.)

Ces coquilles Saint-Jacques ne sont pas le plat principal mais un plat avant d'autres. Je ne me souviens plus des autres mets savoureux mais du temps incroyable passé dans son royaume. Nous quittons la cuisine. Après être passés devant l'escalier, celui qui conduit aux chambres, nous poursuivons la soirée dans le salon. La cheminée est grande. Un homme peut s'y tenir debout.

Avec grâce, nous nous affalons sur un canapé confortable mais sans élégance. Bien que nous soyons au-delà du milieu de la nuit, ses yeux sont aussi lumineux que le soleil d'été à midi. Les miens commencent à se fermer. Son regard ne fuit plus. Il se pose sans affolement dans le mien. Je ne me prive pas d'en faire autant. Ses attentions depuis le début de la soirée semblent au-delà de ce que je pense pouvoir provoquer. Elles dépassent qui je suis. Elle me regarde comme si j'étais un éclair au chocolat.

Le plaisir de contempler un éclair au chocolat à travers une vitrine est au moins égal à celui de le dévorer. Le consommer, c'est en achever le rêve, le clôturer. Il est quatre heures du matin. Je suis un éclair au chocolat qui la contemple. Moi je regarde une femme peinte par Vermeer. Quand j'admire un tableau, je n'éprouve pas le désir de le posséder ni de l'emporter. Le contempler, savoir que je vais le retrouver suffit à combler ma joie. Il est 4 h 35. Elle est un Veermer, je suis un éclair au chocolat. Rien ne nous oblige à nous posséder. Il est si doux de faire durer ce moment-là.

Il est vraiment tard mais ce n'est pas une raison pour partir, pas une raison pour rester non plus. Je prends l'aube en otage pour lui dire au revoir.

Nous repassons devant l'escalier qui conduit aux chambres, à sa chambre.

L'éclair au chocolat quitte la maison. Elle pourrait le retenir mais elle est un gourmet. Un gourmet ne se précipite pas.

Sur le pas de la porte, nous nous enlaçons. Elle ne fait pas que m'enlacer. Elle tisse des fils invisibles. La tisseuse de Veermer fait la même chose : elle tisse, mais que tisse-t-elle ? Je me dirige vers la voiture lentement pour que chaque seconde devienne un souvenir. J'allume les phares. Elle éteint la lumière. La Seine se réveille.

L'éclair au chocolat noir file vers Paris à bord de sa petite Autobianchi rouge. Dans le rétroviseur, elle est là.

Comme un nouveau portrait accroché à la cimaise de mes pensées.

Le lendemain, dans le téléphone, sa voix. Elle ne m'a pas quitté depuis qu'elle a éteint la lumière. Sa voix prolonge sa voix. Nous confirmons notre intention de prolonger l'été le plus rapidement possible. Plus besoin de coquilles Saint-Jacques.

Deux jours plus tard, nous allions devenir les miroirs réciproques de nos visages hâlés. Pendant ces deux jours, la femme de l'autre côté de la vitrine m'a manqué. Loin d'elle, je n'étais pas un éclair au chocolat heureux.

Nous nous retrouvons près de la place de l'Étoile, pour le déjeuner. Elle m'a donné rendez-vous chez Guy Savoy, chef étoilé et l'un de ses indispensables amis.

De toute évidence, elle a ses habitudes dans ce restaurant feutré où les conversations sont discrètes et les nappes épaisses, repassées à même la table afin qu'aucun pli ne puisse perturber les convives. Les hôtes ont l'élégance de ne pas faire remarquer qu'ils s'identifient. Nous ne sommes pas chez Maxim's ou dans un café branché du boulevard Saint-Germain, mais dans un salon pas très grand pour gourmets cultivés, bien élevés et fortunés.

Elle est arrivée avant moi. Une fois à la table, nous nous embrassons comme si nous nous connaissions depuis longtemps, comme si aucune heure ne nous avait séparés du canapé de Triel. Elle est heureuse, souriante, enjouée. Elle est comme je la connais depuis quelques jours maintenant. Je ne l'ai jamais vue triste ou perdue, absente ou grave. Elle tend la carte comme s'il s'agissait d'une icône sacrée en bois rare, recouverte d'or. N'y figure aucun prix. Comment choisir sans voir si mon salaire mensuel permet de nous régaler sans conduire à la ruine, au dépôt de bilan, à l'exil ? Avec tact, elle précise que nous sommes chez l'un de ses amis, donc chez elle, et que je suis son invité. Elle précise aussi que je ne dois pas me sentir gêné puisque je l'inviterai la prochaine fois.

Je décide de prendre les plats les moins chers mais comment faire sans les prix ? Le problème est vite réglé : elle suggère ce qu'il est judicieux de commander. Chaque conseil devient un cours à la Sorbonne, prodigué avec érudition, précision, poésie et gourmandise. Chaque suggestion se transforme en leçon de chose me rappelant les cours d'histoire naturelle du lycée. Pour décrire une dorade et son accompagnement, grâce aux mots de la conteuse, j'entends la mer, l'arrivée du chalutier, la capture du poisson, le travail des marins. Raconter chaque plat est, pour elle, aussi jubilatoire que la simple satisfaction des papilles. Encore l'histoire de l'éclair au chocolat.

Commandes sont passées. Nous sommes alors attirés par la même chose, animés par le même désir. Nos mains se rapprochent des petits pains rassemblés dans un panier d'osier. Les étreintes commencent entre nos bouches et les miches aux olives, aux figues ou aux noix.

Son territoire de jubilation et partage s'étend sur le mètre cinquante de diamètre qu'est la table. Un territoire sans guerres, sans heurt, un absolu territoire de paix. Que je vais briser. Malencontreusement, bêtement, j'interromps, abîme l'exaltation qui précède l'arrivée du premier plat : emporté par sa passion, à mon tour exalté, mes bras bousculent l'assiette portée par le serveur. Sauce et poissons, mousses et herbes du Grand Nord s'affalent avec générosité sur ma chemise, blanche bien entendu.

Cette tache-là changea tout. Elle fut la première pierre du temple, celle sans laquelle il ne peut tenir debout. Cette tache fut notre ciment, un signal de reconnaissance, une médaille pas glorieuse qu'elle porte elle aussi. Elle est aussi une femme à taches. Cette tache-là fut le plus beau de nos miroirs. Celui dans lequel on se reconnaît. En une tache, elle vit en moi un collègue. Nous sommes devenus frère et sœur d'une confrérie souvent moquée, d'une minorité visible. Les tacheurs récidivistes sont maladroits, distraits, rêveurs, absents, timides donc attachants. Par cette tache-là, nous nous sommes attachés. Ce jour-là, chez Guy Savoy, nous sommes devenus solidaires, deux mousquetaires, à la vie, à la mort. Le pain a rapproché nos mains. La tache a rapproché nos vies.

La chemise blanche ne l'est plus. Elle est une œuvre d'art contemporaine aux projections aussi folles et hasardeuses que celles de Jackson Pollock. Nous quittons la table sous les yeux amusés des autres convives. Dans le vestiaire, elle entame une éradication méthodique. Grande tachée de longue date, tachée expérimentée, tachée émérite, aucune tache ne lui résiste longtemps. Elle connaît leur type de nocivité en fonction des supports sur lesquels elles ont décidé de se cramponner. Elle sait comment les contrer, en limiter la propagation, en effacer les traces. Elle travaille la tache donc la chemise. Elle atteint ma peau, innocemment, très peu probablement. Je ne suis pas certain d'avoir envie que toutes les taches disparaissent rapidement. Tant d'eau est nécessaire que je finis par ressembler aux noyés du radeau de la méduse. Je me sens grotesque. Elle s'en amuse. Cette impression l'attendrit. Je rougis. Je suis attendri que mon rougissement l'émeuve. Avant même le premier plat, nous nous attendrissons mutuellement, beaucoup. Nous retournons à table.

La tache est affaire de distraction et souvent de timidité. Elle évoque la sienne. Elle confie que sa myopie l'aide à la cacher. Quand elle ne porte pas de lunettes, elle distingue son prochain vaguement. En ne les portant pas, elle se prémunit des regards qui pourraient la perturber ou la déranger. Lorsqu'elle en porte, des verres teintés dissimulent son regard. Ils ne permettent pas à l'autre de sonder le sien, de s'y perdre, de la déstabiliser ou de l'encombrer. Sa myopie lui permet de dire qu'elle n'a pas vu, de faire croire qu'elle n'a pas vu. Ses lunettes sont un filet de camouflage, une tour de contrôle, un centre d'observation, un alibi pour masquer et jouer de sa timidité.

À un mètre cinquante l'un de l'autre, pas de jeu possible, nous nous observons, nous nous écoutons, nous nous constatons, nous nous évaluons, nous nous jaugeons mais ne nous jugeons pas.

Un plat est servi. Je n'y prête pas attention. Elle me confie des choses sérieuses avec humour et sincérité. Confier est faire confiance. Je suis touché par la sienne. Je me sens responsable de ce qu'elle livre. J'écoute chaque phrase avec minutie pour me la redire ensuite et parfaire sans elle ma compréhension d'elle. Elle fait très attention à ce qu'elle déguste, moi moins. J'aime l'écouter plus que jouir de la saveur du velouté.

Elle explique qu'elle a longtemps perdu ses moyens et les perd encore quand elle se retrouve en face d'un homme qui la séduit, l'impressionne ou l'émeut. Dans ces cas-là, elle se tache, elle aussi.

Nos vies sont donc de longues parties de taches, taches cachées, taches incachables, taches drôles, taches humiliantes, petites taches charmantes et grandes taches grotesques. Mes taches sont les siennes. Ses timidités sont les miennes. Les autres ne les subodorent pas. Nous nous comprenons parce que nous nous ressemblons.

À la fin du repas, le chef vient nous voir. Ses salutations sont très chaleureuses, très. Lui aussi m'observe, beaucoup. Nous nous séparons très chaleureusement, très.

Pas question d'attendre avant de nous revoir alors nous n'attendons pas. Nous décidons de déjeuner à nouveau ensemble, dès le lendemain. Nous nous glissons dans nos agendas respectifs. Dans un agenda très rempli, surchargé, c'est fou la place que l'on peut trouver quand on le veut. Je la vois dans un jour. Un compte à rebours débute. Comment faire ? Comment ne pas la décevoir ? Comment l'étonner ? Où recevoir une femme invitée partout par des hommes qui ne savent pas quand vient la fin du mois ?

Un ami me recommande un restaurant nouvellement ouvert avec déjà une belle réputation. L'établissement est idéal, elle ne s'y est certainement jamais rendue. Il a un autre avantage : être situé près d'une église dont elle ne peut connaître l'originalité. Je vais pouvoir la surprendre, l'étonner, l'épater, coudre à mon tour des fils invisibles. Qui apprend est conquis, dit-on.

La structure de l'église Saint-Augustin fut imaginée par Victor Baltard, dont les anciennes halles de Paris portent le nom. Un squelette métallique apparent, qui la différencie de la plupart des autres édifices religieux. Pour ce déjeuner, j'ai donc révisé la vie de Baltard et de saint Augustin. Elle m'a conduit aux délices de la cuisine, je la conduirai vers les subtilités de l'architecture.

Nous avons rendez-vous devant le restaurant. Elle arrive joyeuse et curieuse. De la rue, elle aperçoit des fleurettes fraîches multicolores joliment placées dans des pots de couleur, parfaitement disposés sur des tables en marbre gris avec piètement noir. Elle scrute les attablés, tous en costumes ou robes à la mode. Elle regarde la carte, donc les prix. Elle est alors saisie par un désir de pizza aussi irrépressible, soudain que vital. Fort heureusement, et de façon hasardeuse, le restaurant contigu à celui à la mode est une pizzeria qui ressemble à nombre d'autres pizzerias, avec fleurs en plastique, couleurs et objets accrochés au mur censés faire « comme en Italie ». L'éclairage qui tombe du plafond creuse des cernes à tout bien portant, rend blafard et triste toute personne resplendissante. Un artiste sait les lumières qui ne lui vont pas, ne le flattent pas, ne l'avantagent pas, une préoccupation qu'elle a sur scène mais, visiblement, pas dans la vie.

Elle prend ma main, ne me laissant pas d'autre choix que de la suivre. Elle s'empresse d'entrer dans cette pizzeria désespérante, banale, quasiment vide, ce qui n'est pas bon signe à cette heure-là. Elle choisit la table avec l'enthousiasme exagéré d'une jeune fille qui va pour la première fois au restaurant. Une table est libre, près de la fenêtre. De l'extérieur, très vite on la reconnaît, mais ses fans semblent avoir un doute : Véronique Sanson ne peut pas déjeuner dans un restaurant de ce genre, à la vue de tous, au bord de la fenêtre, devant des centaines de passants et des fleurs turquoise en plastique usé.

Elle s'en fout. Elle ne pense pas à sa notoriété. Elle ne se comporte pas en femme célèbre. Elle est habituée à l'être. Dans le restaurant, une femme vient vers elle avec une question originale et subtile : « Vous êtes Véronique Sanson ? » Très gentiment, elle répond : « On me dit souvent que je lui ressemble », oubliant que sa voix la trahit. Le déjeuner est ensuite nourri, enchanté par une conversation consacrée aux choses de nos vies. Nous n'évoquons pas, toujours pas, pas encore, un jour peut-être, nos situations amoureuses. Nous nous sommes rencontrés dans les Caraïbes sans être accompagnés et au restaurant nous nous accompagnons très bien, seuls tous les deux ensemble.

La conversation se déploie sans aucune tache, preuve de nos timidités vaincues. Je demande l'addition, heureux d'être celui qui invite à son tour. La douloureuse ne l'est pas. J'aurais pu lui offrir une colonne de pizzas aussi haute que la tour de Pise. Elle avait vu les prix de l'autre restaurant. Elle avait dû considérer que c'était ridicule, qu'ils allaient assécher la puissance invitante. Elle avait eu l'élégance de me faire croire que c'est de pizza dont elle rêvait et dont elle se contenterait. Je ne suis pas certain qu'elle les aime.

Elle semble satisfaite du déjeuner. La pâte de la pizza était molle, les ingrédients plutôt secs, la musique d'ambiance trop forte et les courants d'air insupportables. Du mou, du sec, du trop ou du pas assez, mais elle s'en accommoda sans une plainte. L'essentiel n'était peut-être pas là. Elle nous a conduits dans un restaurant peu cher, preuve qu'elle n'accorde aucune importance aux prix des choses, ni à ce qui est dépensé pour elle. Elle n'a pas compté le nombre de francs déboursés pour estimer l'affection que je lui porte. À ses yeux, l'apparence des êtres, celui des lieux, n'en font en rien la valeur. Dans cette pizzeria, l'hôtel où nous étions à la Martinique, sa maison, rien n'est luxueux. Le luxe l'ennuie. Il m'assoupit.

Nous n'arrivons pas à quitter la maussade pizzeria. Bien que la table ne soit pas large, elle se rapproche. Elle s'apprête à me livrer une confidence ou à murmurer quelque chose que les autres ne doivent pas entendre. Elle prononce quelques mots. Elle les hésite. J'entends à peine. Des voisins demandent l'addition, se lèvent. Leurs chaises font hurler le sol. Elle se rapproche davantage. Elle me demande

« est-ce que »... Après le « est-ce que », les mots sont inaudibles, écrasés par les cloches de l'église qui se mettent à sonner bruyamment. Les derniers attablés se dressent, bruyamment aussi. À la fin du tintamarre des cloches, elle ne reprend pas, ne poursuit pas son « est-ce que ». Elle l'abandonne.

Nous n'avons pas eu le temps ou l'envie de visiter l'église Saint-Augustin. Il faut nous séparer. Nous ne le souhaitons pas, mais elle a des engagements et je dois retourner à la Maison de la Radio. Une fois de plus, une fois qui ressemble déjà à d'autres fois, nous décidons de nous revoir, vite, évidemment. Vite veut dire le lendemain. Entre l'au revoir sur le boulevard et le lendemain, le jour me parut avoir ajouté des heures à ses heures.

Travaillant dans l'immense bâtiment rond de la Maison de la Radio, elle a décidé de me retrouver à la sortie de la porte B, après l'enregistrement d'une de mes émissions. Se retrouver là m'a paru risqué tant requins et vipères pouvaient s'emparer de nous, nous commenter, nous abîmer. Elle, n'avait peur ni des requins ni des vipères, de pas grand monde en vérité. Peu importe les autres, nous deux lui importait. Elle était courageuse. Je l'étais beaucoup moins. Je dépendais encore de ce que l'on pensait de moi. Elle m'a rapidement conduit au détachement, vertu indispensable pour vivre librement. Elle, ne craignait pas la médisance, qu'elle ne pratique pas. Elle croyait, croit encore, que les autres sont comme elles, bienveillants et inoffensifs. Pourtant, plusieurs épisodes de sa vie lui ont prouvé combien les autres peuvent devenir parfois nuisibles. Sa capacité à oublier est sa force. Sa liberté ne dépend pas de ce que les autres disent d'elle. Elle n'écoute qu'elle. Elle ne suit qu'elle. Elle ne va pas où le vent la mène. Elle est son propre vent. Elle n'emboîte les pas de personne. Dans ses pas, il n'y a que les siens. Personne ne regarde pour elle. Dans ses yeux, il n'y a que ce qu'elle veut voir, qui elle aime regarder.

Je viens d'achever l'enregistrement d'une émission. Je raccompagne l'invité à la sortie du bâtiment. Elle est là, dehors, pas loin de la porte, pas cachée, assise sur un muret comme si elle lisait le journal en attendant un train.

Elle est une paire de lunettes noires, un pantalon rouge, des cheveux au vent, un blouson de cuir, des baskets. Je suis une chemise bien repassée sans tache, une veste pour faire sérieux, des chaussures classiques et impeccables mais sans pompons. Nous sommes devant les autres que nous ne voyons pas. Il n'y a plus de Maison de la Radio, pas de regards indiscrets, pas de circulation envahissante, aucune rue rectiligne, plus d'immeubles en pierres claires, pas de ciel tourmenté. Il n'y a qu'elle.

En général, elle est une femme qu'on attend. Cette fois, elle a attendu un homme, un garçon timide donc audacieux, amusé et rieur, ému, ado attardé. Devant la Maison de la Radio, rue de Boulainvilliers, elle est une mère qui vient chercher son gosse à la sortie de l'école. Porte B, elle est une sœur qui vient chercher son petit frère. Dans ce 16e arrondissement endormi, elle est une amoureuse de l'amour qui vient cueillir son fruit, une passionnée exaltée par l'objet de sa curiosité ou de son désir. Il est dix-huit heures trente. Elle est une femme pour qui vivre est ressentir, vibrer, se laisser aller, se désentraver des répétitions de la vie, s'échapper des ronronnements mortifères. Elle est une femme animée par une flamme qu'il ne faut pas nommer pour ne pas en enfermer ni réduire l'éclat.

Depuis quelques jours, nous ouvrons les tiroirs de nos vies afin de permettre que nous nous picorions. Nous nous découvrons. Nous conduisons l'autre à entrevoir nos sombres et nos petits paradis. Nous ne nous livrons pas, nous nous feuilletons. Nous entrouvrons les portes de nos intimités. Elle a ouvert grande celle de sa maison de Triel. Je lui propose de pousser la petite porte de chez moi, mon tout petit chez-moi.

J'habite près du bois de Boulogne, à l'ouest de Paris, pas loin de la porte Dauphine, dans le nord du 16e arrondissement, là même où elle fut élevée. Dans ce quartier résidentiel, les immeubles en pierre de taille s'emmerdent harmonieusement. Il y a beaucoup d'arbres, peu de commerçants, un café avenue Bugeaud, quelques prostituées avenue Foch, des femmes enlaissées à leur chienchien, des ambassades collées à des ambassades, des hôtels particuliers accolés à d'autres hôtels particuliers, des hommes drapés de loden et des épouses parées de Burberry. Quartier de la porte Dauphine, il y a autant de femmes de ménage que de femmes du monde, de chambres de bonne pour étudiants que de crottes de chien.

Le quartier est à proximité immédiate du bois de Boulogne. C'est probablement là qu'elle et Violaine firent leurs premiers pâtés de sable, leurs premières balades à bicyclette, et que leur père jouait au tennis. Le quartier est qualifié de bourgeois. Ceux qui y résident ne le sont pas tous. Si bourgeois veut dire conservateur, figé dans le formol des conventions, la famille Sanson ne l'est en rien. Les Sanson sont bien élevés. Cela ne veut pas dire conventionnels, conservateurs ou snobs. Les deux sœurs de la place du chancelier Adenauer ont appris à dire bonjour, au revoir et merci. On leur a fermement suggéré de tout faire le mieux possible, de ne pas lâcher ce qui est entrepris. Elle est la fille de cette éducation-là.

Nous passons devant l'immeuble où ses parents habitent, celui où elle jouait enfant avec Violaine sur le balcon. Celui dans lequel il y a, au dernier étage, son premier piano. Quelques rues plus loin, nous arrivons dans la mienne.

La rue du Général-Appert est étroite, bordée d'acacias. Elle donne sur le boulevard Flandrin. À côté se trouve le bois, à 45 kilomètres plus à l'ouest, il y a ses coquilles Saint-Jacques, et 200 kilomètres plus à l'ouest, la mer d'où elles viennent.

Le studio est au quatrième étage orienté ouest. Tout ce qui conduit vers l'ouest m'attire. L'écrin de l'ouest, c'est le crépuscule. Pour vivre, je dois pouvoir le voir naître ou s'endormir. Je loue ce studio aussi pour les arbres dont j'ai besoin, comme elle. Du balconnet, je caresse les cimes des acacias.

Elle entre chez moi avec l'excitation d'un enfant à qui on aurait annoncé la visite de la caverne d'Ali Baba. La caverne est petite : une grande fenêtre, deux lits installés en L, une table ronde offerte par une grand-mère russe et quelques objets rapportés de différents voyages. Un grand miroir posé à même le sol agrandit la pièce. Elle remarque que celle-ci est extrêmement bien rangée. Elle s'attarde sur chaque objet. Je ne lui raconte rien. Elle ne demande rien, elle regarde. Elle note que quelques lampes sont posées à même le sol, diffusant ainsi des halos de lumière douce. La cuisine ressemble à un jardin avec du lino vert pour faire gazon. Le papier peint représente des treillis destinés à accueillir des plantes qui ne pourront jamais y être accrochées. La petite pièce est un jardin plus qu'une cuisine. Il y a des fleurs rigolotes mais pas de casseroles. Elle ne manque pas de le remarquer. Je ne sais pas cuisiner, absolument pas. Pour elle, j'ai préparé un festin grâce au traiteur du coin.

Sans formule courtoise préfabriquée, propos dont elle est incapable, elle trouve mon petit chez-moi convivial, chaleureux, harmonieux, apaisant. Nous nous apaisons donc harmonieusement, chaleureusement pendant un certain temps. Champagne.

Je lui propose d'écouter de la musique. Elle ne trouve pas cela indispensable. Pour elle, la musique n'est pas une distraction, pas un décor pour faire joli, pas un parfum d'ambiance, pas une boule de sapin.

Alors nous n'écoutons que nous-mêmes. Nous n'évoquons toujours pas nos vies privées. Je connais les histoires qui la lièrent à Michel Berger, à Stephen Stills et à quelques autres, tous aimés avec passion et souvent avec incendies. Mes histoires me semblent minuscules, sages, sans intérêt, sans feu. Je ne lui livre rien. Elle ne pose aucune question. Par pudeur, par discrétion, par indifférence, par peur d'entendre ce qui lui serait difficile de découvrir ?

Champagne, repas de gala puis dessert. Nous dévalons les étages en crème, en café, en chocolat du dessert qui me fait le plus chavirer : un opéra. Champagne encore, délicieuse frénésie, gourmandise. Rires de grands pas grands. Emballements. Et la catastrophe, à nouveau la même catastrophe : nos maladresses. Nous tachons conjointement nos vêtements sans omettre d'honorer le canapé. Cette épreuve nous renforce. Ces taches de beurre, de crème, de café et de chocolat confirment leurs fonctions de terrassement. Notre maison grandit.

De taches en taches, de rires en rires, de moments doux en moments drôles, nos vies s'accostent. Nous nous rapprochons mais ce n'est pas assez. Nous voulons nous voir de plus en plus. Demain devient trop tard. Dans une heure devient trop tard aussi. L'un en face de l'autre, l'un à côté de l'autre, nous sommes proches mais à une distance qui n'est pas encore la bonne. Nous nous voyons beaucoup mais chaque nouvelle fois révèle insidieusement que quelque chose n'est pas assez, que quelque chose peut être encore mieux. À chaque rendez-vous supplémentaire, quelque chose d'autre semble lui manquer, quelque chose qui m'encombre, un atténuateur de flammes, un petit extincteur insidieux, oppressant.

Il faut que je lui dise.

Notre humour est le fleuve qui creuse notre lit. Nos taches et nos balades, nos rires et nos silences, coquilles Saint-Jacques et opéra, un sens aigu de la liberté, un goût pour ce qui ne relève pas de la raison forment la haie d'honneur de notre marche commune.

Mais tout cela n'est pas assez. Et je sais pourquoi. Elle, ne le sait pas. Il faut que je le lui confie mais j'ai tellement peur de la perdre. Quand lui dire ? Attendre quoi, pour lui dire ? C'est maintenant qu'il faut lui dire. Maintenant et prendre le risque de lui faire mal, de nous faire mal, de nous éteindre. Lui parler et la décevoir peut-être. Mais ne pas lui parler et le lui cacher serait un chemin dangereux. Le mensonge est dangereux. Il peut être fatal autant que la vérité. Autant essayer la vérité.

Était-ce sur un banc, sur une balançoire, sur un canapé, dans une voiture, au bord d'un chemin, au bord de l'eau, la nuit, le jour ? Étrangement, je ne me souviens plus du lieu, de l'heure où je lui ai dit. Les mots précis employés ont aussi quitté ma mémoire. C'est l'intensité de l'instant que cette dernière a retenue. À un moment, j'ai compris qu'il ne fallait plus qu'elle croie que je puisse devenir celui qu'elle aurait aimé que je sois. Elle a besoin qu'on lui dise « je t'aime » pour pouvoir répondre « moi aussi ». Elle a besoin de dire « je t'aime » pour qu'on lui réponde « moi aussi ». Elle n'a jamais manqué d'amour, mais elle n'en est jamais rassasiée. Encore plus, toujours plus, jamais assez d'amour. Si l'amour était un océan, elle l'assécherait.

Moi je ne suis qu'une goutte. Je l'aime, infiniment, mais je ne peux pas lui dire « je t'aime » parce que je le dis à quelqu'un d'autre. Voilà. Je lui ai dit : « Il y a quelqu'un d'autre que j'aime, que j'adore. C'est mon premier amour. Je voudrais qu'il le reste, qu'il soit l'unique, le seul de toute une vie comme il en existe dans la littérature, parfois dans la vie et dans les contes de fées. »

Elle n'a rien dit, pas un mot, pas un mouvement, rien.

Je lui dis que j'aime comme je ne savais pas que je puisse aimer. J'ajoute que je n'avais jamais imaginé pouvoir être aimé comme je l'étais. Elle ne m'interrompt pas. Elle ne se crispe pas. Son visage ne se défait pas. Son sourire ne la quitte pas. Elle ne bouge pas. J'ajoute peut-être maladroitement, mais sans vouloir un instant être provocant ou blessant, que la personne que j'aime est une belle personne comme j'ignorais qu'il puisse en exister. Elle n'est pas effondrée. Pas du tout. Elle est attendrie. Je précise que cette si rare personne-là n'habite pas en France et que son absence est un défi, une épreuve. Je paraîs libre ; là est le danger. Je me sens libre ; là est le danger. Une liberté vertigineuse dont il n'est pas question de profiter.

Elle ne dit toujours rien. Elle écoute. Elle espère en savoir davantage, peut-être. Elle entend la joie qui porte mes mots. Je ne dis plus rien. L'émotion m'emporte et l'emporte à son tour. Une amoureuse comprend un amoureux. Je vis ce qu'elle a vécu, ce qu'elle veut vivre encore. Il me semble qu'elle a approché ses mains de mon visage, qu'elle l'a enveloppé, en signe d'adhésion. Elle a caressé mon visage pour imaginer, pour atteindre celui de l'autre qui embrasse le mien. Il y avait tant de mots dans ses doigts. Il y avait de l'approbation, un encouragement.

Je ne la sens pas malheureuse, pas du tout. Je la devine même heureuse de me voir vivre ce qu'elle aime vivre. Elle paraît heureuse que je le sois. Heureuse que je sois en état d'amour, celui qui fait battre son pouls, qui est le cœur de sa vie, le sang de ses chansons, celui qui est son obsession, sa grande et unique affaire. Je ne la perds pas.

Au lieu de nous séparer, nous nous rapprochons davantage. Nous sommes des amoureux qui ne s'aiment pas tout court mais s'aiment beaucoup, tout simplement. Qu'elle accepte cet autre amour est une preuve de son amour.

Pas question de la laisser avancer seule sur une route sans amour, dans une impasse sans volcans. Elle a besoin d'Etna, de Kilimandjaro, de Popocatepetl. J'avais un volcan en stock, des braises à lui offrir. Me restait à les attiser. Je décidai alors de la rapprocher de quelqu'un, de lui offrir à mon tour une preuve d'amour, une possibilité d'amour.

Lors du festival qui nous permit de nous rencontrer, elle était accompagnée de son amie Kanou, et je n'étais jamais loin de mon ami François-Éric. Lui-même n'était jamais loin de nous, donc d'elle. Sa carrure virile et ses vêtements bien élevés cachaient un individu moins raisonnable que ce qu'il paraissait être. Acteur, il était moins narcissique que ses collègues, plus discret. Il plaisait. Il était séduisant. Il le savait. Son humour lui ajoutait ce petit quelque chose qui rend irrésistible. Il me parlait d'elle joliment.

Durant notre séjour à la Martinique, François-Éric participa à la plupart des facéties dont elle et moi construisions notre temple. Nos chambres étant plus ou moins contiguës, nous avons tous été plus ou moins contigus. La chambre de François-Éric fut la cour principale de nos récréations. Nous y causions comme le font les ados entre deux cours. Nous jouions à la guerre avec des polochons et un sèche-cheveux. Nous étions puériles. Nous le savions. Nous l'assumions.

Quelles que soient nos activités, François-Éric nous quittait souvent. Il avait une liaison téléphonique régulière avec Paris, qui pouvait laisser penser qu'il en avait une. Il en avait une.

Lors d'une discussion post-Martinique, elle me confia qu'elle avait trouvé François-Éric incroyablement beau, bien élevé et cultivé. Elle était sensible au fait qu'il connaisse la musique. Le père de François-Éric, Maurice Gendron, immense musicien, était obsédé par la recherche de ce qu'il y a de plus authentique dans une œuvre. Il était en fait en quête d'authenticité en tout. Cette quête d'absolu l'avait conduit à des chutes vertigineuses, dépité par des exigences impossibles à satisfaire. Les vapeurs d'alcool ne lui étant pas étrangères, il se perdait parfois dans la rue comme dans sa vie. François-Éric avait une passion pour son père. Il le protégeait de ses démons et abîmes. C'est par ce père qu'il a commencé sa carrière de réconforteur.

François-Éric avait été élevé dans un milieu de mélomanes privilégiés et de musiciens aux carrières planétaires. Chez lui défilaient Léonard Bernstein et Yehudi Menuhin, de quoi passionner une musicienne comme elle. Il a grandi avec les mêmes codes qu'elle. Après les codes, ils pouvaient passer aux phares, ceux qui éclairent loin devant.

François-Éric me confia, après le séjour à la Martinique, qu'il l'avait trouvée belle, intelligente, douée pour le rire, talentueuse pour faire rire. Il n'avait pas été insensible à son charme mais était sensible à celui d'une autre.

Les semaines qui suivirent ce séjour, elle et lui ne se fréquentèrent pas.

Je les voyais séparément, elle intensément, lui régulièrement. Je compris que la femme appelée depuis la Martinique allait être de moins en moins celle de sa vie. Ils se séparèrent avec le moins de heurts possible, aucune violence, aucune méchanceté pitoyable. François-Éric me parut alors être un possible très beau cadeau pour elle.

Après avoir dit ce qui aurait pu nous être fatal, nous avons continué de danser dans nos vies. Nos rencontres se poursuivirent. Elles furent rock, disco, musette, modern jazz, danse moderne mais pas slow.

François-Éric n'a plus de femme dans sa vie, elle plus d'homme dans la sienne. Il me parle de plus en plus d'elle. Elle de lui. Il est temps que je sorte le cadeau de ma poche, que je le déplie et le dépose. Les rapprocher devient une évidence. J'organise donc un rendez-vous où je décide de ne pas me rendre. Ce lundi devint une chanson appelée « Jet Set ».

« C'était un lundi à onze heures. J'étais toute seule et j'avais peur. J'avais besoin d'amour en moi. Je voulais séduire cet homme-là. J'avais besoin d'amour à moi. Tout me semblait de bon augure. Pour repartir à l'aventure. »

Ils s'aimèrent donc. Pour les slows, elle avait désormais François-Éric.

Elle avait été heureuse de me savoir heureux. J'étais heureux de les voir heureux. J'ai marché à leurs côtés sur les planches de Deauville, j'ai savouré avec eux des crustacés à Trouville. Nous l'avons écouté assis l'un à côté de l'autre chanter et jouer du piano au Grand Hôtel de Cabourg. J'ai passé des soirs avec eux, à Triel, sans jamais avoir l'impression d'être l'homme de trop, d'être une coquille Saint-Jacques qui s'accroche à son fond de mer.

Constater leur amour me procurait du plaisir. Je n'étais pas jaloux. Elle ne lui préparait pas de coquilles Saint-Jacques. Ils ne faisaient pas tache commune. Leur couple me faisait rêver. Rien ne les séparait, aucune frontière, aucune distance, contrairement à ce que je vivais. Leur amour ne ressemblait pas au mien, il le complétait.

Après quelques années, leur amour finit par s'épuiser. Je n'ai pas le souvenir de combats entre eux, juste d'un glissement vers une fin comme cela arrive souvent. En général, quand on est proche de deux amis en séparation, la rupture conduit l'un ou l'autre à chercher un allié, un cocombattant. Je n'ai pas été pris en otage de leur désamour. Trente ans plus tard, François-Éric reste un homme fort et élégant que je vois régulièrement. Quant à elle, j'ai toujours besoin de ses révoltes et de sa douceur. J'aime ses indignations, l'ordonnancement de sa pensée, la précision de ses mots. Elle m'a appris à savoir l'attendre. Je l'attends souvent, capable d'accepter qu'elle disparaisse quelques mois, quelques années. On accepte tout d'une femme dont on ne peut se passer ni de la douceur, ni des tempêtes. Depuis trente ans, je ne regrette aucun de nos jours, sauf un peut-être.

4

Février noir

Un mois redouté toute l'année, sombre, avec froid et pluie : février. Un vendredi soir de février 1989.

Les soirs avec elle sont des soirs sans montre, des moments où il est impossible d'imaginer une heure de cessation de conversation, où les horaires de fin sont inenvisageables. Elle n'aime pas dépendre du temps. Elle lutte contre lui en l'ignorant, en repoussant ses règles d'endormissement ou de réveil. C'est seulement sur scène qu'elle est dans l'espace de son temps.

Inhabituellement, exceptionnellement, ce vendredi crachoteux, je décide de me coucher tôt. Elle est prévenue que nous devrons nous séparer pour 22 heures, ce qui veut dire en réalité autour de 22 heures. Dans cet autour se situent ses décalages et dérapages horaires liés à des activités de dernière minute, comme regarder par la fenêtre, raconter une histoire, ranger ce qui l'est déjà, regarder ce qui l'a déjà été.

Le lendemain de notre rendez-vous, je dois travailler. Radio France Internationale fête l'anniversaire de mon émission, en direct et en public du premier étage de la tour Eiffel. Une trentaine d'invités exceptionnels, musiciens, acteurs, cinéastes, femmes et hommes politiques sont attendus, c'est beaucoup. Cette émission de deux heures a été rêvée, programmée, travaillée pendant des mois. L'angoisse qui n'était que rampante gonfle chaque jour un peu plus pour devenir écrasante. Le seul moyen de lui résister est le sommeil. Je lui dis donc que je dois la quitter tôt. Bien entendu, elle fait partie des invités. Elle a accepté, à mon plus grand étonnement, que nous « chantions » ensemble « Ma révérence », le rêve de chaque Terrien.

Ne sachant pas chanter, nous avions convenu que je dirais le texte en essayant d'éviter toutes les emphases et le lyrisme dont elle me savait capable. Elle chanterait, me soutiendrait du haut de son piano. Je fus étonné que son inconscience ou sa générosité la conduise à prendre le risque que « Ma révérence », la plus mythique de ses chansons, soit massacrée avec amour. Pour ne pas la décevoir, ce vendredi soir d'hiver, je souhaite retravailler la chanson, seul dans mon lit, avec pour tout public un malheureux coussin, sourd heureusement. Pas question que j'écorche, abîme, amoindrisse ce qui représente pour moi la quintessence de son talent, un des sommets de sa poésie. Elle me comprend et accepte que je la quitte tôt, elle qui n'aime pas qu'on la quitte quelle que soit l'heure.

Qu'elle accepte que nous partagions une chanson tellement sacrée est une preuve d'amourmitié qui n'est pas étrangère à une montée incessante d'adrénaline et de peur. Peut-être a-t-elle aussi accepté parce qu'elle ne considère pas ses chansons comme sacrées, qu'elle considère que rien ne l'est. Ce n'est pas ce que je me dis. Vers 22 heures, je parviens à la quitter. Cela relève du miracle.

Il pleut, beaucoup. Le ciel est hystérique. La pluie forme sur le pare-brise un voile opaque. Les essuie-glaces ne parviennent pas à le déchirer. Je roule lentement, avec appréhension, mais pas complètement seul. Je suis toujours avec elle. « Ma révérence » résonne dans ma petite voiture. S'il y avait des piétons, d'autres automobilistes, des habitants à leur balcon, ils l'entendraient. Mais tout est vide tant le temps est mauvais. Sa voix s'échappe des enceintes. Elle fait trembler les vitres latérales, se réfléchit contre le hayon arrière, disparaît sous les sièges pour revenir à l'avant du véhicule. Je chante avec elle, seul au milieu du déluge.

L'avenue sur laquelle je roule est particulièrement large. Le temps est opprimant, angoissant, désolant. Aucune autre voiture ne s'aventure sur cette si vaste avenue. Je m'autorise à circuler suffisamment à l'écart du trottoir pour ne pas prendre le risque de le heurter. Je roule presque au milieu, pas loin de la longue ligne blanche qui sépare l'avenue en deux. Elle entame le refrain. *Alors je tire ma révérence.*

J'avance lentement, accompagné de sa voix douce et triste, du bruit gémissant des essuie-glaces, du contact virulent des perles d'eau s'écrasant sur le pare-brise. Elle entame un couplet gris. Et, soudain, un fracas terrible. Un bruit anormal et violent, effrayant, comme si une pierre avait été jetée sur la carrosserie. Les essuie-glaces ne fonctionnent plus, le pare-brise se fissure. Il projette sur mon visage des éclats de verre. Elle chante toujours sa chanson triste. Quelque chose venu de devant est passé à travers le pare-brise, a touché mon épaule puis a disparu aussi rapidement qu'il est arrivé. Quelque chose m'a atteint, mais il n'y a rien dans la voiture, pas la moindre pierre. La pluie entre et se répand sur le tableau de bord. L'eau gifle mon visage. Des gouttes de sang se mettent à couler sur mes vêtements. Dès le bruit aussi terrorisant que la foudre entendu, j'ai ralenti.

Je suis en plein milieu de l'avenue, désemparé, ahuri, dans l'incompréhension totale de ce qui vient d'arriver. Des bris de verre, du sang, du vent, de la pluie, une ville endormie. Elle continue de chanter comme si de rien n'était, indifférente.

La voiture est à l'arrêt. À travers la vitre j'aperçois, quelques mètres devant moi, une forme allongée sur le pavé. Je laisse le moteur allumé afin qu'un jet de lumière puisse traverser le rideau de pluie. Je sors. Elle entame un autre refrain. Mes yeux sont balayés par l'eau.

« Ma révérence » quitte la voiture, rampe sur les pavés mouillés de l'avenue, s'étend vers les bas-côtés, là où attendent habituellement des prostituées. Je me dirige vers la forme alanguie et inerte. Je marche lentement. L'eau déborde de mes chaussures, tant il pleut intensément. Je ne vois pas. On ne peut qu'imaginer. Je distingue quelque chose qui ressemble à un tas de vêtements. Je me rapproche. La forme a la forme de la silhouette d'un homme. Elle l'est. Il ne bouge pas, vautré sur le sol, un bras de chaque côté de la ligne blanche. Un homme gît en plein milieu de l'immense avenue. Je l'ai probablement renversé. Elle continue de chanter au loin, si loin, trop loin. Je suis seul dans ma peur. Je crains le pire. Je suis dans le pire. La pluie fait plus de bruit que la chanson, les battements de mon cœur plus de tintamarre que tous les bruits.

La police arrive vite, puis les pompiers. Des tests sont faits. Je n'ai pas bu, l'homme à terre, énormément. Il ne semble pas souffrir. Il ne dit rien. Il ne bouge pas. Savait-il qu'il marchait au beau milieu de l'avenue avec un sac lourd et énorme ? Constatant que je suis en état de repartir, la police me laisse rejoindre l'Autobianchi rouge. Je marche ébranlé, un cauchemar sur mes épaules honteuses et hanté d'innombrables interrogations.

La voiture n'a plus de pare-brise, le capot est endommagé, mais elle est en état de rouler. Le lecteur de K7 et les enceintes fonctionnent encore. Elle chante toujours mais elle est passée à un autre air. N'ayant que quelques centaines de mètres à effectuer pour rentrer chez moi, je reprends le volant et roule lentement. La pluie s'engouffre. Mon visage saigne. Le fracas de la vitre, la forme, cet homme qui a percuté la voiture, projeté par elle, devant elle, tout revient, tout est là à nouveau. La vitre qui explose, elle qui chante, la pluie, le verre, le vent, la nuit.

Je rentre à mon studio situé à quelques rues. Je roule des heures pour effectuer quelques mètres. La voiture enfin au garage, je coupe le contact. Elle ne chante plus. Je tremble. J'essaie de me convaincre que je ne suis pas un assassin mais j'ai un homme sur la conscience. Un homme au beau milieu de l'avenue parce qu'il était totalement ivre ?

Je n'en sais rien. Je l'ai renversé, c'est tout. Je suis coupable, responsable d'un acte commis sur un individu dont j'ignore tout, dont je ne sais pas le nom, ni celui de l'endroit où il a été conduit. Demain il y a l'émission. Il faut l'annuler. Je ne chanterai pas « Ma révérence ». Je suis un meurtrier.

Je l'ai quittée il y a moins de deux heures. Elle est la seule personne que je puisse appeler, que j'ai envie d'appeler. Je l'appelle. Elle écoute. Je lui raconte dans une confusion totale ce qui vient de se passer : le bruit de la glace qui se brise, la forme sur le sol devant la voiture, la police et l'inconnu qui part dans une camionnette de pompiers. Je lui confie mon incapacité à imaginer faire une émission de radio, en direct et en public. Je ne pourrai pas faire semblant d'être un animateur aimable, enjoué et inoffensif, persuadé que je suis un criminel. Elle n'est pas affolée. Elle m'explique que je ne suis qu'un homme qui, comme beaucoup d'autres, vient d'avoir un accident et que c'est évidemment traumatisant. Elle me répète à plusieurs reprises que je ne suis pas un assassin. Elle me raconte avoir eu un terrible accident au Québec, en 1979, que les occupants du véhicule d'en face ont été tués sur le coup. Vivre, survivre à la mort des autres, elle sait ce que c'est. L'homme renversé n'est pas mort, dit-elle, tentant d'alléger ma culpabilité. Tu as eu un accident, tu n'es pas un assassin. Je peine à la croire et m'inquiète pour l'inconnu.

Elle ne me condamne pas. Incroyablement pragmatique, elle m'explique que si ça avait été grave et que la police avait trouvé l'accident suspect, les policiers m'auraient gardé. J'écoute ses mots apaisants, rassurants, mais je continue d'entendre le son de la vitre. Je touche mon visage. Il est griffé par le verre. Mon âme et mon visage sont en sang. Demain je ne pourrai pas. Elle est alors très ferme : « Le public d'abord, les autres qui dépendent de toi d'abord. » Tant de gens que j'aime vont venir. Tant de gens se sont impliqués pour cette émission. Elle a raison. Et nous avons si joliment répété « Ma révérence » en nous amusant beaucoup. La chanson est si triste pourtant.

Elle insiste en me disant que je pourrai faire l'émission et que nous chanterons « Ma révérence ». Elle répète que je dois alors je vais. Plus question de tout annuler.

J'exprime mon souhait impérieux d'appeler le commissariat, de retrouver cet homme, d'aller le voir, de m'en occuper. Elle m'en empêche fermement, affirmant que je ne dois avoir aucun lien avec lui, des liens qui prolongeraient le drame, le nourriraient au lieu de m'en éloigner. Elle pense à moi, moins à lui. J'en suis touché mais je pense à lui. Elle est dans la raison, moi dans le désarroi. Elle conseille de me coucher et promet de mener elle-même l'enquête. Elle explique qu'elle appellera le commissariat, le retrouvera, qu'elle se fera passer pour un membre de sa famille, qu'elle mentira mais qu'elle le retrouvera, qu'elle finira par avoir de ses nouvelles et m'en donnera. Je ne la crois pas. Soulagé qu'elle ne me considère pas comme un meurtrier, incapable de résister à sa fermeté, je finis par me convaincre qu'elle a raison. J'essaie de me persuader qu'elle mènera l'enquête.

Il faut dormir. Je ne dors pas. Le fracas, le corps inerte sur le pavement, la culpabilité, la confusion se couchent dans mon lit, tout près de moi. Ils ne cesseront pas leurs caresses de venin de la nuit qui arrive comme elle peut au lendemain.

L'émission approche. Le trac amplifie tout, complique tout, aggrave tout. Je suis plus lourd que l'osmium. Je ne pourrai pas sortir de chez moi, pas assurer une émission, pas faire un pas. Je commence à me dérober. Tout se dérobe. À nouveau, j'envisage de tout annuler. Je crains son coup de téléphone. Je sais qu'elle va appeler.

Il est 11 heures. Elle appelle. Elle s'est levée exceptionnellement tôt pour cela. Elle me demande, avec une feinte indifférence au drame de la veille, si je connais bien le texte de la chanson pour tout à l'heure. Elle empêche toute possibilité de réponse, écarte d'un revers de voix les doutes qui demeurent, s'obstinent et me paralysent. Habile, totalement habile, elle s'empresse d'ajouter qu'elle a entamé l'enquête et qu'elle me dira plus tard. Je tente de lui poser quelques questions, refus catégorique d'y répondre. Je la crois toujours aussi peu. Qu'elle imagine que je ne suis pas dupe me conduit à faire semblant de la croire. Pris au piège de son piège, je me mets à réviser, à revoir des questions et l'architecture de l'émission. Les fiches relues se mélangent aux images de la veille. Le soir d'hier se poursuit. Les gouttes de sang tombent entre les notes que je relis, les yeux brisés.

L'émission est dans quatre heures. J'ai les membres de l'équipe au téléphone, auxquels je raconte tout, faisant revivre chaque seconde au lieu de les écarter. Je les rejoins à la tour Eiffel. Tous sont cajolants.

Eux aussi sont saisis par le trac. Le partager est s'en décharger un peu.

Les répétitions de certaines séquences débutent. Le public arrive déjà au pied du pilier ouest. J'accueille quelques invités et regarde parfois Paris, si belle vue de si haut.

Le ciel est entièrement dégagé, pourtant j'entends la pluie tomber et ne vois qu'une avenue en pleine nuit. Le piano où elle va jouer est en train d'être accordé. La salle se remplit. Les invités que je vais interviewer s'assoient aux premiers rangs. J'admire leur parcours et leur talent. Je devrais être heureux de les accueillir. Mais j'entends le bruit du pare-brise. Il est 17 h 03. Un journaliste, dont la voix est émise depuis la Maison de la Radio, annonce avec emphase l'émission exceptionnelle qui va être diffusée dans le monde entier depuis la tour Eiffel. Le générique démarre. Plus de cœur, plus de jambes, plus de corps.

Sa place se trouve au premier rang, près du piano. Mais son siège est vide. L'émission commence sans elle. Peur de tout, de ce que j'ai fait la veille, de ce que je dois faire maintenant, de ce qui reste à accomplir encore. Cette peur ne se voit pas, mais je l'entends. Je devrais être dans la jubilation de l'événement tant attendu mais me vautre dans son banal accomplissement. Elle n'est pas encore arrivée. Je ne suis pas encore inquiet quant à cette absence. Étant l'artiste que tout le monde attend, elle est programmée à la fin de l'émission. Je ne suis pas inquiet, mais elle me manque. Manque celle qui sait tout et qui aurait compris les vents contraires qui se livrent une lutte terrible au premier étage de la tour Eiffel, vent doux et fier venu de ce que j'aime faire, vent froid et amer de la veille, attisant l'envie de se cacher.

La deuxième heure de l'émission débute par le rappel des invités à venir, dont celui de la présence de Véronique Sanson. Pendant que Brigitte Engerer joue, on m'avertit que l'ascenseur est bloqué. Est-elle dedans ? Elle ne montera pas les 347 marches qui séparent le sol des 57 mètres où se trouve le piano. L'animateur continue de faire semblant. Sa protectrice n'est pas là. L'assassin pas loin.

18 h 30. Il ne reste plus que trente minutes d'émission. Je suis inquiet totalement. Tout s'effondre. La tour Eiffel s'incline. Ses pieds s'enfoncent dans le sol et les miens se dérobent. 18 h 40, j'interviewe une personnalité politique, comme je peux. Dans vingt minutes, l'émission sera terminée.

La salle frémit. Le visage de mon assistante, Laurence, change. Il était tendu, il devient rayonnant. Elle est soulagée. Elle sautille. Et dresse son pouce. Il indique qu'elle est là. Je la vois se faufiler pendant que l'invité répond à une question faussement provocatrice. Elle s'assied à trois mètres douze de la table d'interview et des micros. Je ne suis plus un meurtrier. Elle est à la tour Eiffel exactement là où elle chanta pour la première fois sur une scène, des années plus tôt, alors première partie du chanteur Guy Mardel se produisant devant un public indifférent composé de touristes. L'école dut être sévère mais efficace.

Je la présente au public et aux auditeurs, comme si c'était utile. Je lui dis vous. J'ai envie de lui murmurer tu. Elle arrive sur la scène et se dirige vers le piano. Je l'interroge. Elle répond. Le public s'amuse. Je fais semblant de l'écouter. A-t-elle seulement quelques nouvelles de lui ? La conversation est joyeuse, légère, brève. Il va bientôt être 19 heures. L'enjeu, le défi, est à portée de voix. Je vais incessamment réaliser le rêve de chaque humain. « Je crois que vous connaissez la chanson qui va suivre et qui va clore cette émission. » Elle entame au piano les premiers accords, que pas une seule personne de cette salle du premier étage de la tour Eiffel n'ignore.

Seize secondes de piano précèdent sa voix. Des milliers de battements de cœur ensemble, dans la salle, dans le monde. Seize secondes de piano qui imposent un silence absolu. Après ces seize secondes-là, les premières paroles : « Quand je n'aurai plus le temps de trouver tout le temps du courage ». Debout à côté d'elle, je ne chantonne pas, ne murmure pas, ne dis rien, muet. Je suis en absence. La silhouette de l'homme est allongée sur le pavé balayé par la pluie. Je n'entends pas le moment où nous avons convenu que j'intervienne. Elle m'interpelle avec des mots drôles. La chanson est grave, une confidence attristée. Le public rit. Elle reprend. Son sourire la quitte dès qu'elle chante. Elle chante sérieux. Je la rattrape comme je peux, la voix malhabile, les paroles tremblées. Elle glisse sa voix cristalline, puissante, aérienne, caressante sous la mienne, hésitante et bourrue. Sa voix m'enveloppe. Elle est un papillon dont les ailes sont noires comme sa chanson. Moi un éléphanteau balourd et gris comme le sont mes pensées. Est-il mort ? Je me sens grotesque, ridicule. Le public nous porte. Il rassure. Elle s'amuse tout en restant dans le grave de la chanson. Elle partage ses mots et son piano. Elle offre tout. Elle distribue. Je les regarde. Le public et elle sont ensemble, beaux à voir. Je suis avec eux un peu, avec elle un peu, avec lui un peu. J'aurais aimé n'être qu'avec elle. Dans quel hôpital l'ont-ils conduit ? Bien sûr qu'elle l'ignore.

Elle cesse de chanter mais continue de jouer. Je balbutie quelques-uns de ses mots. Elle reprend le refrain. Sa voix s'envole à nouveau. Nos voix s'effleurent parfois, se chevauchent surtout.

Je réalise un rêve. Il le gâche. Je dis les derniers mots qui précèdent la fin de la chanson. Elle chante seule. « Alors j'entends au fond de moi une petite voix qui sourd et gronde que je suis seul au monde ». Les applaudissements retentissent. Ils l'aiment tant. Laurence est émue jusqu'aux larmes. Il est 18 heures 59. L'émission va se terminer dans une minute. Je remercie tout le monde, beaucoup de monde. À 19 heures je rends l'antenne, autant soulagé que content, libéré mais triste que l'aventure soit finie, malgré tout. 19 heures 02, je dois savoir comment il va, où il se trouve. J'essaie de la rejoindre de l'autre côté de la salle. Je sais parfaitement qu'elle ne sait rien. Je veux la remercier au plus vite du cadeau qu'elle vient de nous offrir, de cette « révérence »-là, chantée 57 mètres au-dessus de Paris. Nous sommes entourés, séparés par des amis et le public qui se presse. Je salue, remercie, embrasse encore. De brefs regards entre nous sont échangés. Le mien est inquiet, le sien non. Elle signe des autographes, remercie, salue, embrasse encore. Elle n'ignore pas que je veux savoir. Nous nous rapprochons lentement, mais il y a tant de monde. Elle m'adresse un sourire encombré par rien. Je déborde. Elle me nargue. Elle n'a mené aucune enquête. Elle l'a promis pour me rassurer, me calmer. Elle n'est pas une femme qui se lève tôt pour appeler un commissariat, des hôpitaux dont chaque interlocuteur peut reconnaître sa voix. Elle sait un peu mentir, mais, dans ce cas, il lui a fallu mentir beaucoup et très bien. Je suis enfin proche d'elle. Nous nous isolons près d'une immense baie vitrée. Paris se trouve de l'autre côté. Je veux la remercier de son mensonge et lui annoncer que je vais commencer mon enquête malgré ses recommandations.

Je vais pour lui parler mais elle m'interrompt, mes premiers mots à peine prononcés. Elle saisit mon bras. Sans préambule, elle glisse à mon oreille : « Il est à l'hôpital de Suresnes. On m'a dit qu'il a un avant-bras cassé et d'autres séquelles sans conséquences. Il est parfaitement pris en charge. Il est arrivé là-bas avec toute son existence contenue dans le sac trouvé à côté de lui au milieu de l'avenue. Il erre depuis des jours de bar en bar. Quand tu l'as renversé, il était sous l'emprise de la drogue et de l'alcool. Il ne se souvient même pas qu'il traversait l'avenue. Il ne se souvient pas non plus de ce qu'il faisait avant d'errer. Tu ne peux rien faire, tu ne dois rien entreprendre. »

Elle l'a fait. Je suis estomaqué et bouleversé. Elle a fait ce qu'elle a promis. Elle a respecté son engagement. Elle a tenu parole.

Elle enquêtrice, Véronique Sanson chantant « Ma révérence » au premier étage de la tour Eiffel, le bruit du verre qui éclate, l'homme qui se fracasse contre l'Autobianchi, le sang, les voitures de police et de pompier, une nuit sans sommeil, le trac, un rêve écorché vif de chanter avec elle, des bribes de joie, le public chaleureux, la fidélité des invités, Paris vue du ciel et elle qui n'a pas menti. Tout est mélangé, entrelacé, incrusté.

Chaque seconde de « Ma révérence » incite chacun à imaginer le jour où il n'aura plus de force, où il glissera vers sa fin. La chanson croit nous préparer au dernier souffle mais on ne se prépare pas à cet instant-là. On l'envisage, tout au mieux. Cette chanson est devenue la chanson de chacun. Elle est la mienne. Elle était la mienne, mais mon lien avec celle-ci est à jamais abîmé par la tête de l'homme qui se fracassa un soir pluvieux sur le pare-brise de ma voiture. La jouissance de cette chanson est devenue impossible sans ces corollaires ténébreux. Le beau souvenir d'avoir essayé de la chanter avec elle s'en trouve écorné. « Ma révérence » est cassée. Cette chanson était *La* chanson, celle que j'associe d'abord à elle comme des millions d'autres personnes.

Mais je suis un homme, peu fiable, pas totalement fidèle. J'ai quitté cette chanson pour une autre. J'ai quitté « Ma révérence » pour « Mortelles Pensées », devenue la nouvelle colonne en papier de mon panthéon poétique. Une chanson vierge de tout souvenir, pas entachée par une tierce personne. « Mortelles Pensées » est totalement à moi. Elle y chante la fin d'un amour, décidée par elle, avec regret. Les ponts musicaux de ce poème me font enjamber les plus beaux fleuves. Tout son talent de pianiste est là, simplement là. Lorsqu'elle chante sur ces ponts-là, sur ces fleuves-là, sa voix vole bien plus haut que les oiseaux qui dansent au-dessus de l'eau. Cette chanson est la mienne. Était la mienne.

Mais je suis un homme, peu fiable, pas totalement fidèle.

J'ai trouvé plus jeune.

Je viens de changer d'hymne. J'ai quitté « Mortelles Pensées » pour une autre, pas plus joyeuse mais beaucoup plus jeune. « Et je l'appelle encore » est devenue une nouvelle petite musique de vie, une compagne obsessionnelle, celle que j'écoute jusqu'à l'étourdissement. Elle chante l'absence de sa mère, son insupportable silence, le besoin de lui parler, de l'écouter. Elle en veut à la mort comme j'en veux à celle qui faucha ma propre mère quelques années avant la disparition de la sienne. Elle a écrit « Et je l'appelle encore ». J'ai écrit : « J'ai voulu appeler maman pour lui dire ma mère est morte. » Des mots différents pour évoquer une blessure sans fond qui nous est commune.

Nous avons écrit sur nos mères, mais pourquoi ?

« Ma révérence », « Mortelles Pensées », « Et je l'appelle encore » évoquent toutes sortes de fins fatales, mais pourquoi les a-t-elle écrites ?

Empêcher la mort, faire revenir les vivants, continuer une conversation interrompue définitivement, briser le silence, ramener le souffle, prolonger ce qui ne peut plus l'être, effacer ce qui encombre et n'est pas effaçable, gommer des regrets qui ont déjà moisi tout ce qui leur a survécu… comme si une chanson pouvait changer quoi que soit, faire quoi que ce soit !

À quoi cela sert-il, d'ailleurs, d'écrire des chansons ?

5

La mort de la mère

Ma mère a foutu le camp pour ne jamais revenir. Un jour de décembre 1998, elle a quitté sa chambre d'hôpital et la Terre. Personne ne l'a jamais revue. En quelques mois de maladie inattendue, cette très belle femme est devenue autre chose qu'une femme, un être fragile en porcelaine, un corps frêle aux bras plus assez forts pour pouvoir m'enlacer, des yeux qui ne voient plus ses fils, un regard absent, un regard ailleurs.

Et son cœur cessa de battre.

Quelques mois après sa disparition, pour m'adresser à elle, tout en étant persuadé qu'elle ne m'entendait pas, pour la faire vivre comme si je pouvais être plus fort que la mort, pour la raconter au plus grand nombre, afin que tous partagent mon chagrin – aucun nombre ne pouvant amoindrir la douleur d'un seul –, j'ai écrit un livre : *J'ai voulu appeler maman pour lui dire, ma mère est morte*.

Elle aussi a perdu sa mère. Des années après la disparition de celle-ci, elle fut rattrapée par le chagrin, assommée par son manque d'elle, terrassée par le besoin de sa voix, de ses conseils, de ses histoires à ne pas dormir ou à dormir debout. Elle fut rattrapée par un deuil qu'elle pensait avoir esquivé ou dompté. Alors qu'elle était une grand-mère comblée et comblante, elle ressentit le besoin du tout de sa mère. Elle lui a offert une chanson absolument belle parce qu'absolument juste. La chanson s'appelle « Je l'appelle encore », celle qui est devenue ma nouvelle petite musique de vie, celle qui me rappelle que sa mère me manque aussi et que ma mère me manque encore.

Nous avons écrit sur nos mères et alors ? À quoi bon écrire sur la mort de ceux qu'on aime ? À quoi bon prolonger nos morts de mots qui ne leur redonneront pas la vie ? Elles ne reviendront pas. Elles n'entendront jamais les phrases qu'elles ont inspirées. Elles n'enverront jamais un petit mot de reconnaissance, de félicitation, une infime preuve d'amour supplémentaire à ceux qui doivent vivre sans elles. Il n'y a pas de bureau de poste dans l'au-delà. Pour elle, après le grand pschitt, il existe quelque chose qu'elle ne nomme pas et ne définit pas.

À quoi bon raconter aux autres ce qui n'appartient qu'à soi ? Écrire sur la souffrance, le manque, l'absence, n'empêche pas de souffrir. Comment ne pas souffrir en la chantant ou en l'écrivant ? Écrire sur la souffrance, est-ce l'aimer ? Écrit-elle parce qu'elle a besoin de sentir que la vie brûle et se laisse aller à en savourer les brûlures ? Elle et moi sommes des pyromanes qui ne mettons le feu qu'à nous-mêmes. Nous ne sommes pas dangereux pour les forêts. Nous allumons et alimentons nos propres brasiers, aimant que les flammes embrassent nos âmes et embrasent nos vies. Écrit-elle pour se débarrasser de la souffrance, dans l'espoir de s'en alléger parce qu'elle est trop lourde à porter seule ? Écrit-elle pour ne pas être seule à souffrir, pour que d'autres partagent sa peine, la comprennent, s'en approchent et finissent par lui offrir quelques grammes d'amour qui ne compenseront jamais celui perdu, plus pesant que le poids de la plus lourde des enclumes ? Elle m'a précisé, le livre terminé, qu'écrire sur la souffrance, c'est la disséquer pour l'exorciser puis la dompter.

Choisit-on simplement d'écrire ? Elle dit que « Je l'appelle encore » est une chanson que sa mère lui a soufflée. Les mots du livre écrits sur la mienne ont été inspirés par elle. Ils sont nés le soir même de sa mort. Ils ont été une évidence, comme l'est un regard qui se pose sur soi et dont on sait qu'il est celui de l'amour.

Sait-on pourquoi on aime, pourquoi on écrit ?

Ma mère vient de mourir. Il y a quelques heures, elle était encore chaude. Je viens de rentrer de l'hôpital. Je suis maintenant chez moi, à l'intérieur de moi. Il y a bien des murs, mais ils ne servent à rien. Ils ne retiennent rien. Ils ne protègent pas. Ils étouffent. J'attends que ma mère appelle pour lui dire ma douleur de l'avoir perdue, pour partager avec elle le plus grand chagrin qu'un homme puisse connaître. Ma mère n'appelle pas.

Allongé, tordu sur mon lit, c'est le premier soir sans elle. Quelque chose d'invisible se passe. Quelque chose de muet gronde. Quelque chose frappe mon ventre, oppresse mon diaphragme, étouffe mes poumons, serre ma gorge et assèche ma bouche. Je me mets à écrire. Les mots viennent sans que je les cherche. Un texte s'impose en un seul souffle, un seul jet. Il est un torrent qui coule droit, se transforme en rivière et fonce vers l'océan, liquide amniotique de l'humanité. Mes mots rejoignent le ventre de ma mère. Il est 2 heures du matin. J'ai mal vu les mots s'inscrire sur les pages, les larmes déposant leur sel et leur voile devant mes yeux.

Aucun torrent ne quitte plus mon corps. Le texte est là devant moi. Je le relis. Il est une litanie de mercis adressés à ma mère et se conclut par un reproche, celui de ne pas m'avoir prévenu qu'une mère qui offre la vie puisse perdre la sienne. Le texte n'est pas très long mais il est encombrant, envahissant, invivable seul enfermé dans une chambre. Il doit être partagé. Il faut s'en libérer pour ne pas être dévoré par lui. Il n'y a qu'elle que je puisse joindre à cette heure-là, qui puisse écouter et savoir quoi faire de ces mots neufs, brûlants et rouges.

Depuis qu'elle est adolescente, elle raconte les choses de sa vie. Elle les écrit et en brode des chansons. Elle ne vit pas pour que son existence devienne des chansons, mais tout ce qu'elle vit le devient. Que faire de ce texte ? Le cacher dans un tiroir, à la cave pour l'oublier ? Le mettre à la poubelle pour m'en débarrasser ? L'envoyer à ma mère ? Je n'ai pas sa nouvelle adresse.

Il est très tard. Jamais trop tard pour elle. Je l'appelle. Elle décroche. Je ne suis pas certain qu'elle ait beaucoup parlé. Je me souviens du souffle de sa respiration, de la profondeur de son écoute, de la beauté de son silence, de la permanence de son attention. À la fin du texte que j'ai du mal à conclure, elle ne dit rien. Après quelques secondes, longues comme des heures, elle parle enfin, tout doucement. J'ai l'impression qu'elle m'a rejoint entre les quatre petits et insupportables murs. L'intimité de sa voix épouse celle de mon âme. Elle ne commente pas une phrase ou un mot. Elle ne s'exprime pas sur le texte. Elle glisse simplement à mon oreille une abominable, une insupportable recommandation, ou, plus exactement, une obligation exprimée clairement : « Tu dois dire ce texte, tu dois le lui dire, tu dois nous le dire, tu ne peux pas ne pas le dire, ne pas le lui dire, ne pas nous le dire. » Il n'est pas question pour elle que je ne dise pas ce texte à ma mère pendant la cérémonie, à l'église. Pas question d'avoir peur, de ne pas pouvoir, pas question.

Onze jours séparèrent la mort de ma mère de son enterrement. Chaque jour, elle appela pour s'assurer que je ne me déroberais pas. Chacun de ses appels est un encouragement, mais aussi une pression chaque fois un peu plus insistante. À chaque appel, elle me dit qu'il faut dire le texte parce qu'elle le trouve juste, beau comme ma mère était belle, fort comme elle l'était, plein d'humour comme elle en était pétrie. Elle m'encourage. Elle infuse sa force, distille sa volonté. Elle est une mère d'un fils qui a, alors, 24 ans. Pense-t-elle au jour éventuel, possible, probable où Christopher parlera d'elle ? Elle sait que ce texte est une colonne vertébrale provisoire qui peut aider à marcher parce qu'il devient l'objectif auquel on s'accroche. Ses chansons ne sont-elles pas des amarres, ses points d'encrage ? Elle connaît des deuils déjà, ceux que le temps qui passe engendre, deuil de la légèreté, deuil de l'innocence. Ces deuils-là nous sont communs. Elle a connu ceux que les amours défuntes enfantent. De ses deuils-là, elle fait des chansons. Elle leur tresse des couronnes de voyelles et de consonnes. Le premier bouquet de fleurs que je dépose aux pieds de ma mère est ce texte. Il s'appelle « Merci ».

Chaque jour, elle appelle de Triel. Elle est une machine à pointer qui vérifie l'état de mes états. Au moindre signe de défaillance, elle décoche des phrases simples et belles qui se plantent dans mon cœur et le réveillent. Pourtant, tout se resserre, tout tremble, la mort de ma mère m'étrangle, le texte devient insurmontable. Il annonce le moment terrible où je devrai le dire, où je m'adresserai à ma mère pour la dernière fois. Il défigure mes jours et mes nuits. Au fil des heures, la raison de le dire s'effondre. À quoi bon, puisqu'il ne changera rien. Chaque jour, jusqu'au 12 décembre 1998, elle appelle de sa maison au bord de l'eau, me ligotant un peu plus au texte. Elle sait ce qu'est le chagrin. Elle imagine le mien mais n'acceptera pas la moindre complaisance. Elle n'affichera pas, non plus, la plus infime miette de pitié dont elle n'est aucunement dotée.

Onzième jour. Un ciel bleu, église de Boulogne. Elle arrive, grave, tendue, mais souriante. Je suis sur le perron de l'église. Comme mon frère et moi le faisons pour chaque ami, je l'accueille, je l'embrasse. Nous n'échangeons pas un seul mot. Elle traverse la nef puis s'assied au premier rang, presque en face de l'autel, absolument en face du pupitre, non loin de là où sera posé le cercueil recouvert de gardénias.

La cérémonie commence. Mon père, mon frère et moi sommes au premier rang, de l'autre côté de la boîte. Ma mère était assez indifférente aux messes et aux prêches. Elle n'aimait pas les dogmes qui conduisent au sectarisme, au rejet de l'autre, à l'empêchement à vivre librement. Elle n'aimait pas les donneurs de leçons, pas non plus l'idée du pardon. « Qui est qui pour avoir le droit d'accorder ou refuser de pardonner ? » disait ma mère. Elles se ressemblent, se ressemblaient.

Ce jour de tremblement de terre, nous lui avons offert des chants, de la musique, des poèmes, un

« Grand Échiquier » pour elle toute seule. Je détourne la tête, sur ma droite, dans le même axe, il y a une femme allongée et sans vie et, au-delà, il y a elle, debout et pleine de vie. Je vois en même temps, en un même regard, pour la première et dernière fois, pour la seule fois même, les deux femmes que j'aime et dont l'attachement à leur liberté était, est viscéral. François-Éric Gendron, l'homme de la bande des quatre de la Martinique, celui qui fut l'un de ses amours, lit un poème de Victor Hugo consacré à la vie. L'évêque prononce je ne sais plus quelle formule magique. Je fais semblant de l'écouter et détourne à nouveau la tête vers ma mère et elle, juste à côté. Elle non plus n'écoute pas l'homme de Dieu. Elle regarde l'autel, le pupitre, les vitraux. Régulièrement elle se tourne vers moi avec l'intérêt qu'éprouve un médecin pour son malade. Elle prend mon pouls.

Il a été décidé qu'après le poème de Victor Hugo et les quelques mots de l'évêque, je rejoindrais le pupitre. Il a aussi été envisagé que, si je n'avais pas la force de le faire, François-Éric resterait au pupitre et lirait mon texte.

Les phrases d'Hugo sont pleines de force, je perds les miennes. Sous ma chaise, il n'y a plus de jambes, mais des os sans muscles. Je m'incline. Ils doivent croire que je me recueille. Je m'incline parce que je me dérobe. Mon corps m'échappe. Je me tourne vers ma mère pour lui demander de l'aide puis c'est elle que je vois. Son regard est celui d'une maîtresse d'école qui attend que l'élève passe au tableau. Ses yeux ordonnent de me redresser. Son sourire adoucit l'ordre. Je me redresse parce que je sens qu'elle l'exige. Résonnent encore la phrase de Victor Hugo : « Puis, le vaste et profond silence de la mort ! » L'évêque dit : « Nous allons maintenant écouter un texte que Daniel a écrit. »

C'est là que je dois me lever pour me diriger vers le pupitre. Je regarde ma mère. Si elle avait pu, elle serait venue me prendre par la main pour me donner de la force. Elle en est empêchée. Après ma mère, il y a elle. Elle ne me regarde pas, elle me fixe. Je vois des éclairs, du feu et toujours son sourire. Son sourire parle, demande, veut. Je me lève pour lui. J'entame un premier pas comme si j'apprenais à marcher. Devant ma mère et sa longue boîte recouverte d'une robe en fleur, mes pas sont hésitants. En me rapprochant d'elle, ils deviennent décidés. Il ne faut pas que je la regarde. J'ai envie et j'ai peur. Je ne pense pas pouvoir arriver à émettre un son, à lire le texte qu'elle espère depuis onze jours que je dise. Je ne la regarde pas. Elle risque de deviner que je suis en train d'emprunter le chemin de la faiblesse. Je vais la décevoir et j'en suis triste. Je passe devant elle, un peu honteux et tellement dans la crainte de devoir affronter ma mère et les visages de tous ceux qui sont là, réunis par sa mort. Dos à eux tous, j'avance vers le pupitre. Je monte sur l'estrade. Je me retourne. Ils sont là, bienveillants, silencieux, face à eux-mêmes, face à leur propre disparition. De l'autre côté, juste de l'autre côté du pupitre, elle est assise au premier rang exactement en face de moi.

Elle aurait pu s'installer ailleurs, l'église est si grande, un peu plus à gauche, au quatrième rang, derrière une colonne mais non, elle est là, devant, juste devant. Je suis face à elle comme je l'ai été tant de fois durant ses concerts. Je suis sur scène et je la vois me regarder. À côté d'elle, des amis, puis ma mère au milieu de l'allée, puis ma famille et mes amours. Et mon père, élégant, enfermé dans sa peine. Ma vie devant moi, et le sol qui se dérobe. Pas le texte, je ne peux pas. Non. Impossible. Définitivement non.

Mais elle est assise au premier rang.

Je vais dire des petites choses sur ma mère et repartir au plus vite pour me cacher, me terrer afin que personne ne puisse contempler ma peine.

Il n'y a pas un bruit dans l'église, pas une chaise qui grince, d'humain qui tousse, de pigeon égaré, de voiture qui circule au loin, pas les pas d'un retardataire, pas même le bruit des ailes des anges. Rien ne craque, rien de bouge. Je ne sais pas ce que je vais dire. J'inspire très longuement, lentement. Je gonfle la poitrine. Je fixe la couverture de gardénias qui offre à ma mère son dernier écrin de beauté. Pourvu que ma mère me souffle les mots. Je suis si vide. Je regarde maintenant la femme assise devant le pupitre. Là, j'ai besoin d'elle comme je n'en ai jamais eu autant besoin. Ma voix quitte mon corps. Elle résonne, claire, posée, inspirée, atteint le fond de l'église, les vitraux les plus hauts. Elle baisse la tête. Je dis le texte. J'arrive à le dire sans hésitation, sans la faiblesse qu'elle n'aime pas. Elle pleure, je crois. Je ne la regarde plus de peur que ses larmes déclenchent les miennes. Je deviens fort comme elle voulait que je le sois. Elle écoute le texte là où elle voulait que je le dise. Avant, elle l'avait entendu, mais là il semble l'atteindre. C'est à ma mère que ces mots s'adressent, à eux tous aussi, amours essentiels, premier amour, amis indispensables, et à mon père, camisolé dans sa douleur.

C'est pour eux tous que je le dis, mais c'est elle, surtout, essentiellement, que je regarde. J'égrène mes mercis. Entre chaque phrase, je prends le temps de savourer quelques visages. Ses yeux ne lancent plus d'éclairs, ils sont mouillés. Je me tiens droit au pupitre, elle se redresse. Les derniers mots se rapprochent. Elle se redresse davantage. Elle entame un sourire comme je ne suis pas certain d'en avoir jamais vu. J'entame la dernière phrase : « Pour m'avoir donné la vie encore merci, pour ne pas m'avoir prévenu que tu reprendrais la tienne, pas merci. » Elle sèche ses yeux.

À la fin des derniers mots échangés avec ma mère presque encore vivante, je fixe une ultime fois le cercueil.

Et le silence. Ce même silence qui, lorsqu'elle est sur scène, précède le début d'une chanson. C'est devant ma mère et devant elle, à ce moment-là, que j'ai compris la puissance de ce type de silence qui entoure, enveloppe, réconforte, rassure, porte sans empêcher pour autant d'être vertigineusement seul. Au terme de ce silence-là, de cet adieu, de cette ultime apostrophe, ma mère et moi nous sommes quittés définitivement. Reste la femme du premier rang. Elle est fière, je crois. Je redescends de l'autel comme un enfant qui aurait bien fait ses devoirs. Je passe devant elle mais ne m'arrête pas. Je tourne simplement la tête en sa direction. Nos regards s'enlacent brièvement, tandis que je poursuis mon chemin vers la chaise vide à côté de celles où sont assis mon frère et mon père. Et je m'assieds.

Je l'ai dit. J'ai réussi à le dire, à le dire avec le même souffle que celui qui l'a mis au monde. C'est notre victoire et le début de mon deuil.

À la fin de la cérémonie, nous avons quitté l'église pour nous diriger vers le parvis. Elle et moi nous sommes enlacés, sans prononcer un mot. Les mots avaient été dits au pupitre. Plus aucun autre n'était possible entre nous, ce jour-là.

Débuta ensuite la chorégraphie répétitive où chacun embrasse chacun, où j'embrasse celles et ceux sans qui je ne serais rien. Ils sont repartis dans leurs vies. Je me suis rapproché de celle de mon père. Ce jour-là, elle l'a adopté.

6

L'église de Triel

L'église n'est pas très grande. Les toits au-dessus de la nef, du transept et du clocher sont recouverts de ce qui semble être de l'ardoise. Les murs extérieurs, sans niches ni sculptures, sont légèrement orangés. Sur les façades, des ombres nettes, provoquées par les murs de soutien, indiquent que la fin de l'après-midi se rapproche du début de la nuit. Pas loin de l'église, en bas d'une colline sans arrogance, nonchalamment coule la Seine, bleutée, crépusculaire. Aucune barque ni péniche ne viennent en troubler l'endormissement.

L'église est entourée de quelques rares maisons sans identité particulière. Des champs sans rien, sans légumes sortant de terre, sans herbes hautes, entourent l'édifice. Les villageois sont rentrés chez eux. Pas un habitant n'est dehors à humer l'air frais et pur de l'hiver. Personne ne fume la pipe afin de tuer le temps. Aucun couple illégitime ou vieille fille dépendante du tissage d'un tricot, pas d'automobiles. À cette époque-là, elles n'existent pas. C'est l'hiver donc. Un seul arbre, sans feuilles, est parvenu à pousser devant l'église, dans le champ qui conduit à celle-ci. Exilé, il est planté là, comme un rien du tout. Grande croix sans Christ, il s'ennuie.

C'est la Seine qui attire l'attention. Elle se perd dans des marais dont on ne peut toucher la fin. La Seine ondule, déambule, chaloupe à travers eux, sans vraiment savoir où elle va. Elle vagabonde, alanguie jusqu'à la silhouette incertaine d'une colline qu'on devine au loin. Elle est sans arrogance, pas très haute, pas dangereuse, somnolente.

Après avoir été attiré par la Seine, c'est le ciel qui capte l'attention. Il est orangé comme la façade de l'église. Il est jaune à certains endroits, bleu clair à d'autres. Il est rosé aussi et même un peu argenté.

Pendant des années, j'ai été attiré, fasciné par ce ciel immense qui rend presque ridicule l'église assise sur sa colline.

Sans sortir de chez moi, à toute heure de la journée et du soir, j'ai observé ce moment crépusculaire où les doux rayons de feu éclairent la Seine et l'église sans les brûler. L'église est celle de Triel-sur-Seine.

Mon père a acheté ce tableau alors que je ne l'avais pas encore rencontré. Il dut s'en séparer. Cette peinture de 1896 était devenue un membre de la famille à côté duquel nous prenions l'ensemble de nos repas. J'ai grandi avec lui. Son absence a laissé une trace sur le mur et provoqué un trou dans mon imaginaire. Sa disparition fut un chagrin, comme si un cousin avait été emporté par la maladie. Je m'étais habitué à ce paysage. L'église de Triel me manqua beaucoup.

Des années plus tard, à l'occasion d'une vente aux enchères en province, mon père découvrit que le tableau était à nouveau en vente. Il le racheta. Triel-sur-Seine revint à la maison et retrouva sa place. Le mur de la salle à manger se remit à vivre, avec le crépuscule juste au-dessus de la Seine indolente, des marais paresseux, l'église et ses ombres d'hiver, l'arbre dénudé pour unique compagnon.

En regardant ce tableau, enfant, puis adolescent et adulte, jamais je n'aurais imaginé que je fréquenterais un jour une maison née après lui et construite là où il n'y avait que marécages et roseaux.

Elle vit dans cette maison depuis 1981. De ses fenêtres, elle voit la Seine, la colline timide, l'église sans fanfaronnade et le hameau de Triel devenu un village.

Jamais je n'aurais imaginé non plus qu'un jour, j'entrerais dans l'église accrochée au-dessus de la table de salle à manger recouverte d'une nappe terne.

Le 11 juin 1995, je pris le chemin du tableau pour assister à son mariage.

7

Un si beau jour

Aimer, c'est vivre. *Vivre pour aimer* est l'unique phrase que l'on pourrait graver sur sa tombe, si elle en avait une un jour. Pour l'instant, elle envisage d'être empaillée et plantée dans son jardin afin de pouvoir s'amuser avec les oiseaux. Elle les aime au point de leur siffler ses refrains. L'imitatrice la plus douée est la colombe diamant qui loge dans la salle à manger de la maison de Triel.

J'ai vu la chanteuse nourricière de la colombe aimer différents hommes. Elle est une amoureuse de l'amour. Chaque jour de sa vie, elle aimerait être amoureuse, mais ce n'est pas ainsi que la vie est. Quand elle n'est pas amoureuse, elle survit. Elle devient un champ maussade d'hiver dont la terre froide attend le printemps. Attendre n'est pas ce qui lui convient le mieux. Elle aime être en conquête, avancer sur le chemin chaotique qui conduit à l'autre. Aucune chaussée défoncée, aucun virage dangereux, aucun pont coupé, aucune impasse ne l'effraie alors. Au contraire tout devient excitation, enivrement, emportement, emballement sans limites, sans tabous, sans restrictions. Lorsqu'elle aime, elle devient le feu dont elle a besoin pour chauffer sa vie. Je l'ai rarement vue sans la compagnie d'un homme ni le désir de l'être.Vivre avec l'homme qu'elle aime est son idéal. Quand elle est avec cet idéal-là, la peur de le perdre se transforme en venin qui peut conduire à le perdre.

Au début, tout est possible, nouveau, une découverte, les projets se tissent, et rien ne semble capable de les défaire. Un début, c'est toujours radieux. J'ai été un début. On est toujours un débutant magnifique quand on débute. On ne sait pas. On essaie. On espère. On cherche. On est grand et ridicule, fort et faible, maladroit et téméraire, fébrile et déterminé, pur et coquin, gamin et héroïque. Je l'ai vue être tout cela.

Elle aimerait être ainsi jusqu'à son dernier jour mais elle sait que son âge n'est pas son meilleur allié aux yeux d'hommes nettement moins impitoyables qu'elle.

Un début, c'est vaste comme un océan, haut comme une montagne, large comme des bras écartés, vivant comme des arbres agités par le vent. Quand elle est amoureuse, il n'y a plus de murs, rien ne paraît impossible, interdit ou infaisable. Rien n'est inrêvable. Amoureuse, elle est Vénus, Mary Poppins, Isolde, Juliette, Bérénice, Samantha, la marquise de Merteuil, Salomé et Shirva. Aimante, elle est toutes les femmes. Après le début viennent les petits plats, les balades au bord de la mer, le soleil à Ibiza, les coulisses de l'Olympia, les promenades avec les chiens et... les emmerdes quotidiens.

Elle a fréquenté des hommes qui ne se ressemblent pas. Ses amours ne relèvent pas d'études de marché ni de tests de faisabilité. Aucun algorithme, personne n'interfère dans ses choix. Quand elle est amoureuse, elle est d'abord libre.

L'homme de sa vie, celui de ce moment-là, s'appelle Pierre. Il est plus jeune qu'elle, et alors ? Il aime aussi les garçons, et alors ? Il aime sortir dans des mondes interlopes, et alors ? Il aurait aimé être chanteur comme elle, et alors ? Il a des coupes de cheveux étranges, et alors ? Il a une autre femme dans sa vie – sa mère –, et alors ? Il l'aime. Et pas alors, du tout.

Il faut prendre au sérieux les rêves de ceux qu'on aime. J'ai pris très au sérieux le sien et celui de Pierre. Lorsqu'ils ont exprimé leur désir de mariage, j'ai simplement été heureux parce que je constatais qu'ils l'étaient. Contrairement à tant d'autres, je n'ai été ni dubitatif, ni moqueur, ni sarcastique, ni suspicieux, ni condescendant, mais ému, juste ému.

Se marier n'était pas une facétie, pas une façon d'effacer une première union douloureuse, mais un rêve qu'elle n'a pas lâché, trop heureuse d'en avoir un. Il fut vite entaché de boue. La presse s'est odieusement incrustée dans ces méandres de l'amour que les amoureux eux-mêmes ignorent. Les journaux décidèrent que leur union était ridicule, un coup de pub, une imposture, un énorme mensonge « si » peu crédible. À l'annonce de leur mariage, j'ai divorcé de la presse. Nul n'a le droit de juger l'amour, de s'immiscer dans celui d'autrui. Jusqu'au jour de leurs noces, j'ai détourné la tête lorsque je passais devant les kiosques qui doutaient de ce dont moi je ne doutais pas.

Au départ, ils avaient dû éclater de rire, lancer l'idée en l'air comme un enfant lâche un ballon dans le ciel. Ensuite, ils l'ont voulu comme on peut vouloir un enfant quand on s'aime. Après le rire, ils ont pris leur désir au sérieux. Ils ont construit leur rêve, un rêve dont l'architecture ressemblait à l'église de Triel, vaste et lumineux. Ils ont décidé de se marier pour offrir, à eux-mêmes et à leurs amis, le plus beau souvenir DU monde. Elle dit souvent : DU monde. Son fils « est le plus beau DU monde ! », ses musiciens « sont les plus merveilleux DU monde ! », sa sœur « est la plus belle et intelligente DU monde ! », ses parents « sont les plus délicieux DU monde ! », la musique de Gershwin « est la plus brillante DU monde ! » et je suis « le plus grand créateur de fautes d'orthographe DU monde ». Quant à Pierre, « il est le plus drôle et le plus touchant DU monde ! ». Il fallait donc que son mariage soit la plus belle fête DU monde. Ils s'y employèrent. Si elle est capable de toutes les futilités, donc de s'amuser de celles des autres, elle est sérieuse et méticuleuse quant à ses engagements. Je ne l'ai jamais vu s'impliquer à la légère, qu'il s'agisse de réussir une salade de lentilles à la menthe fraîche ou un album. Alors son mariage...

Pendant des jours, ils ont tissé leur rêve. Dès l'invitation reçue, j'ai acheté un costume, première pierre apportée à leur édifice amoureux. Les semaines suivantes furent déchirantes. J'ai essayé des pochettes de toutes les couleurs, et même de couleurs improbables comme l'écrivent ceux qui ne trouvent pas d'autres mots. Dans les rayons cravates des grands magasins, j'ai été homme du monde, dandy précieux, cadre du CAC 40 ou étudiant de collège britannique. Quant aux nœuds papillon, de nombreux se sont posés autour de mon cou. Ce mariage me conduisit devant le miroir comme jamais le narcissique que je suis ne l'avait fréquenté. Pendant ce temps, elle entamait des essais dans le plus grand secret. La future mariée déjà mariée vingt-deux ans plus tôt sera-t-elle en blanc ? Le monde entier s'interrogeait, mes parents en particulier.

On ne fait pas l'humour avec n'importe qui, mais avec qui on aime. L'humour est un lit moelleux où il est doux de s'aimer. Dans ce lit rond comme une piste de cirque, rectangulaire comme une scène de cabaret, biscornu comme les tables éméchées des boîtes de nuit, ils se sont donc aimés. L'humour est une façon de vivre qui les a conduits à s'unir.

Au-dessus de leur lit, ils ont accroché un songe plein de feux d'artifice. Ils ont imaginé qu'ils se marieraient comme dans les cartes postales. Ils ont rêvé si haut leur rêve qu'il atteignit la réalité. Ils eurent l'église et les feux d'artifice.

Pour elle, se marier dans « une maison spécialisée » – comme elle le dit aujourd'hui – était davantage épouser une tradition que placer son amour sous le haut patronage de Dieu. Elle aime croire. Elle envisage qu'il y ait quelque chose d'autre. Si elle avait un dieu, elle n'imposerait jamais rien en son nom comme elle ne se laissera jamais rien imposer par les dieux des autres. Son deuxième prénom est Marie, mais ce n'est pas elle qui l'a choisi. Or elle aime choisir.

Vient le jour, le grand, l'unique, le tant espéré. Réveillé, je ne quitte pas immédiatement le lit, contrairement aux matins habituels. Je paresse. J'écoute la « Rhapsody in blue » de Gershwin. Cette œuvre est de bonne humeur comme je le suis. La Rhapsody ajoute de la joie à la joie. Nous l'avons écoutée ensemble. Elle ne dégershwinera jamais. Ce serait insulter son enfance, ce qu'elle aimait écouter enfant. Je ne repasse pas le costume jamais porté depuis que je l'ai acheté. Je fais comme je peux le nœud de ma cravate de collégien zébrée de bleu ciel. C'est la seule que je possède. J'ai jeté celle portée lors de l'enterrement de ma mère afin d'oublier ce jour qui ne s'oublie jamais. La prochaine fois que j'en porterai une, ça sera à la mort de mon père. Je ne porte de cravate que pour les grandes occasions, afin de cacher une gorge qui se noue inévitablement. Pour elle, je refais vingt-trois fois le nœud. Je cire mes chaussures comme avant une inspection militaire, comme si elle allait vérifier qu'elles ne sont pas tachées.

Nous sommes en 1995. À l'approche de Triel, j'aperçois l'église du tableau de mon père. Je me prépare à pénétrer pour la première fois dans cet édifice accroché dans la salle à manger familiale où je suis maintes fois entré déjà. Chez mon père, l'église de Triel ne fait aucun bruit, juste celui des cloches ou du vent quand on imagine les entendre. Dès l'arrivée dans le village, loin encore de l'église, je constate que nous sommes nombreux à venir célébrer leur amour. Le village vacarme. Il ressemble à une étape du tour de France. Ils sont des milliers à parler, à s'agiter, à attendre. Partout des policiers, des voitures mal garées, d'autres qui s'énervent, des klaxons qui s'engueulent. Dans les rues, aux balcons, debout sur le moindre promontoire, accrochée aux barrières, une foule immense attend l'arrivée du couple. Les photographes sont postés comme des tireurs d'élite. Un barrage filtrant laisse entrer les véhicules des invités. Ma voiture aussi s'est faite belle, je l'ai bêtement lavée.

J'avance à très petite vitesse, c'est-à-dire pas du tout. J'observe les passants qui ne passent pas mais piétinent. Ils patientent.

Il y en a des grands et des petites, des moustachus et des rousses, des blondes et des chauves, des enfants avec parents, des adultes sans enfants. Il y a un pays tout entier. Je pensais que nous serions quelques-uns et nous voici des milliers. Il va falloir apprendre à la partager.

La modeste église de Triel a des allures d'abbaye de Westminster prête à accueillir un mariage royal. Les seuls événements auxquels j'aie pu assister qui se rapprochent de l'hystérie de Triel sont le soir de l'élection de François Mitterrand et le jour de l'enterrement de Claude François. Elle est donc une idole. Plus j'approche de l'église, plus elle s'éloigne. La foule, les innombrables invités, sa famille, tout commence à me séparer d'elle.

Devant l'édifice une joyeuse agitation, ses amis, François-Éric encore plus élégant qu'habituellement, des personnalités vues à la télévision. Tous entrent comme ils peuvent. Pas moi. Je reste sur le parvis. Je souhaite les voir arriver, surtout elle. Lui, je ne le connais pas. Lorsqu'il est entré dans ses jours et ses nuits, lorsqu'il a commencé à prendre le chemin de Triel, je l'ai moins pris. Tous prennent le chemin de Triel, une fois happés par elle. Ils viennent vivre chez elle. Quand elle change d'amour, elle ne change pas de maison.

Ils ont quitté la demeure du bord de la Seine ; dans dix minutes, ils seront là. Tassés sur le parvis, je suis spectateur parmi des spectateurs, écrasé contre le mur. Comme toutes les autres têtes de la foule, je tourne la mienne dans la même direction. Plus aucune voiture ne circule. L'ambiance est aussi électrique qu'au début d'un concert. La foule colorée est exaltée comme si elle assistait à la finale d'un match de foot. Des cris, des bras, des appareils photo se dressent. L'euphorie. Puis un déferlement de hourras. Leur voiture est en vue. La foule est de plus en plus fébrile. Encore des cris.

Je crie à mon tour. Ils sont fous de joie, moi aussi. À l'intérieur de l'église, chacun est assis, debout, partout. Plus la foule se déchaîne à l'extérieur, plus la nef devient silencieuse, à l'écoute de ce qui s'entend dehors.

La voiture arrive devant l'église. La foule hurle, moi aussi. Elle sort, rayonnante et intimidée. Sérieuse aussi, presque grave. La mariée n'est pas en blanc mais vêtue d'une robe longue, épaisse, rose et soyeuse. Elle arbore un bustier et une veste dont le col se dresse comme ceux des princesses. Elle porte son rêve avec élégance. Ses cheveux sont relevés, laissant deviner son cou gracieux. Ses cheveux blonds forment une couronne en or sur laquelle est posée une voilette perlée, à peine visible. C'est son sourire que l'on voit.

Elle monte les marches de l'église puis se retourne vers la foule. Ils crient, moi encore. Elle va faire son entrée dans l'église, passer à côté de moi et je vais lui offrir un sourire comme je n'en ai jamais offert. Elle avance lentement, consciencieusement.

L'émotion est plus lourde à porter que sa voilette. Le nœud de ma cravate est trop serré. Arrive le moment que je m'étais imaginé. Cette seconde où je serai si proche de sa joie qu'en un regard, elle verrait la mienne. Mais elle passe sans me voir. Elle entre lentement dans l'église. Elle appartient à tous ceux qui la regardent. Ils sont des centaines à la contempler. Je suis un parmi tous. Elle me trompe. Sa longue marche vers l'autel est le début de l'éloignement. Un mariage est aussi une séparation. Nous sommes tous là avec eux mais ils sont d'abord avec eux-mêmes. Ils vont avoir moins besoin de nous. En se consacrant à l'homme qu'elle aime, elle ne pourra que moins se consacrer aux autres. Sous la voûte, un certain sens de l'exclusivité me conduit à souffrir un peu. Cet amour exposé, affiché, célébré, ne pourra qu'affaiblir notre lien. Je la regarde, heureux et triste en même temps, avancer à travers la nef avec la grâce d'une danseuse folklorique russe dont on ne perçoit pas le mouvement des pas. Elle glisse sur le pavement comme une patineuse sur la glace. Ils n'ont pas encore échangé leurs alliances, que je sens déjà la lame de ses patins fissurer notre amourmitié.

Je me suis placé derrière l'autel, face à la nef, afin de pouvoir observer l'assemblée, m'attarder sur les visages. Les futurs mariés sont maintenant assis, face à moi. Je suis à l'affût, debout contre une colonne. Pierre est habillé sobrement, le visage aussi fermé que le col de sa chemise blanche. Pas de cravate ou de nœud papillon, aucun signe extérieur de facétie. Il porte une veste noire sans fantaisie, lui qui l'est habituellement tant. Il est presque solennel. Le futur conjoint n'interprète pas un sketch, il se marie. Elle est sage, sereine, gracieuse. Sa voilette ne masque pas une émotion contenue. Elle est intense.

Et il y a Colette. C'est elle que je regarde et regarderai durant toute la cérémonie. Colette impressionne. Sa mère possède l'autorité d'un père, une voix grave. Elle porte avec élégance un chapeau beige, laissant deviner des cheveux gris. Une robe bleu royal, un collier de perles à deux rangs, un sac à main bleu aussi, bleu royal encore : la reine mère est là. Nous sommes bien à Westminster. Colette est une femme droite qui se tient droite. Elle n'incline pas la tête pour cacher son émotion. Elle ne pleure pas. Colette n'a pas la larme facile. Elle est une femme que j'ai redoutée, craignant ses revers de ping-pong cinglants et ses jugements aussi implacables que ses services. Colette n'est pas une femme alambiquée. Intelligente, elle voit, elle dit, ne tergiverse pas. Précise, elle déteste l'approximation. Un jour qui devint noir, j'ai commis une faute de français. J'ai failli être sacrifié aux dieux. Pour son sens des mots, son attention à leur agencement, son habitude de rectifier les erreurs de grammaire, elle est bien la mère de sa fille. Debout près de l'autel, je regarde cette mère sérieuse, élégante, digne d'une maréchale de France. Difficile d'imaginer que cette mère racontait à ses filles que les pâtes sont cultivées en pleine terre, qu'en grandissant elles deviennent des plantations de macaronis, de spaghettis ou de tortellinis. En plein cœur de la nef, j'imagine la future mariée et sa sœur planter leurs pâtes afin qu'elles germent, avant d'être cueillies et de devenir des plats parsemés de parmesan, arrosés d'huile à la truffe noire.

Colette distribue quelques sourires, sans excès ni hypocrisie. Bien élevée, elle connaît les règles de la vie dans le monde mais n'est en rien mondaine. Elle a salué l'empereur du Japon mais n'aime pas les déférents pour autant. Colette Sanson est beaucoup moins classique que la tenue qu'elle porte et que l'air qu'elle affiche. Quand sa fille était petite, madame Sanson jouait de la guitare. Elle a mis de la musique dans les biberons de ses deux filles.

À plusieurs reprises je l'ai rencontrée et, chaque fois, j'ai pensé à elle pendant la guerre. Chaque fois, c'était la résistante que je voyais. Résistante dès 1940, attachée au renseignement, spécialiste en explosifs, elle avait été une grande saboteuse. Dénoncée, elle fut arrêtée puis déportée dans un camp français d'où elle réussit à s'évader. Elle finit par identifier celui qui l'avait dénoncée. Des années après, quand elle vit l'ordure devant sa voiture sur le point de traverser la rue, elle aurait pu accélérer. Mais elle l'a épargné. Lui l'a reconnue. Cela suffisait à le condamner à perpétuité, à le perclure de culpabilité. La future mariée me raconta l'histoire en ajoutant, avec rage et rires, qu'elle aurait foncé sur le traître en s'acharnant sur lui. Je me suis demandé comment Colette arrivait encore à aimer les humains au lieu de s'en méfier. Les deux sont peut-être possible ?

À l'église, elle semble apprécier et respecter tout le monde. Colette est une femme bienveillante.

Ils ne sont pas encore mariés. Il ne s'agit plus que d'attendre quelques minutes.

Pour le mariage de sa fille cadette, René porte un costume très foncé, un gilet bleu, une cravate rayée de rouge et la Légion d'honneur. Lui aussi a été un résistant de la première heure et un serviteur de l'État, diplomate et député. Lui manquent quelques cheveux mais pas l'esprit. Son humour très britannique est aussi coupant que les couteaux de Jack l'éventreur. Monsieur Sanson est tranchant mais pas méchant, dénué de toute forme de cynisme ou perversité. René Sanson est aussi bienveillant que sa femme. Le combattant Sanson a su résister, mais à ses filles, il n'a pas pu. Fier d'elles, amusé, étonné par elles, même s'il a dû leur espérer des destins plus conventionnels, il leur céda et leur fit confiance. De cette confiance-là, elle est encore la fille. René est aussi celui par qui la musique entra dans la vie de ses filles, les mettant très jeunes au piano. Colette et René sont fiers de leurs filles. Combien de fois je les ai vus assister aux concerts de la plus petite !

Elle est debout, à côté de Pierre. Toute l'église est debout. L'assemblée est silencieuse alors que, dehors, la foule s'agite, impatiente de voir la sortie du couple.

Elle est fille de Colette et de René, mais pas que ça.

Pendant la guerre, Colette sabotait et déchiffrait. Lors d'un décryptage des messages allemands, elle eut entre les mains celui qui annonçait que les nazis allaient attaquer la France par la Belgique. Elle transmit immédiatement l'information à un interlocuteur qu'elle ne connaissait pas, et qui ne connaissait pas plus celui qu'il devait informer. Le message, d'une importance capitale, finit par atterrir entre les mains d'un certain René Sanson. Durant une réunion secrète, certains camarades de résistance jouaient aux dés. Entra dans la pièce une très belle femme que René aperçut sans s'attarder. Il n'aimait que les blondes. Elle ne l'était pas. L'un des jeunes résistants proposa que celui qui composerait le chiffre 7 en jetant ses dés devrait aller séduire la nouvelle venue. René joua le bon numéro et décrocha le beau lot. Colette fut l'immense, l'unique amour de sa vie.

Celle que je regarde sur le point de porter une alliance est née, dans une salle secrète de la résistance, de la rencontre de deux dés réunis par ce qu'on appelle le hasard. Elle est la fille de Colette, de René et de deux dés.

Le prêtre continue d'officier. J'aperçois les alliances. Ils vont se dire oui.

Violaine, sa sœur aînée, se tient un peu en retrait, comme souvent. Je l'observe observer. Violaine veille. Elle a toujours veillé sur sa sœur. Je ne la vois pas émue. Violaine n'est pas une femme qui montre. Son visage est plutôt impassible. Elle paraît même anxieuse. Parce qu'elle connaît sa sœur, ses emballements et son imprévisibilité ? Elle était là lors du premier mariage de sa petite sœur avec le chanteur Stills. Elle sait ce qui est arrivé ensuite. Elle a vu cet amour fougueux devenir un amour foutu.

Les deux sœurs ont partagé leur enfance et leur adolescence sans rivalité. Elles ont en commun l'amour de la musique, ainsi que le désir profond de ne pas quitter définitivement leur âge d'or. Chacune prolonge, protège, émoustille la gamine que l'autre est encore. Les deux sœurs savent que grandir est inévitable mais elles ne veulent pas devenir vieilles, sages, graves et sérieuses. La cadette est encore naïve, l'aînée moins. Violaine a le sens des affaires, sa sœur pas vraiment. Violaine a toujours protégé Véronique, et aujourd'hui elle poursuit sa mission. Même dans l'église, elle semble vigilante. Violaine est de tous les moments de la vie de sa sœur. Elle détient l'ensemble de ses secrets. Pas une guerre ne la ferait parler, formée par des parents résistants. Les deux sœurs ont reçu en héritage le courage, la détermination, un certain sens de l'honneur et celui du secret. La future mariée admire deux femmes, sa mère et Violaine. Peut-être trois, avec elle-même.

Elle : Oui.

Lui : Oui.

Ils sont mariés. Les applaudissements et les cris se propagent de l'église vers le parvis et le village tout entier. Je quitte le fond de la nef pour atteindre la sortie. Pour les voir, midinet parmi les midinettes. Accaparés par leurs amis à l'intérieur de l'édifice, le couple avance lentement. La foule les réclame, hurle comme pour les rappels à la fin d'un concert. Les photographes sont aux aguets. La gendarmerie est dépassée par l'ampleur de la ferveur. Il y a des bousculades, plus joyeuses que véhémentes. Le couple sort sur le parvis. Il triomphe. La France acclame son idole, entourée de son nouveau mari dépassé par sa propre émotion, et de son fils Christopher. Les cheveux longs, décontracté, détendu, celui-ci est heureux et magnifique. Il a dix-neuf ans.

Il porte une chemise blanche et un costume pas fait pour lui, plus habitué aux chemises amples et colorées, portées par la jeunesse américaine. Il est applaudi et salué comme s'il était membre des familles composant la foule.

Le public partout, les invités partout, les gendarmes, les photographes, impossible de l'embrasser, de saluer Pierre, de féliciter Colette et René. Des flots de monde. Frustration. Déception. Ils s'engouffrent comme ils peuvent dans leur voiture. La voiture se fraie un chemin parmi la foule qui finit par l'engloutir. Je devine le parcours du véhicule aux mouvements que la foule effectue, en observant l'ondulation des fans.

La voiture a disparu. La foule ne crie plus. Cette partie de la fête est terminée. Une réception et une soirée sont organisées dans une ancienne abbaye à une bonne heure de route de Triel. Je dénoue ma cravate. Je ne suis plus noué.

Pour arriver à l'abbaye des Vaux-de-Cernay, il faut traverser une forêt. Au beau milieu de celle-ci, des voitures sont étrangement stationnées. Seules des raisons inavouables peuvent expliquer cette étrange débauche de stationnements illicites. Des femmes et des hommes s'extraient des buissons, vêtements à la main, corps un peu dénudés, cheveux ébouriffés et visages hilares. Parmi ces corps agités surgit celui de Violaine, redevenue l'adolescente qu'elle est encore. En équilibre précaire, un pied sans chaussure, un autre avec, un pantalon dans une main, un chemisier dans l'autre, elle se change. Comme d'autres convives, elle quitte sa tenue d'église pour une autre de fête. Le mariage a transformé la forêt domaniale de Rambouillet en vestiaire.

L'immense abbaye devenue complexe hôtelier a des allures de base militaire tant gendarmes et sécurité privée en protègent les accès.

Pour fêter leur union, ils ont choisi un lieu digne de leurs rêves : une ancienne abbaye fondée il y a huit siècles. Le domaine est grand comme un village. S'entrelacent des ruines fantomatiques, les vestiges d'une église sans toit, des communs immenses, des dépendances et une ferme tentaculaire. Une longue et élégante bâtisse en pierre est située au cœur du vaste domaine. Elle pourrait se trouver dans la campagne anglaise. Ce château fait face à un magnifique étang dont des barques clapotantes attendent des badauds d'eau douce. Partout des maîtres d'hôtel, du champagne.

Où sont-ils ?

Une faune peu conventionnelle arpente ce lieu plus habitué à accueillir des grands bourgeois en loden, des notables fortunés en cachemire, des cadres supérieurs en Weston à pompons ou des parvenus décorés en Dolce & Gabbana.

Dans ce domaine hors du temps, loin de tout, camouflé dans la vallée de Chevreuse, des canards sauvages batifolent. Alain Chamfort, chanteur et ami, déambule longilignement. D'immenses arbres sont recouverts de mousses épaisses, comme Catherine Lara l'est d'une cascade de cheveux gris-blanc. C'est elle qui a présenté le couple. Se croisent tourterelles et palombes ainsi que quelques oiseaux de nuit comme Tony Gomez, roi de la vie nocturne parisienne.

Colette et René, toujours aussi royaux, offrent des amabilités à des gens qu'ils ne reconnaissent probablement pas. De la propriété s'échappent les croassements aigus de hérons cendrés et la voix grave de Nicoletta.

La blueseuse au cœur d'or est une indéfectible et incorrigible amie de la mariée depuis longtemps, du temps où les vinyles tournaient 45 fois par minute. Nicoletta est celle qui offrit à sa copine le billet d'avion qui lui permit de rejoindre Stills aux USA, au nez de tous.

Près d'une fontaine, François-Éric Gendron, toujours complice de son ex-petite amie devenue jeune mariée, devise avec une jolie femme aussi belle et colorée que les bouquets de fleurs partout disséminés. Muriel Robin est entourée d'une petite cour de garçons qui se préfèrent entre eux. Elle parle d'elle, exercice qu'elle aime bien pratiquer. Il y a Fanny Ardant aussi. Sur scène, sans scène, devant une caméra, sans caméra, elle « Fanny Ardante » sublimement. L'actrice tourne *Pédale douce* dialogué par Pierre Palmade qui l'a emporté dans ses bagages. Elle se régale de leur mariage. Elle se délecte de tout et moi d'elle.

Où sont-ils ?

Dans le parc aux buissons bien taillés, un paon fait la roue tandis que deux cadres de multinationales du disque déploient leur ego, une coupe de champagne bien remplie à chaque main. Ils confrontent leurs sourires crâneurs pendant que des coqs frimeurs caquettent dans la ferme voisine.

Près de l'étang, Christopher discute joyeusement avec son cousin Julien, fils de Violaine. Ils se moquent coquinement du manège des uns et des autres.

Il fait soleil. Il y a une bonne centaine d'invités, voire deux, voire trois cents. Impossible d'établir une estimation tant tout le monde se déplace à l'ombre de tout le monde. Nous attendons le couple.

Mais où sont-ils ?

En attendant qu'ils sortent du château, chacun observe l'autre, tentant de l'identifier. Quelques-uns se vantent de connaître les mariés depuis longtemps. D'autres convives s'aventurent à divulguer des confidences sur ceux-ci, afin de prouver leur proximité. Ceux-là ne sont pas ceux qui savent. Dans l'abbaye, des groupes se forment tandis que le soleil baisse.

Où sont-ils ?

Sur l'étang s'est posée une poule d'eau solitaire et grasse. Sur l'allée qui le borde, un homme marche coquement. Il porte une veste, un pull en V et une chemise rayée. Personne ne l'a connu sans chemise rayée ni col en V. Bernard de Bosson, ancien patron de Warner, est l'homme qui a découvert Véronique Sanson. Il ne s'est toujours pas remis de l'avoir entendue un jour jouer dans l'un de ses studios d'enregistrement à peine éclairés. Il a présenté Stephen Stills à sa protégée alors que la star planétaire passait par Paris. Un demi-siècle plus tard, ce grand patron est toujours baba de la mariée. Il est le parrain de Christopher, un fidèle absolu, un absolu fiable. Il est rejoint par l'homme à barbe de l'Olympia, un homme qui n'a pas manqué une seule fois un seul concert de la mariée. Jean-Michel Boris a dirigé la salle mythique. Son oncle par alliance,

Bruno Coquatrix, médusé en la voyant sur sa scène, s'écria : « Elle est comme Piaf, elle chante sa vie ! »

Dans les allées, les salons, à l'intérieur de l'église qui n'a plus de toit, au bord de l'étang, dans les arbres, dans les communs, sur les pelouses, une rumeur circule. Si le couple ne se présente pas c'est parce qu'elle est introuvable. Une voiture a bien conduit les mariés vers l'abbaye. Ceux-ci ont rejoint leur suite mais personne, depuis, n'a revu la mariée en rose. Pierre a bien été aperçu dans les longs couloirs de la bâtisse, mais sans elle. Nous savons tous que lors de son premier mariage, elle avait eu envie de partir, qu'elle avait failli le faire. Dès qu'elle devine un danger, dès qu'elle suppute un enfermement, dès qu'elle devine l'ennui pointer son museau, elle part, elle quitte. Mais avec Pierre, rien de tout cela. À son premier mariage, elle était une femme déchirée, aimant deux hommes en même temps, éprise à la fois de Michel Berger et de Stephen Stills. Avec Pierre, rien de tout cela non plus.

C'est un si beau jour. Non, elle n'a pas pu partir. Nous la cherchons. Elle ne peut pas avoir fait cela, à nouveau. Personne ne l'a vue quitter l'abbaye. Violaine, qui raisonna sa sœur lors du premier mariage et fut témoin de la possibilité de la fugue, est devant le château, pas inquiète et encore moins paniquée si tant est qu'elle puisse connaître cet état. Violaine est souriante et sereine. Sa sœur ne s'est pas échappée.

Elle n'a pas fugué. Elle a juste, simplement, disparu un bon moment parce qu'elle est myope et distraite. La mariée s'est perdue dans le dédale des couloirs immenses et nombreux escaliers du château, errant d'étages en étages, d'ailes en ailes, de fous rires en fous rires.

Les mariés sortent enfin de leur palais. Il y a des enceintes partout, de la musique partout. Le moment est léger. Pour arriver au couple, il faut se faufiler, choisir sa file, mais tout le monde triche. Des processions clandestines se forment, des contre-processions apparaissent. Les files d'attente s'effilochent les unes après les autres. Chacun joue des coudes, joue à jouer des coudes. Le couple est encerclé. Les uns après les autres, nous la serrons rapidement dans nos bras. L'enlacement est bref, trop court, frustrant, mais il y a Fanny Ardant. Nous voulons tous l'épouser.

La nuit est tombée. Le dîner est servi dans une dépendance aussi impressionnante par ses dimensions que les thermes de Caracalla. Les murs sont hauts comme le rêve qu'ils ont eu de se marier. Le dîner est somptueux, cuisiné par plusieurs chefs dont Alain Senderens et Guy Savoy, le maître toqué qu'elle m'a présenté quelques jours après que nous nous sommes rencontrés. Comme toutes les mariées *DU monde,* elle passe d'une table à l'autre. Nous l'embrassons encore, lui tendons nos mains mais ce n'est pas assez. Le jour de son mariage, la mariée n'est pas celle dont on profite le plus.

Au fil de la soirée, les cravates se dénouent. Les oiseaux de nuit se décorsètent. Les mains des séducteurs rapaces commencent étrangement à leur échapper. Les rires sont plus volubiles. Chaque table a son conteur d'histoires drôles. Les tablées rivalisent d'éclats de rire, devenant chacune une petite scène enflammée par celles et ceux qui remplissent des Zénith, l'Olympia, des théâtres municipaux ou des salles polyvalentes.

Le dîner n'est pas achevé que nous sommes appelés à rejoindre les bords de l'étang. Avec sa longue robe ondoyante, son bustier sérieux et sa veste de princesse, ne manque plus à la mariée qu'une baguette magique pour embraser tout le domaine. Un feu d'artifice est tiré au-dessus de l'eau. Il fait danser les murs et swinguer les ombres. Il éclaire avec délectation les visages enfantins des invités pas encore totalement éméchés. Lors du final, les feux atteignent presque les étoiles. Champagne. À la queue leu leu, fanfaronnant comme dans une descente aux flambeaux à la montagne, nous rejoignons la salle du dîner où patientent des desserts qui n'attendront pas longtemps avant d'être dévorés.

Le bal est ouvert. Pierre et sa mère, elle et son père, chaque tablée se vide et se déverse euphoriquement sur la piste. Nous valsons, déhanchons, buvons, rions, dansons, buvons, grignotons, dansons encore. Certains invités disparaissent puis reviennent un peu plus débraillés qu'au début du dîner. Certains disparaissent et ne reviennent pas. Je danse avec elle, pas assez, pas autant, pas comme au Babaorum sept ans plus tôt. Nous sommes nombreux à danser encore, à fumer, à boire et à parler furieusement, mais Fanny Ardant n'est plus là. La nuit redevient la nuit.

Le début de l'aube. Je n'ai pas envie de quitter le domaine. Je ne veux pas abandonner ce moment-là. Danser, danser, essayer de danser encore avec elle, continuer de s'amuser avec eux, danser encore jusqu'au lever du soleil. Je ne veux pas le voir se lever mais il ne m'écoute pas.

Le soleil est là, frais contrairement à nous. Le couple est parti se coucher. Parce qu'il faut rentrer, je rentre. Fin de ce si beau jour.

Ils valsèrent pendant six ans. Pendant ces années-là, j'ai dansé sans elle. Puis Pierre repartit dans ses nuits, dans une existence désormais sans elle. Un autre homme emprunta à son tour le chemin de Triel. Dans la maison du bord de la Seine, une robe de mariée est rangée dans une armoire. Un si beau jour est enfermé quelque part dans la maison de Triel. Elle ne sait plus exactement où.

Une quinzaine d'années après son union avec Pierre et un deuxième divorce, elle confia dans un documentaire imaginé par son neveu Julien qu'elle n'éprouvait plus le besoin ni l'envie de se marier à nouveau. Depuis une dizaine d'années, Christian, son nouveau compagnon – au long cours cette fois –, prend chaque jour le chemin de Triel sans être passé devant le maire. Pour elle aujourd'hui, le mariage ressemble à des menottes mais elle comprend ceux qui veulent les passer et pense que la République doit permettre à chacun de vivre son amour avec qui il souhaite, de la manière qu'il veut et sous la forme qu'il désire.

Il y a peu de temps, je me suis assis à côté de mon père, chez lui, juste en face du tableau où la Seine coule au pied de Triel. Nous avons regardé ensemble l'église où elle se maria. Mon père évoqua son mariage avec ma mère. Lui, quatre-vingt-treize ans, me confia qu'il pensait que le mariage n'était peut-être pas une nécessité. Il me révéla que son idéal aurait même été de vivre dans un appartement juste en face de celui de ma mère. Mon père n'est pas conventionnel. Il est bien élevé comme elle, comme ses parents. Il l'aime parce qu'elle est bien élevée mais pas conventionnelle et qu'elle chante bien. Il ne comprend pas tout ce qu'elle dit mais il trouve que c'est très beau.

J'ai demandé à mon père la possibilité de regarder la Seine couler au pied de Triel quand il ne sera plus là.

Avec elle

Il a rédigé un mot en ce sens. Je ne serai donc jamais séparé de Triel, jamais éloigné d'elle. Le tableau sera toujours à mes côtés, je pourrai écouter le fleuve et regarder le soleil lécher le clocher de l'église jusqu'à mon dernier souffle.

8

Le salaud

Europe 1, rue François-Ier, dans le 8e. L'arrondissement qui fait des affaires le jour et rien le soir. Je suis assis à mon bureau où je prépare mes émissions. Chaque fin d'après-midi, je rentre en studio. J'avale des dossiers, des cafés, des couleuvres. Je travaille, beaucoup. Toute la journée, des appels téléphoniques se succèdent, la perturbent, la hachurent. Vers 16 heures, une voix que je connais bien. Le timbre et le débit ne sont pas ceux auxquels je suis habitué. La voix est inquiète, saccadée, essoufflée, un peu confuse. C'est une de ses proches. Cette amie me demande d'aller le plus rapidement possible à l'hôtel situé juste à côté de la rue François-Ier, en bas de celle-ci, avenue Montaigne. Elle a laissé sa copine là-bas en début d'après-midi afin qu'elle honore plusieurs rendez-vous jusqu'à 19 heures, mais à celui de 17 heures elle n'était plus là. L'interlocuteur de ce rendez-vous-là s'en est inquiété. Il l'a cherchée dans l'hôtel, a vu le concierge, rien. Elle a disparu de l'établissement du palace. Pourquoi, pour qui, avec qui, seule, pour où ? Paniquée et éloignée du centre de Paris, son amie me demande de me rendre sur place le plus vite possible.

Je quitte le bureau sans dire un mot à l'équipe. Je ne descends pas l'escalier rapidement, je le dévale. La rue François-Ier devient une piste de ski où chaque personne, chaque obstacle est un piquet à frôler pour ne pas perdre une seconde, pour gagner une compétition qui n'existe pas, pour assumer une mission qui semble grave. Je cours.

L'avenue Montaigne a été rallongée pour me ralentir. J'avance essoufflé vers la place de l'Alma, qui est plus loin que d'habitude. Le palace où elle se trouve est habituellement si proche de la rue François-Ier. Cette fois-ci, il y a davantage de magasins que d'ordinaire, davantage d'arbres, de rues à franchir, de tout à parcourir. J'arrive enfin devant l'entrée du grand hôtel. Les fleurs, les plantes vertes, les employés d'accueil, la porte tournante, les couples illégitimes, les hommes d'affaires pressés, les vieilles qui se distraient avec des gâteaux, tous ignorent ma mission. Ils vivent dans la tranquillité de leur vie, ils ignorent mes craintes.

Je dois la trouver. Elle ne rate jamais un rendez-vous.

Je pénètre dans le palace. Il y a beaucoup de clients, peut-être, mais je ne vois que le vaste couloir où se trouvent les canapés, les tables basses fleuries, et pas elle, aucune femme qui puisse être elle. Pas la moindre trace de son ombre, aucun effluve de son parfum, pas même l'écho de son sourire. Je quitte cet immense couloir pour d'autres, tous les autres. Pas un recoin, pas un salon, pas un étage n'échappent à ma vigilance. Personne. Je demande aux serveurs, aux chefs de rang, au concierge s'ils ont noté un départ agité, chaotique, inhabituel, mais rien. Ils ont simplement remarqué qu'en quittant l'hôtel, seule, elle ne s'est pas adressée à eux alors qu'en général elle les salue. Elle n'était pas spécialement pressée, plutôt indécise même, hésitant à sortir par le grand tourniquet de la porte principale.

Je sors. Elle n'est peut-être pas loin.

À nouveau dehors, je ne vois que des voitures de luxe bien rangées, des arbres bien rangés, des hommes et des femmes bien rangés. Tout est absolument classé, ordonné, presque sans mouvement. Pas d'agitation, pas de perturbation, pas d'énervement. Je suis en tempête et seul à l'être.

Rien à signaler que les banals allers et retours d'un public élégant, arpentant avec nonchalance l'avenue Montaigne, un après-midi de printemps. Impossible d'appeler des renforts. Pas de téléphone portable à l'époque. Impensable d'appeler qui que ce soit sauf à perdre du temps en retournant à l'hôtel ou en courant jusqu'à mon bureau.

Avec un plan de bataille précis, j'avance méthodiquement vers la place de l'Alma. Méticuleusement, rationnellement, je marche le long des voitures, passant du flanc de l'une à celui de l'autre. À la dixième voiture, au quatrième tronc d'arbre, en face d'une vitrine remplie de sacs à main posés comme des gisants, j'aperçois une forme qui ressemble à une silhouette qui ressemble à une femme qui lui ressemble. La silhouette est totalement immobile, hagarde, comme figée, paralysée. Elle est là, hébétée, une sorte de bloc posé par erreur sur la chaussée. Elle est arbre parmi les arbres, ombre parmi les ombres, forme parmi les formes, carcasse parmi les voitures, rien parmi rien. Je me rapproche doucement, sans l'apostropher par crainte de lui faire peur. Je suis à côté d'elle, si loin d'elle. Elle n'est plus qu'un simulacre de femme. Elle est là, debout certes, mais elle n'est plus là.

En m'adressant à elle, je comprends vite qu'elle a sombré dans un ailleurs néfaste qui la sépare du monde réel.

Elle n'est plus avec le bruit des oiseaux, les paroles des hommes, les arabesques des branches, l'ovale vaporeux des nuages. Elle n'entend pas l'enfant qui hurle dans la poussette et qui vient de faillir la faire trébucher. Je prends sa main. Elle la tient comme si elle ne la tenait pas, comme si elle ne tenait rien, plus à rien. Elle est absente, elle est en conversation intime, en communion fusionnelle et silencieuse avec un vorace, un cogneur, un Mike Tyson, un diable, le venin, un salaud. Il est là, devant moi, mais je ne vois qu'elle, une femme qui n'est plus celle que je connais, à cause de lui. Elle a dû boire au fil de ses rendez-vous, permettant au salaud de grandir, de croître jusqu'à prendre possession de chacun de ses muscles, de chacune de ses cellules. Elle est devant moi, enfermée à l'intérieur d'un scaphandre. Le salaud l'enfonce sous l'eau. Il la pousse à rejoindre des abysses nauséabonds.

Nous retournons tous les deux, tous les trois, à l'hôtel. Je l'aide à s'asseoir dans un large fauteuil. Le salaud ne lui facilite pas la tâche. Elle ne s'assied pas comme elle peut mais comme lui veut. Son corps ne lui appartient plus. Il appartient au salaud. Elle est enfoncée dans le fauteuil, il la dévore devant moi et je ne sais pas quoi faire. Il fait de moi un complice passif et impuissant. Je propose à la prisonnière qu'elle m'attende et ne bouge pas, lui précisant que je vais téléphoner. A-t-elle simplement entendu ? Elle n'essaie pas de se soustraire à la recommandation, déjà assise au fond de son océan. Dans le palace, elle normalement si lumineuse est une lampe sans ampoule, une femme sans flamme consumée par un salaud dont j'ignore tout du mode d'existence.

Dans le canapé, elle est mutique, une femme aussi sombre qu'une toile de Pierre Soulages. Elle est enfermée dans une cage comme le sont certains personnages de tableaux de Francis Bacon. On imagine leurs cris mais on ne les entend pas. C'est encore pire.

Elle et le salaud sont affalés dans le hall du palace. Pour la première fois, je le perçois entièrement, totalement. Avant, nous n'avions fait que nous croiser. Il était dans son ombre, à côté d'elle ou derrière. Là, il est assis où elle est assise. Elle est devenue sa chose, sa petite chose. Si triste vision. Insupportable vision que de voir en ombre, en sombre, éteinte, ce qu'on aime en entier, en couleurs, allumée.

Désarroi.

Depuis la réception de l'hôtel, j'appelle son amie afin qu'elle vienne au plus vite. La prisonnière dans le canapé. Le salaud l'a enfermée dans sa camisole. Il est dans son sang, dans son oxygène, dans son cerveau, dans ses jambes, dans ses yeux. J'ai mal pour elle. Je me sens mal aussi, démuni, désarmé, dépassé, inutile, maladroit, impuissant, inexistant. Le salaud est une pieuvre. Ses tentacules venimeux atteignent toute personne proche de sa victime. Il me place devant mon ignorance de lui. Il sabote mon plaisir de la voir. Il commence à me faire peur.

Quand l'amie arrive enfin, je passe le relais comme on le fait lors d'une compétition sportive, obligé d'aller vite, sans possibilité de se retourner. Je me débarrasse d'elle, soulagé de quitter ce couple infernal et fusionnel. Soulagé mais pas fier.

Vers 18 heures, ce jour-là, j'ai cessé d'être un ami pour devenir un absent. Sur le chemin du retour vers mon bureau, maussade et accablé, je marche, songeur, à très petite allure. Se pose sur mes épaules dépitées une question pesante : vais-je encore avoir envie de la revoir ?

Vais-je avoir envie de prendre le risque de la voir comme je l'ai vue, comme je ne veux plus la revoir, plus jamais ?

Poser la question c'est déjà y répondre. C'est emprunter la sortie.

Vers 18 h 30, je commence à devenir lâche, à envisager la fuite. Je suis un homme, pas un héros, je suis un faible, un égoïste qui ne pense qu'à son plaisir et n'aime pas les complications. Le salaud corrompt tout, tous. Il impose le désarroi, calvaire sans fin. Rue François-Ier, avant d'entrer dans mon bureau, je commence à me débiner. J'envisage de me terrer loin d'elle, espérant qu'il disparaîtra à la manière d'un ouragan après avoir tout détruit.

Attendre, mais combien de temps ?

N'étant pas dans l'intimité quotidienne de celle qui ne se ressemble plus, pas un membre de sa famille mais uniquement, seulement, simplement un proche parmi quelques autres, je m'installe complaisamment dans cette catégorie, celle de ceux qui ne peuvent rien faire. Et je l'abandonne lentement, sûrement, minablement. Je ne suis pas courageux, alors je décide de ne plus la voir, d'essayer de ne plus.

Alors que je ne bois pas, pendant la nuit du vendredi au samedi le salaud s'allonge à côté de moi. Le lendemain matin, il a réussi son travail de sape. Après le désarroi qu'il provoque, il injecte un autre poison : la culpabilité. J'ai décidé, douze heures plus tôt, de ne plus la voir, mais la honte liée à ce choix a rongé ma nuit. Au petit déjeuner, sans café, sans pain, sans avoir envie de rien, je me sens honteux de l'abandonner comme on se sent honteux de boire.

Entre les deux voitures où je l'ai récupérée, je suis convaincu d'avoir vu une honte muette voiler son visage. La honte se transmet comme une maladie vénérienne. Elle se multiplie. On finit par avoir honte de sa propre impuissance, honte de regarder la honte, honte de tout.

Je sors de chez moi. Je vais sur la gauche avec une question : comment puis-je laisser à l'abandon une femme que j'aime tant, simplement parce qu'elle ne s'appartient plus, parce que je ne la reconnais plus ? Je reviens sur mes pas. S'il fait partie d'elle, il faut la voir avec lui. Mais je ne veux pas le voir. Je ne marche plus, je doute, immobile, immobilisé par lui comme elle le fut elle-même. Le salaud paralyse tout. Que faire ? Que ne pas faire ? Continuer de la voir pour ne pas avoir honte de l'abandonner n'est en rien une bonne raison de la voir. Voilà ce que le salaud propose : la voir pour une mauvaise raison ou la voir ne plus être elle. La voir et avoir pitié d'elle. La pitié, poison perfide collatéral perfusé par lui, gâche tout aussi. Avoir pitié de quelqu'un qu'on aime, c'est ne plus l'aimer.

Le salaud tend un piège. Pendant des mois, j'ai réussi à lui résister. Je n'ai plus vu son otage. Puis, j'ai cédé. J'ai revu l'abandonnée. Je les ai vu accrochés l'un à l'autre, témoin obligé de leur émoi. Ils ne se sont probablement pas aperçus de ma présence. Aucun plaisir n'anima ce moment-là. D'ailleurs, il ne fut pas un moment, mais un passage obligé pour ne pas se sentir coupable d'abandon.

Après commença une valse insupportable de déchirements. La voir malgré tout et s'acharner ? La voir afin qu'elle ne reste pas uniquement avec lui pour ne pas la laisser seule face à lui. Faire comment ? Comment la laisser se brûler en marchant sur un sentier de braises et ne pas avoir envie de jeter sur le feu toutes les eaux de toutes les mers ? J'ai envie de récupérer tous les seaux de la terre, de recueillir l'eau des cinq océans et d'éteindre le feu qui la consume. J'ai cette envie, mais elle est la seule à pouvoir éteindre le feu qui l'avale, la seule à pouvoir lui cracher dessus, à avoir la possibilité de lui dire non.

Que faire ? Deux mots et un point d'interrogation, immense. Cette question est un ouragan qui dévore tout sur son passage. Il crée des montagnes infranchissables d'errements, de doutes et de malaises. Il conduit à la déroute, à l'épuisement de tous, à la lassitude, et finit par engloutir l'idée d'agir. Le déchirement incite à devenir ce que nul n'aime devenir : un être qui se résigne, un lâche qui baisse les bras. Il contraint à ne plus s'aimer, à moins s'aimer, à ne plus se supporter. Il oblige à rompre.

Je l'ai abandonnée encore une fois. Je l'ai laissée errer dans ses mornes plaines et vivre ses guerres. Je me suis mis dans la situation d'attendre qu'elle prenne la décision de le vaincre.

Puis j'eus envie de comprendre. Cela devint rapidement une obsession aussi addictive que les degrés de l'alcool. Ne pas vouloir comprendre aurait été se résigner. Essayer de comprendre afin de lutter contre le salaud tout en tentant de me rapprocher d'elle. Parvenir à comprendre pour savoir comment être avec elle, en face d'elle, mais pas contre elle. Contre lui, oui.

Essayer de comprendre pourquoi une femme libre se laisse imposer la loi d'un salaud conduit à un exercice périlleux. Je n'avais pas compris que, plutôt que d'être dans les tentatives d'explications, les seules choses qui comptaient et dont elle aurait eu besoin étaient l'empathie et la compassion. C'est de cela qu'elle a manqué, m'a-t-elle dit plus tard, tellement plus tard, trop tard.

À partir de ce que je savais d'elle, j'ai construit de petits échafaudages. Je me suis laissé aller à des analyses alambiquées, fantaisistes et probablement inexactes. Le salaud oblige à ce qu'on s'intéresse à lui. Essayer de le comprendre avait un avantage : continuer à être avec elle, même si c'était sans elle.

Tentative 1 : le salaud a entamé sa strangulation dans les milieux de la musique, des affaires et de la politique à partir des années 70. La drogue et l'alcool circulent, inévitables. Ils furent les prémices invisibles d'une condamnation à perpétuité sans même que la condamnée le sache. Avant elle, condamnés aussi : Françoise Sagan, Charles Bukowski et Serge Gainsbourg, Jackson Pollock, Modigliani, Toulouse-Lautrec, Arthur Rimbaud ou Edgar Allan Poe. Ils ont simplement glissé. Elle a glissé, juste glissé sans s'apercevoir qu'elle glissait.

Une raison ?

Tentative 2 : elle n'a jamais vu ses parents tomber. Ils ont toujours été forts, structurés, organisés, solides, déterminés, courageux, résistants pendant la guerre, résistant à la moindre facilité. Colette et René ont été des parents héroïques. Ils sont une référence magnifique. Ils ont été formidablement protecteurs.

Comment continuer, adulte, à recevoir l'affection, la protection de parents adorés ? Elle a toujours été libre mais elle a aussi toujours été dépendante de l'amour qu'on lui porte ou qu'elle porte. Elle s'est peut-être lovée dans les bras du salaud pour que ceux qui l'aiment, la délovent de lui. Être avec le salaud était peut-être une manière de dire à sa famille : « Aimez-moi comme quand j'étais petite, sauvez-moi. » Elle ne se considérera jamais comme assez aimée. Le salaud justifie des preuves d'amour supplémentaires.

Une raison ? Pas du tout une raison ?

Tentative 3 : dans cette quête sans fin de compréhension, j'ai lu le livre que Yann Andréa consacra à sa compagne, son amie, son aimante, son icône Marguerite Duras. *M.D.* a été publié en 1983. Il n'y est question que du salaud. Le salaud a embrassé Duras jusqu'à l'épuisement, jusqu'à son rapprochement d'avec la mort. Dans le livre, Duras ne cesse de rappeler à son confesseur qu'écrire n'est en rien facile, que c'est un enfer, qu'il faut qu'on entende les mots, qu'on les voie, et que cet exercice est pharamineux. Elle est une femme de mots comme Duras. A-t-elle créé un moment des mots qui ne font aucun bruit, des mots qui ne se voient pas ? A-t-elle essayé de les faire sonner sans y parvenir, jusqu'à épuisement ? A-t-elle été confrontée à leur invisibilité ? Boire pour écrire, boire jusqu'à ne plus pouvoir écrire. Boire pour lutter contre la page blanche, contre « l'angoisse de la page folle », comme l'a écrit Alix de Saint-André ?

Elle écrit depuis l'adolescence. A-t-elle été confrontée à la page sur laquelle plus rien ne vient ? A-t-elle connu la crainte paralysante de coucher des mots qu'elle avait déjà écrits ? Récemment « libérée » du salaud, en tout cas capable d'en parler, elle a expliqué que l'alcool, au moment de l'écriture, ouvre des portes, annihile les peurs et les doutes.

Encore une raison ? Peut-être pas la raison ? Peut-être la raison ?

Tentative 4 : la scène est une drogue dure. Pour supporter cette drogue et éviter la rechute, la chute, faut-il une autre drogue ? Pour passer de l'hystérie des bravos à la douceur de la Seine qui coule silencieusement devant sa maison, a-t-il fallu qu'elle ajoute quelques degrés d'intensité à sa vie, histoire d'aimer voir la Seine s'écouler sans bruit ?

Une raison de plus ?

Je partage mes tentatives d'explication avec un ami qui la connaît bien. Il me dit qu'elle n'aimerait précisément pas ces tentatives d'explication, qui plus est venant d'un homme qui ne sait pas de quoi il parle puisqu'il n'a jamais bu et qu'il n'a jamais été victime de cette maladie. Il ajoute que je devrais accepter que ce soit une maladie, pas un choix, pas un accident, rien qui ne relève d'une de mes tentatives d'explication. Il conclut que la maladie est sans fin – ou avec une succession de fins – et que même si elle essaie avec la plus ferme détermination DU MONDE, rien ne dit qu'ils parviendront à se séparer. Ils peuvent mettre beaucoup de temps à divorcer, beaucoup. Même si elle parvient à vaincre l'alcool, elle sera toujours une alcoolique potentielle. Elle sera toujours sous la menace de cette maladie, de ce salaud qui peut se réveiller comme un volcan.

Fin des tentatives.

Des années après, il y a seulement quelques semaines, elle aussi m'expliquera que l'alcool est une maladie, qu'une maladie ne se choisit pas ; que si elle en parle encore parfois, elle le fait pour les autres. Elle me confiera, à la fois dans le besoin de l'expliquer et dans la lassitude de le faire, que l'alcool est la maladie des émotions, une façon de les annihiler pour ne plus être dépassée ou dirigée par elles. C'est une manière de ne plus être déchirée par le mal ni le bien, de ne plus être ni dans le mal ni dans le bien. La voix à peine audible, obligeant à ce que je l'écoute, elle ajoutera qu'elle aimerait qu'on retienne d'elle qu'elle était une musicienne, pas une alcoolique. Je fus choqué et bouleversé qu'elle puisse le penser, mais j'ai compris sa crainte. Rester dans la mémoire des autres pour ce que l'on choisit d'offrir oui, pour ce que l'on subit, non.

Il faut donc faire avec le salaud. Il offre au passage un poison supplémentaire, un poison en bonus : la suspicion. Elle me raconta après, encore trop tard, que cette suspicion-là tue les bonnes résolutions et incite à se rapprocher de l'abominable canaille. La suspicion devient un prétexte, une justification. Elle légitime que l'on fasse ce que tout le monde suspecte que l'on fait, partout, tout le temps.

Je la reverrai donc, avec ou sans lui. Elle a sa drogue dure. Elle est ma drogue douce.

Elle se mit à fréquenter l'association des Alcooliques anonymes. C'est lors d'une de ces réunions qu'elle rencontra Christian, d'abord camarade de lutte, puis camarade de chaque jour. Tous deux n'ignorent rien de la perfidie et des capacités d'acharnement du salaud. Damoclès n'est pas le seul à avoir une épée, Bacchus en tient une aussi.

Reprise du chemin de notre amitié.

En 2009, un ami a la gentillesse d'accueillir mon anniversaire au cœur de Paris. Une centaine de personnes sont invitées. Elle et Christian le sont. Mon père, mes amours, des artistes que j'aime profondément, des copains d'enfance, des amis de lycée, des amis anciens, des amis frais sont conviés. Tous doivent venir en chemise blanche.

Le jour tant attendu arrive. La maison se remplit. L'assemblée est joyeuse. Je reste près de l'entrée. À chaque battement de porte, mon cœur claque. Je suis au théâtre. Dès que la porte s'ouvre, le rideau s'écarte et laisse apparaître un ami. À chaque entrée, j'applaudis tant je suis heureux de les retrouver. La porte s'ouvre de nombreuses fois et chaque fois, à l'unisson, le claquement de la porte et le battement de mon cœur. La porte s'ouvre une énième fois. Elle entre, accompagnée de Christian. Elle porte une chemise blanche et, dans les cheveux, une étrange fleur rouge, un chouchou adorable, gai, en velours. Elle est élégante, enjouée. Elle offre des sourires à qui veut bien la regarder. Tous la regardent. Christian semble revenir de la guerre. Ses cheveux gris et blancs sont en bataille. Il ressemble à Einstein en moins sérieux. Autour d'eux, les convives évoluent gracieusement d'une pièce à l'autre. Les conversations se tissent, rebondissent, se croisent, s'effilochent et reprennent. Elle prend dans ses bras mon père dont elle aime l'élégance, les yeux bleus et le charme. Fabiano, mon inséparable, la rejoint. Sa timidité l'émeut. Elle apprécie sa pudeur, sa discrétion, son humour, son intelligence et son raffinement. Ils parlent un long moment. Elle salue aussi Antoine, Nicolas, Alix, Constance, Pierre-Marie et tant d'autres. Elle embrasse François-Éric, bien entendu. Elle retrouve Charlotte Rampling et Françoise Hardy, artistes qu'elle affectionne beaucoup. Christian s'assied près d'elles. Il discute avec ces femmes qui l'ont fait rêver.

L'appartement devient une ruche remplie d'abeilles gourmandes et volubiles. Abeille parmi les abeilles, elle butine avec grâce et légèreté.

Dans ce grand salon du quai des Orfèvres se trouve un piano, un très beau piano, comme ceux que l'on voit dans les salles de concerts, un piano à queue, astiqué, accordé, rutilant, un pur-sang. Une seule cavalière est dans le salon. Nous espérons tous qu'ils se rapprochent. Ils le devraient. Ils sont amis depuis si longtemps. Il est son nécessaire, son indispensable depuis le plus jeune âge. Laurent, le plus fan de tous les amis présents, se tient près de l'instrument. Il veut être au plus près de la femme dont les chansons l'ont sauvé tant de fois d'une vie chaotique et douloureuse. Mais le tabouret reste seul. Elle s'amuse, parle, se lève, se faufile, essaie chaque plat. Elle déambule. Elle se laisse goûter par les regards bienveillants posés sur elle. Elle navigue et semble avoir le pied marin. Christian reste assis, écoutant, fasciné et admiratif, Françoise et Charlotte. Il la laisse à ses pérégrinations. Et puis, elle n'est pas en danger, elle ne veut plus du salaud. Elle fréquente les Alcooliques anonymes et sait ce qu'elle ne doit pas faire, pas une seule fois faire.

Je la vois se diriger vers la cuisine où je me trouve. Elle a la démarche d'une gamine qui s'apprête à commettre une bêtise. Nous nous retrouvons seuls. Je ne lui ai jamais connu yeux plus beaux, traits aussi apaisés et sourire autant offert. Elle approche sa bouche de mon oreille. Je me prépare à écouter une de ses blagues qui ne me font jamais rire.

La voix claire, en rien affectée par la moindre hésitation, murmurante avec tendresse, elle me demande une petite chose, une petite chose de rien du tout, une petite faveur, une petite chose de la même taille qu'un verre à vodka. Elle souhaite boire une toute petite vodka, histoire que nous fêtions, rien que tous les deux, mon anniversaire. Inopinément, cette demande est formulée précisément devant le congélateur, là où tout amateur de vodka laisse givrer les bouteilles.

On ne dit pas non à des yeux comme ça.

Je ne suis pas un censeur, pas un frère-la-morale, mais un ami dont tous fêtent l'anniversaire un verre à la main. Le tout petit verre fut rempli de quelques gouttes à quarante degrés, sans la moindre culpabilité. Nous trinquons. Notre affection mérite bien ce petit couronnement-là. Que j'étais heureux de ce petit tchin-tchin-là.

Elle rejoint le salon où se morfond le piano noir. Devenue danseuse asiatique, elle esquisse des pas sur le parquet. Elle dodeline comme je ne l'ai jamais vue faire. Elle se dirige vers Fabiano, séductrice, certaine de ses effets. Fabiano la quitte rapidement, la laissant seule avec son verre déjà vide. Il se dirige vers le congélateur. Il revient avec une vodka, toute petite. Une vodka pour fêter leur affection mutuelle. Ils trinquent. Fabiano est heureux d'être l'élu sélectionné pour un petit verre, un premier petit verre croit-il, lui fait-elle croire. Après moi puis Fabiano, Grégoire, hôte de la fête, lui offrit un autre tout petit verre de bienvenue. Puis il y eut Antoine et d'autres. Combien furent-ils à recevoir une requête adressée délicieusement et confidentiellement, faisant de chacun le complice privilégié d'un petit secret, très partagé ?

Elle s'est assise à côté de Christian, de Françoise, de Charlotte, de Grégoire, de Fabiano, d'Alix et d'autres. Elle est confortablement installée dans un fauteuil recouvert de velours vert gris. Patient et plein d'espoir, Laurent se tient toujours à côté du piano. Plus que nous tous, il espère la voir se lever, se diriger vers lui et faire son Olympia. Mais elle n'est ni un animal de foire, ni une animatrice de soirée, pas une entraîneuse dans un piano-bar, pas une femme à qui on demande de faire, mais une femme dont on attend qu'elle fasse. Personne n'ose lui suggérer de réveiller le piano afin qu'il égaille la Seine voisine, triste à cette heure-là sans ses bateaux-mouches. Tout le monde l'observe en feignant de s'intéresser à autre chose. Elle se lève. Le salon est immédiatement moins bruyant. Elle me fait signe de la rejoindre. Je saisis sa main et la conduis au piano. Elle se rapproche de son royaume. Elle s'installe. Les conversations s'interrompent. Nous la regardons comme si nous assistions au premier pas de l'homme sur la Lune. Elle pose ses mains sur le clavier. Elle commence à chanter et nous quittons tous la Terre.

Elle nous offre un tel cadeau qu'aucun papier de soie ne sera jamais assez grand pour l'envelopper.

Elle chante deux chansons, mais n'est pas seule assise sur la petite banquette noire. À côté d'elle, invisible, imperceptible, il trône. Le salaud est là. À la troisième chanson, il entame son travail de sape. Il arrache des mots. Elle n'est plus certaine des paroles. Charlotte comprend ce qui est en train de se passer. Elle se lève et s'accoude au piano pour être au plus près d'elle, afin de lui apporter amour et force. Je m'accoude aussi, suivi de quelques autres amis. Nous nous rassemblons autour d'elle pour clamer au salaud qu'elle n'est pas seule au monde comme elle le chante dans « Ma révérence ». Mais il est déjà dans son sang. Avec nos corps serrés les uns contre les autres, nous tissons une toile afin qu'il soit pris au piège de notre amour pour elle, mais cela ne l'impressionne pas. Il ne sait pas ce que c'est que l'amour.

Elle termine la troisième chanson avec quelques mots en moins et entame les premières notes mythiques de « Seras-tu là ? ».

Laurent, debout à côté d'elle, connaît la chanson par cœur. Elle est son ode intime. Quand elle attaque les premiers accords, son siège, tiré par l'ordure, se dérobe sous elle. Elle perd l'équilibre. Le salaud essaie de la mettre à terre. Elle se relève. Elle reprend la chanson mais, de nouveau, il capture les paroles. Laurent prend tout de suite le relais. Il tremble. « Et quand nos regrets viendront danser, autour de nous nous rendre fous… »

En chantant, Laurent en colle une belle au salaud. Il le fait vaciller. Elle en profite pour récupérer les paroles. Elle unit sa voix à celle de Laurent. Au premier « seras-tu là ? », Laurent cesse de chanter pour l'écouter.

Le salaud semble avoir disparu. Elle chante la phrase suivante, seule, « Pour nos souvenirs et nos amours ». Aux mots d'après, inoubliables, inconsolables, elle fait signe à Laurent de continuer à chanter avec elle. Ils entament ensemble le refrain, « Seras-tu là ? », puis la chanson tout entière. Au dernier « Seras-tu là ? », nous les applaudissons, nous l'acclamons, débordant d'affection et d'admiration. Dans nos mains il y a de la compassion, de la tristesse peut-être aussi. De battre tant, le cœur de Laurent aurait pu s'arrêter. Malgré le salaud, contre lui, il vient de chanter avec son idole. Je suis inquiet. Le salaud est là. Il attend toutes les occasions pour lui faire des croche-pattes. Je la suis comme un détective. Je n'ai pas envie de l'être. Il m'y force.

Mon père part. Elle l'embrasse. Sa joue en est encore tout émue. Le bal des départs commence. Certains se mettent à danser. Christian, le salaud et elle se préparent à quitter la soirée. Elle approche du départ, aussi radieuse qu'à son arrivée, un peu plus absente peut-être. Je les raccompagne, elle, Christian et l'autre.

À la porte, je l'embrasse tendrement, si content qu'elle soit venue. J'embrasse l'autre, peut-être aussi. Je suis content de l'avoir invitée, malgré l'autre.

Peu après, ce diable de salaud a commencé à lui donner des coups de plus en plus violents et réguliers, atteignant comme jamais sa famille. Son fils, surtout. Christopher, victime collatérale de cette racaille, proposa qu'on fît un sort définitif au salaud. Pour cela, il fallait qu'elle accepte une longue cure dans un établissement spécialisé. Christopher trouva l'endroit idéal, près de chez lui, en Californie.

Je n'ai pas tout de suite su pourquoi elle ne répondait plus à mes appels. Un jour, la sonnerie de son portable me révéla qu'elle n'était pas en France. Puis j'entendis enfin sa voix, murmurante. Elle se trouvait en Californie, au bord du Pacifique, exactement cent quatre-vingt-deux marches avant l'océan, comme elle me l'a immédiatement précisé. Ses journées étaient organisées en ateliers, en une succession de séances. Elle n'avait pas une minute sans être occupée, extraite d'elle-même pour mieux se reconstituer.

Elle parlait de cette aventure sereinement, en mesurant parfaitement l'immense enjeu. Elle racontait ses journées de désintoxication sans tabou et surtout sans honte. Ses récits étaient cliniques, détachés.

À chaque appel, elle évoquait les cent quatre-vingt-deux marches. Elles étaient un espoir, un objectif, celui d'avoir le droit d'y aller seule. Ces marches étaient un mur. À force de persévérance et de patience, la maladie vaincue, un jour on la laissera en démonter les pierres afin qu'elle puisse se diriger, libérée de lui vers le sable clair. Nous avons tellement parlé de ces cent quatre-vingt-deux marches que nous avons même imaginé une chanson qui porterait ce titre.

Elle resta longtemps dans cet établissement. Un jour, elle me dit qu'elle venait de descendre les cent quatre-vingt-deux marches vers le Pacifique. Victoire, liberté reconquise, je fus immensément soulagé, tellement heureux pour elle et son fils Christopher.

Au bout de ces cent quatre-vingt-deux marches, il y a l'océan. Sur la plage, gît un cadavre. Aucun promeneur n'y prête attention. Dans l'indifférence générale, sans même que sa tueuse n'en tire une joie ostentatoire, une victoire affichée, le salaud se décompose sur le sable. Même mort, il ne l'est jamais complètement.

Ce fut le dernier appel passé entre cet établissement et Paris. Elle était guérie. Elle se reposa ensuite chez son fils, histoire de commencer, recommencer sa vie sans ce diable maudit. L'épée de Bacchus est devenue un petit jouet d'enfant, toute petite épée en plastique moche, mais épée quand même.

Je viens de la voir sur scène. Je l'ai vue inspirée et enjouée. Depuis des années, elle n'a jamais bougé, chanté, joué comme ça. Il est K.-O. Je suis si fier d'elle.

Elle a sorti un nouvel album, « Digne, Dingue, Donc », dont la diversité des genres musicaux est pétaradante, envoûtante. Il manque quelqu'un dans ces dix chansons : le salaud. Il y est ignoré, oublié. Aucun texte n'évoque ce qu'elle appelle « ses moments gris ». En peinture, les grisailles sont un genre bien à part, uniquement composées de clairs-obscurs. Ces tableaux expriment tout avec le minimum de matière, sans aucune forme de grandiloquence, sans rien de clinquant, avec juste du blanc, du noir et du gris, un camaïeu de gris.

C'est si triste quand elle est en période grise, mais si beau quand elle en brode des grisailles.

9

Drame à Ibiza

C'était un soir à Ibiza, dans la maison qu'elle habite chaque été. Ce refuge estival se situe au bord de la mer, à une dizaine de minutes en voiture d'un village montagneux tout blanc. Pour arriver là où elle aime ne rien faire d'autre que ne rien faire, il faut zigzaguer à travers bois, emprunter des chemins avec de nombreuses chances de ne pas rouler sur les bons. Cette partie de l'île ressemble plus à un décor de western qu'à Saint-Tropez. Pour trouver la maison, il faut traverser des nuages de poussière laissés par le passage d'autres voitures. Autour de la bâtisse, la terre est sèche. Les champs sont pauvres. Des fils électriques s'étirent entre de malheureux poteaux de bois qui s'ennuient jour comme nuit. Le chemin à dénicher est une impasse qui longe des maisons construites au bord de la mer. Ce chemin de terre achève sa vie sur un ravin d'où s'échappe un sentier abrupt qui file en méandres vers la plage.

Les maisons de cette partie de la côte sont vastes, discrètes, sans ostentation. Celle qu'elle occupe ressemble à une hacienda aux murs recouverts de bougainvilliers et de jasmin. La porte d'entrée, qui donne sur une cour vaste, élégante, sans artifice, est rarement fermée. Elle n'aime pas ce qui est fermé, pas plus les esprits que les portes ou les fenêtres. Face à la mer, la maison s'étire autour de la cour sur un seul niveau.

Devant celle-ci, un jardin ressemble à sa vie. Des terrasses un peu lézardées conduisent à la Méditerranée. Il n'y a ni plates-bandes redondantes regorgeant de fleurs, ni massifs proprets taillés au cordeau, ni plantations artificielles et ostentatoires. La terre est aimée telle qu'elle est, pour ce qu'elle est.

Le jardin n'est ni dompté ni paysagé. Y pousse ce qui doit y pousser, ce qui peut y pousser. Quelques arbustes ont réussi à exister solitairement, souvent frappés, courbés par le vent. Au bout du jardin, un long muret abîmé trace une ligne d'horizon qui n'est pas la ligne d'horizon. Celle de la mer est juste après. Le muret est en danger ; derrière, la falaise s'effrite. La Méditerranée est à quelques mètres en contrebas, elle se fracasse contre des rochers. Les vagues interrompues dans leur course créent une mélodie vive et réconfortante.

En face de la maison, à quelques centaines de mètres de la côte, un immense rocher surgit de la Méditerranée. Il la déchire. Ce monstre pointe son gigantesque museau comme pour respirer l'air et griffer le ciel. Il observe les côtes. Un jour, il décidera peut-être de jaillir tout entier. Comme tant de légendes, né au fond des eaux, il fait peur. Il change d'habit chaque minute, chaque heure, chaque jour. Parfois ses formes sont dessinées à la perfection par la lune. Il est alors magnifiquement à poil. D'autres fois il est à peine visible, drapé des brumes océanes. Il est argenté, marron, cendreux, ocre, une femme qui se cache derrière un voile. Il peut être invisible, noir comme la nuit quand elle n'a pas ses étoiles. On dit que les soirs où on ne le voit pas, il disparaît au fond de la mer pour se reposer un peu. En fait, il s'habille de toutes les couleurs que l'on veut. La maison a été construite face à lui, pour lui. C'est lui que l'on salue au réveil, que l'on commente toute la journée et observe le soir. Il est l'horloge des lieux, un phare qui n'éclaire rien, une incongruité. Elle trouve qu'il ressemble au visage du général de Gaulle avec ses bosses, son grand pic central, son grand nez.

Ce soir-là, nous avons dîné tardivement, évidemment. Il est donc tard ou plutôt très tôt. Nous sommes installés sur la terrasse, face à la mer, face au rocher. Nous le contemplons. Poussées par une brise discrète, quelques petites ampoules tournicotent au-dessus de nos têtes. Nos ombres s'amusent en dansant un étrange cha-cha-cha. Cette brise si délicieusement chaude se faufile dans ses cheveux, agitant délicatement leur blondeur. Nous sommes six, enfin presque, un peu plus de six, pas beaucoup plus mais un peu plus quand même. Christian, le fils de ce dernier, aussi beau que sa fiancée, et Fabiano, ami commun aussi cher à elle qu'à moi, admirent le mont Vedra. Elle est assise en face de moi. Entre nous, une table basse sur laquelle sont posés quelques livres, des cartes à jouer et des cendriers bien remplis. La véranda dans laquelle nous nous trouvons est le cœur de la maison. Un cœur qui bat étrangement au gré du vent. Des mobiles ridicules et amusants se terminent par des clochettes qui jacassent toute la journée. Avec la mer et nos conversations, elles sont les seules mélodies qui animent l'endroit.

Depuis le début du séjour, elle n'écoute pas de musique, n'en joue pas, n'écrit pas. Elle semble tout faire pour l'éviter, pour ne pas dépendre d'elle, ne pas être encombrée, préoccupée par elle. À Ibiza, elle n'est plus musicienne. Elle se met chaque été en vagabondage, en jachère. Les sols en jachère sont ceux qui permettent les plus belles récoltes. Elle doit le savoir. Elle connaît les choses de la terre. Pas de musique, donc, ces soirs d'été sous la véranda. Juste les bruits de la vie, des tasses déplacées sur le bois de la table, de l'eau chaude qui s'échappe d'une bouilloire, le claquement des tiroirs de la cuisine, l'entrechoquement des assiettes, la stridulation érotique des grillons mâles, quelques miaulements ou aboiements, nos conversations et des échanges hilarants, nourris de jeux de mots et d'histoires drôles dont elle raffole comme du chocolat. Nuit douce, soir doux à Ibiza ce jour-là, jusqu'à la possibilité d'un drame.

Juste à côté de moi, sur la paroi blanche d'une petite colonne qui soutient le toit de la véranda, se pose un immense problème, s'accroche une perturbation. Sur la colonne, la remontant et la descendant, s'est posée une mouche insolente, noire très noire, grosse très grosse, bruyante, immensément, insupportablement bruyante.

C'est presque rien une mouche, trois fois rien. Ça n'a pas d'importance une mouche, ça sert à quoi, ça sert à qui ? Mais qu'est-ce que ça fait comme bruit, une petite mouche de rien de tout. Une si petite chose qui peut tant énerver. Ça se cache, se dérobe, fait semblant de ne pas être là et même d'être morte pour qu'on n'ait pas envie de la tuer. Ça se pose pour se faire oublier et ça décolle aussi sec pour narguer. Une mouche, c'est mal élevé ; et puis ça fréquente des endroits laids aux odeurs misérables. Une mouche n'est jamais loin des fumiers du monde.

Celle-là m'a choisi comme voisin, ce qui n'est pas flatteur. Elle me dérange. Elle est indisposante. J'essaie de la chasser mais n'y parviens pas. Elle est humiliante. Elle persiste. Elle décide de nous accompagner, de vivre là, à côté de nous six. Elle s'impose. Je ne suis pas décidé à ce qu'elle s'impose. Elle se déplace sur sa colonne blanche avec nonchalance. Son bourdonnement ridicule gâche ce moment si calme, si paisible. Nous ne sommes pas six sous la véranda mais bien sept. La mouche ose quitter sa colonne pour voler près de nous, me frôler et retourner d'où elle vient. L'insecte ne dérange que moi pendant que ma voisine d'en face raconte une histoire, drôle évidemment. Christian s'amuse tout en se plaignant de l'avoir déjà maintes fois entendue. Fabiano rit candidement avec son éternel sourire d'enfant timide. Les deux jeunes gens, si gracieux, sont plus accrochés à leurs portables qu'à l'histoire contée. Ils n'entendent pas la mouche. Avant son arrivée, j'observais avec gourmandise ce petit monde complice et joyeux.

Depuis que cette mouche est là, je ne vois qu'elle, n'entends qu'elle. Ma décision est prise, une très grave décision.

La conteuse a remarqué que j'essaie depuis un moment de chasser l'intruse. Elle est indifférente au vacarme de la mouche. Elle connaît le vacarme du monde, s'en émeut, s'en protège, mais une mouche ce n'est pas le monde. La mouche ne la dérange pas, moi si. Elle continue de raconter mais parler ne l'empêche nullement d'observer. Parfois, elle parle pour qu'on ne remarque pas qu'elle observe. Mon indisposition face à la mouche la préoccupe plus que la mouche elle-même. Elle voit parfaitement le mouvement lent de mon bras qui se rapproche de la colonne blanche. Ses yeux deviennent orageux. Les sourcils qu'elle fronce se font menaçants. Au bout de mon bras qui approche de la colonne, il y a une main. Celle-ci tient un livre qu'il n'y a aucune raison que je tienne ainsi, sauf une. La femme blonde aux immenses yeux me fixe. Son regard dégage des éclairs interstellaires. Chaque éclair est une décharge électrique qui paralyse mon bras, empêche ma main de poursuivre sa mission. Elle crie un tel « Non !!! » que le mont Vedra en est réveillé. Son « Non !!! », sec et parfaitement clair, interrompt mon entreprise criminelle. Consternée, effarée, indignée, elle m'apostrophe, me gronde comme si j'avais quinze ans, mettant fin à ce que j'avais décidé d'accomplir : l'élimination d'une simple mouche parmi des milliards de mouches. Mais pour elle, une mouche est une mouche, un être indispensable à la vie de la terre entière, un être ni petit, ni grand, ni fort, ni faible, mais un être entier tout court, une personne comme une autre.

« On ne tue pas une mouche parce qu'elle dérange, comme on ne tue personne parce qu'il dérange, et d'abord on ne tue pas... Si un homme tue, il n'est pas un homme. »

Sainte Véronique respecte la nature, fondamentalement. Elle ne s'accorde aucun droit de supériorité sur les autres espèces. Elle se considère comme une espèce parmi d'autres, indissociable des autres. Elle n'est pas pour autant une sainte. Elle n'est pas un animal sans défaut, sans danger. Elle est un prédateur comme toute espèce peut l'être avec une autre, mais la seule espèce qu'elle menace est celle des hommes qu'elle décide d'aimer. Le danger peut venir s'ils l'aiment mal, s'ils l'aiment violemment.

Elle n'a jamais tué une mouche mais elle aurait pu tuer un homme. Si elle l'avait vraiment voulu. Elle a rêvé de faire tuer. Sa peur de se faire prendre fut plus forte que son désir de meurtre. Dans les années 70, elle a envisagé de faire tuer pour 8 000 dollars son ex-mari, Stephen Stills. Selon une étude récente, le prix moyen d'un tueur est de 18 400 euros. Elle a l'argent mais plus personne à tuer. Elle aura toujours la peur de se faire prendre. Elle n'a jamais volé de bonbons pour cette même raison, ni de vêtements dans les magasins. Elle n'emprunte pas de serviettes dans les hôtels pas plus que les cendriers et pourtant, elle fume.

Elle a donc empêché un crime d'être commis un soir d'été à Ibiza. La mouche a fini par s'imposer, devenant le centre de nos conversations et la complice amusée de nos plaisanteries. La mouche resta sur sa colonne. Elle a voulu remercier sa sauveuse mais il lui manquait les mots.

Le hasard m'a conduit à venir à Ibiza en compagnie de quelques livres dont un écrit par Marguerite Duras. Dans ce petit livre, Duras parle avec minutie du mystère de l'écriture, de ce qui se passe quand on écrit. Mon intention était de le prêter à mon hôtesse qui lit beaucoup en vacances.

Dans cet ouvrage, *Écrire*, publié en 1993 pendant onze pages, oui, presque douze, oui, plus de dix, Duras évoque un insecte de petite taille aux ailes courtes qui interrompt son écriture, longuement. Les pattes engluées dans un ciment encore frais, l'insecte est entre la vie et la mort. Duras, au lieu d'être indifférente à son sort, est saisie de questions existentielles : abandonner l'animal à son destin, l'aider ou l'achever pour lui éviter toute souffrance supplémentaire ?

Pendant onze pages, Duras évoque la vie, la mort, les rapports entre le fort et le faible, le grand et le plus petit que soi. Duras disserte sur l'existence en regardant une mouche, une mouche gisante, agonisant devant ses yeux. L'affaire de la mouche étant devenue la grande affaire de ce soir-là, je suis allé immédiatement chercher le livre dans la chambre pour le remettre à la protectrice du monde. Le livre dans les mains, feuilletant les pages, elle est vite surprise, médusée, que l'on puisse raconter le destin d'une mouche sur onze pages, oui, onze. Elle, dont l'art consiste à raconter des bribes de vie en quelques phrases seulement, se plonge immédiatement dans le texte afin de décortiquer comment Duras décrit la mouche et son agonie, avec quels mots, quelles phrases, quel souffle, analysant la musique des lettres.

Vers 2 h 15 du matin, elle dit le texte à voix haute. La mouche du mur agite ses ailes, elle adore, fière que l'on s'intéresse à elle d'une façon si littéraire. La diseuse n'est pas séduite, pas du tout. Elle trouve le texte mortellement ennuyeux, immensément prétentieux.

Mais il y a un moyen de sauver Duras.

Elle va chercher sa guitare. C'est la première fois qu'elle le fait depuis des jours d'abstinence. Penchée sur le livre de Marguerite, elle se met à jouer.

Ses yeux lisent, ses doigts cherchent. Elle se met à chanter Duras. Elle s'empare de la musique des mots de l'écrivain, elle la détourne, elle s'en amuse. Elle en invente une autre. Elle sansonise Duras avec humour, mais consciencieusement. Le public de la véranda, sept toujours avec la mouche, a du mal à contenir ses rires. Il n'y parvient pas. Elle entre dans les mots de Duras. Elle les écoute. Elle les fait sonner comme elle les entend. Elle les répète, les traîne, les secoue, les mène en balade. Sans avoir fait d'analyse de texte, elle en saisit intuitivement le sens, le souffle, les enjeux et le rythme pour y glisser sa propre respiration, son humeur et son humour. Elle crée des points, invente des virgules. À l'aide de sa guitare, elle exagère avec ironie le drame pour le rendre moins pesant. Elle invente des envolées afin d'alléger le texte qu'elle trouve trop dense. Elle fait ce qu'elle veut. Elle chante Duras mais elle est Sanson.

Il est 5 heures du matin, les grillons veulent dormir. Elle pose sa guitare juste à côté d'elle mais ne la range pas. Elle demande à Fabiano s'il sait en jouer. Fabiano, grand réservé, répond, gêné, que non, qu'il n'a même jamais essayé, qu'il n'a jamais tenu une guitare entre ses mains. Il n'aurait pas dû dire cela. La soirée commence. Il n'est que 5 h 15 du matin.

Elle s'installe à côté de Fabiano. Elle ne peut résister à l'idée de transmettre ce que ses parents lui ont transmis. Elle offre à Fabiano ce que Colette lui a offert : des gestes, de l'amour. Elle pose la guitare sur les genoux tremblants de Fabiano. Le rouge de ses joues atteint des tons jamais égalés, les plus beaux rouges de toute sa carrière d'homme qui rougit. Elle explique, elle montre. Elle s'empare de ses bras et de ses mains qu'elle pose sur les cordes de la guitare. Commence une très longue leçon de musique. Elle est téméraire et patiente, généreuse et entêtée. Fabiano ne peut pas ne pas y arriver. Il est appliqué, mais il est impressionné et gauche. Il ne parvient pas à faire grand-chose de ses longs doigts, en tout cas rien qui ressemble à de la musique. Elle explique et explique encore. Elle ne peut pas s'en empêcher. Elle ne veut pas interrompre la leçon. Elle veut qu'il puisse. Elle lui montre quelques accords qu'elle croit simples. Pour Fabiano, ils ne le sont pas. Elle insiste. Fabiano persévère. Christian et les deux enfants facebookeurs sont allés s'encouetter.

À 6 h 00 du matin, la leçon de guitare se poursuit. Et pourquoi s'arrêter ? La nuit n'est-elle pas là pour permettre que rien n'arrête rien ? Sauf qu'il ne fait déjà plus nuit.

La mouche et moi abandonnons leur aire de jeux au même moment, mais pas ensemble. L'insecte se couche dans le hamac suspendu près de la maison. Sur le chemin de la chambre, je croise une impressionnante colonne de fourmis. J'aurais bien aimé la briser mais la chanteuse n'est pas loin. La veille, je les aurais toutes écrasées, viril et con.

La journée commence tôt : 14 heures pour les plus matinaux, vers 16 heures pour les retardataires – qui n'en sont pas puisqu'il n'y a pas de programme. Réussir une journée à Ibiza, c'est vaincre les minutes et les heures afin qu'elles ne soient pas des bourreaux, pas des capitaines, pas des GO ou des cheftaines. Une journée réussie est une journée où personne ne s'aperçoit que les minutes et les heures existent. À Ibiza, elle a cassé les horloges, brisé les montres. La seule preuve que le temps passe, ou qu'il se répète, c'est l'observation du crépuscule ou de l'aube, pour elle plutôt le crépuscule. Chaque soir, il est comme un drapeau. Sur la ligne de départ de la nuit, à son signal, elle entame une lente course à travers la nuit au bout de laquelle il n'y a aucune ligne d'arrivée. La nuit l'autorise à vivre pleinement sa paresse et ses errances. Elle fait ce qu'elle veut de ses pas et de ses songes. Avant, elle avait une sœur d'insomnie avec qui elle partageait ses puits sans fond, mais Barbara s'est éclipsée. Au cœur de la nuit, elles s'appelaient. Elles partageaient leurs doutes et leurs rires. Depuis la mort de Barbara, la nuit est moins drôle et plus silencieuse. La nuit, personne n'est là pour la regarder, pour l'interrompre.

La nuit, elle est une femme invisible, heureuse d'être oubliée. Certaines nuits, je ne résiste pas à l'appel du réfrigérateur. Je me lève, quasi somnambule, et me dirige vers le frigo où chaque étage ressemble à ceux des grands magasins, regorgeant de richesse à ne pas laisser passer. À moi le pata negra Bellota, le Serano, le chorizo, les fromages de chèvre, les restes de la veille, les petits gâteaux aux amandes qui craquent sous la dent. J'allume un minimum de lumières, connaissant depuis longtemps le chemin par cœur. Une nuit vers 4 heures du matin, je traverse comme chaque fois le grand salon qui conduit à la cuisine. Une lumière a oublié d'être éteinte. Le gaspillage n'est pas le genre de la maison. Je me dirige vers la table où est posée la lampe qui n'éclaire que ce petit coin de salon, le reste de la pièce étant plongé dans l'obscurité. Sous le halo discret, loin de la puissance des projecteurs de l'Olympia, sur une table où sont posés des mots croisés, j'aperçois une paire de mains ainsi que la femme à qui elles appartiennent. Dans le plus pur des silences, les vagues au loin, elle tricote des mots, le regard concentré, assise comme si elle s'apprêtait à passer un examen tel celui du bac qu'elle a oublié de passer. Elle s'amuse de mon activité clandestine. Elle comprend, enfin, d'où vient la baisse inexpliquée des quantités de nourriture achetées. Pour limiter cette activité nocturne jouissive mais calorique, elle me dit envisager la pose d'un cadenas. Cette option n'est qu'une boutade. Elle n'a jamais aimé les chaînes ni rien de ce qui est cadenassé.

Le lendemain matin, grâce à Christian, les quantités de fromage et charcuterie en tout genre ont augmenté afin de permettre au vampire de satisfaire ses pulsions. Je pris plusieurs soirs le chemin du réfrigérateur en passant devant elle, la laissant absorbée par ses mots croisés, n'interrompant pas son désir et plaisir de silence. Dans la cuisine, fenêtres ouvertes et petit néon allumé, j'étais vite rejoint par des mouches toutes immédiatement amies.

Il y en avait bien une très envahissante que j'aurais définitivement écartée avec plaisir. Je lui ai laissé la vie ne sachant pas comment on tue sans faire de bruit. Même en le sachant, je n'aurais pas pu. Il aurait fallu que la cruciverbiste habite dans une autre île.

On parle de prendre la voiture. On envisage de la prendre. On pense qu'on va la prendre vers 16 heures. Il est bientôt 17 heures. On va la prendre, probablement, pas tout de suite mais bientôt. On va la prendre, mais on n'a pas l'obligation de le faire. C'est une idée comme ça. La journée est faite de nombreuses idées comme ça.

On prend la voiture pour continuer de ne rien faire d'important. On roule sur la terre puis le macadam, on avale des rivages, on traverse des bois, on arrive sur la grande route et on tourne sur la droite pour aller ne rien faire. La route nous conduit de l'oisiveté des champs à celle de la ville. Nous atteignons le village. Il y a quelques cafés et restaurants, une boutique d'antiquités pas anciennes, un supermarché sans caractéristiques, un bazar dans le virage et rien d'autre. Nous promenons dans le village nos nonchalances avec constance et application.

Nous n'avons besoin de rien. Nous nous dirigeons vers un misérable magasin, juste comme ça. Nous regardons la devanture et poursuivons nos errances en direction d'un petit supermarché. Elle aime acheter des petites choses de rien du tout, c'est-à-dire des choses pas chères, des choses qui ne sont pas un enjeu financier mais des choses pour s'amuser, des choses dont la valeur se fera au fur et à mesure que la mémoire les transforme en jolis souvenirs.

Elle n'a pas besoin de dépenser de l'argent pour se rappeler qu'elle en a, pour se prouver qu'elle existe. L'argent n'est pas un sujet qui l'intéresse, pas un objectif. Il est la conséquence de ce qu'elle aime faire, de ce qui l'intéresse : la musique. Pour elle, parler d'argent est sans intérêt, voire indécent quand on en possède. Elle ne gère pas son argent. Elle ne négocie pas. Sa famille le fait pour elle. Sa mère le faisait, Violaine s'en occupe aujourd'hui. Avant de chanter, elle n'est pas comme Charles Trenet qui prenait l'argent pour monter sur scène, le gardant sur lui afin d'être certain qu'on ne le lui vole pas.

Nous entrons dans le supermarché, dont elle connaît l'emplacement de chaque produit. Nous achetons ce qui disparaîtra dans la nuit. À côté, se trouve un magasin de chaussures qui vend des chaussures, pas des marques. Elle ne s'intéresse pas aux marques. Elle n'est préoccupée que par celles que le temps abandonne sur le visage. Le magasin vend des sandales dont la semelle est faite en pneu récupéré. Un paysan des Baléares a eu l'idée d'inventer ces Avarca. Elles sont bleu marine, bleu clair, jaunes, roses, argentées, noires. Elle m'offre deux paires pour avancer dans la vie, aérien et léger. Elle ajoute un souvenir de plus dans mon panier.

Nous poursuivons nos vagabondages avec acharnement. Au bout du village, dont chaque bout se voit de tous les bouts, il y a un bazar sans prétention ni charme, où tout est entre moche et très moche, sauf les mobiles. Les mobiles de la Véranda de la maison d'en face du Vedra, ceux qui pendouillent chez moi et chez elle à Triel, viennent de ce petit magasin qui ne cherche pas à jouer au grand. Ces mobiles tout en longueur sont composés de silhouettes découpées dans le métal de chats ou de lézards. Ils sont ornés de perles multicolores en verre et comportent des clochettes. C'est pour les clochettes que nous sommes là. Je casse ma tirelire. Je lui offre son poids en mobile comme l'Aga Khan recevait l'équivalent du sien en or ou platine. Elle est folle de joie. Une grande joie pour un tout petit prix, comme quoi le prix ne fait pas la joie. Elle range les mobiles dans son panier, augmentant à son tour son poids de quelques nouveaux souvenirs. À Ibiza, elle les regarde et les écoute chaque jour comme si elle se trouvait en face des pyramides d'Égypte tout en savourant une symphonie de Mozart. Sa capacité à être enchantée est aussi déconcertante que contagieuse. Lui offrir ces modestes mobiles est comme offrir une glace au melon à une petite fille qui en rêvait. Nous quittons le petit bazar puis marchons aussi lentement que possible, nos paniers garnis de sourires supplémentaires.

Ne rien faire nous ordonne ensuite de nous rendre dans la ville d'Ibiza : ses yachts, ses boutiques à la mode, ses enseignes que l'on retrouve partout dans le monde, ses hommes mûrs au ventre rond accompagnés de jeunes femmes au ventre plat. Tout est luxe sans aucune volupté. Elle nous conduit dans une petite rue dont l'une des boutiques n'a pas dû modifier sa devanture depuis une cinquantaine d'années. De gauche à droite, de haut en bas, partout des espadrilles. Une femme âgée et son fils nous accueillent. Sans compter leurs pas, ils vont de boîte en boîte, de tas en tas, d'arrière-boutique en devant-boutique. Ils s'intéressent à nos pieds, à nos désirs changeants, à notre plaisir d'essayer et de nous montrer nos choix. Elle aime cette mère et son fils parce qu'ils sont comme elle : ils prennent le temps, aiment ce qu'ils font, sont des artisans indifférents aux modes. Elle est touchée par ce couple né dans l'échoppe, qui y mourra probablement. Nous nous espadrillons. Elles sont belles nos espadrilles, faites en Espagne, sans semelle de plastique, sans toile en polyester. Nos espadrilles sont naturelles, elles n'épuisent pas la planète. Nous en achetons pour nos amis. Elles ne coûtent pas très cher. On pourrait croire qu'elle est économe, comme elle dit que je le suis, mais elle est d'abord libre, libre de ne pas dépendre de l'argent qu'elle a. Libre de ne pas dépendre de ceux qui l'aimeraient pour l'argent qu'elle a. L'argent inconsidérément, généreusement dépensé crée des cours où se pressent des affables vénaux, avides et factices. Elle n'a pas de cour. Son niveau de goût de luxe se situe au-dessous de celui de la mer. Elle n'a pas changé de maison depuis longtemps, peut-être même que les canapés qui s'y trouvent sont d'origine. Elle n'ira jamais dans un magasin pour acheter des choses chères et inutiles et les jeter à l'arrière de sa belle voiture. Elle n'est pas Céline Dion et sa voiture est moche. Avec ses millions de disques vendus, les centaines de concerts donnés, elle peut dormir tranquille mais elle ne dort pas tranquille. L'argent ne fait pas son bonheur. Il n'est même pas certain qu'il y contribue. Pour elle, le bonheur est un mobile à trois euros qui emmêle ses fils au moindre coup de vent mais qui ne défaille jamais quand il s'agit de clocheter.

Il est temps de continuer à ne rien faire d'important. Alors, sans nullement nous presser, nous rentrons à la maison du mont Vedra, prenant soin d'éviter les lignes droites. Nous empruntons une route que nous ne connaissons pas.

Au bout de cette direction-là, il y a des marais salins qui conduisent le soleil couchant à s'y mirer avant de dormir. Une petite maison vend le légendaire sel d'Ibiza, pourquoi se priver d'en acheter afin de pimenter davantage le jour qui s'approche de sa fin ? Il n'y a plus rien à faire, plus rien à voir, plus rien à écouter, plus rien à acheter. Nous montons dans la voiture mais ne démarrons pas. Le spectacle du soleil gisant avec délectation sur les marais oblige à ce qu'on s'y attarde. Comme des années plus tôt à la Martinique, nous regardons le silence. Revenus à la maison, nous suspendons les mobiles, crânons avec nos nouvelles espadrilles, prêts à passer à table.

Nous avons tous faim. Elle annonce le dîner vers 22 heures. En son heure à elle, cela fait autour de minuit.

À Ibiza, sans Ibiza, nuits après jours, jours après nuits, elle se love dans des heures immobiles, heures où pas une seconde n'est planifiée, pas une minute n'est organisée. Dans ses heures vides, sans rien, elle se met à la disposition du temps et le laisse faire d'elle ce qu'il veut.

Souvent il la conduit à descendre le grand escalier, celui dont les marches mènent vers l'intime. Elle n'a pas peur. Elle se connaît. Elle ne craint pas de fréquenter ce qui est tapi au plus profond d'elle. Identifier ce qui s'y cache lui permet de ne pas être dominée par ce qu'elle ignorerait d'elle.

Le temps de ces heures immobiles, elle nourrit, écoute son andante, ce mouvement lent, cœur de tout concerto. Poète et philosophe, Henri Michaux suggère que chacun prenne le temps de chercher son andante, de l'écouter et de ne surtout pas le brimer. Agitation et précipitation sont les ennemis de l'andante. Elle ne fréquente ni l'un ni l'autre.

Quand elle s'est engagée à faire, elle fait. Quand elle veut faire, elle fait. Quand elle n'est pas obligée de faire, elle ne s'oblige pas.

Avec elle

Quand elle ne chante pas, quand elle n'enregistre pas, quand elle ne tombe pas amoureuse, état fugace, vorace et fugitif, elle *andante*.

Nous avons terminé de dîner et sommes allés nous coucher, pas elle, évidemment. J'ai voulu lui dire au revoir mais je ne l'ai pas fait. Face au mont Vedra, face à la nuit, pas loin de la mer, pas loin d'un mobile qui clochetait un peu, quelques mouches pour demoiselles de compagnie, je la vis assise un peu à l'écart sous la véranda.

Je ne sais pas ce qu'elle écoutait, je ne sais pas où elle était. J'ai continué mon chemin pour la laisser *andanter* en paix.

10

On the way to Bapaume

La rejoindre à Bapaume. Je ne sais pas où se trouve Bapaume. Aller là-bas pour la voir et l'écouter autrement qu'à l'Olympia ou à Pleyel, afin de la regarder vivre loin de sa maison, de son jardin, loin de ses poules, hors des sommets visibles de sa gloire. Se rendre à Bapaume pour approcher ce qui est aussi la réalité de sa vie, une ville puis une autre, encore une ville puis une autre.

Pour Bapaume, il faut quitter Paris par l'autoroute. Il faut monter vers le nord. On ne monte pas vers le nord. Le nord est plat alors on avance à plat. Rien ne semble pouvoir l'interrompre. Aucune dune, aucune falaise, pas la moindre montagne, la plus petite mer ou le plus vaste des océans ne semblent pouvoir en finir avec ce plat. Aucun virage ne conduit ce vaste plat à se perdre de vue, alors il s'entête. On roule toujours tout droit en s'ennuyant toujours un peu plus. 2011, il fait l'automne et déjà froid et déjà gris, encore jour mais le jour porte le masque de la nuit. Cette fin d'après-midi est triste. Aucune tristesse particulière n'est pourtant à signaler. Nous roulons depuis une bonne demi-heure en comptant déjà les minutes, celles qui nous séparent de sa voix. Elle a emprunté le même chemin quelques heures plus tôt dans une voiture fatiguée mais résistante, pas dans un véhicule de luxe dernier cri. Elle n'aime pas les cris. À leur arrivée, elle et Kanou ont embrassé chacun des musiciens. Kanou, son amie, son assistante, suspend les habits de scène sur un portique en métal argenté et installe des produits de beauté sur une serviette. Dans la loge, elles ont trouvé des fleurs, des mots, des fruits et autres babioles comestibles. Elles se sont rendues dans la salle de spectacle vide, les projecteurs en train d'être installés de même que la console technique. Elles ont salué les techniciens. Elles reviendront bientôt dans cette salle dont elle a observé les rangées, les allées, les coins et recoins.

Nous roulons vers Bapaume. Nous avons dépassé Roissy. Le ciel crache une pluie hypocrite qui enveloppe et étouffe tout. Laurent, sauvé d'une vie pénible par ses chansons et qui eut la chance, accidentellement, de chanter avec elle lors de mon anniversaire, fait partie de cette aventure vers le Grand Nord. Laurent la chante et la chantera pendant tout le voyage pour lutter contre la pluie, la route, le temps mis à ne pas arriver jusqu'à elle. Nous roulons dans la nuit qui ne l'est pas encore. Il fait tard alors qu'il est encore tôt. L'automne se prend les pieds dans le tapis de l'hiver.

Nous sommes plus impatients d'arriver à Bapaume que lorsque nous attendions les résultats du baccalauréat. Nous roulons avec l'impression que l'asphalte nous empêche d'avancer, qu'il nous retient, qu'il bloque nos roues, qu'il s'accroche à elles. Le bitume paraît hostile. Tout semble nous ralentir. Les vents du pôle Nord sont descendus pour retenir notre avancée, la freiner.

La route est longue pour Bapaume.

Deux bonnes heures, on nous avait dit. Mais quand l'automne se rapproche de l'hiver, les heures font la gueule. Elles s'étirent. Nous roulons. Une sortie, puis une autre, une aire de repos, avec ou sans station-service, puis une autre. Aucun panneau ne signale Bapaume. Nous avançons sans avoir la satisfaction d'avancer. Le jour est devenu la nuit depuis un moment déjà. Un grand panneau signale enfin l'entrée dans la région Nord-Pas-de-Calais, soulagement. La pluie est plus franche, moins fine. Difficile de voir au loin. La vigilance tend nos muscles, écarquille nos yeux et ralentit encore la voiture.

Elle vient de faire des essais techniques, face à une salle totalement vide. Elle a demandé plus de retours dans les enceintes. Elle a ajusté le tabouret de son piano. Elle s'est rendue au centre de la scène où l'attendait un pied de micro bien seul, puis s'est dirigée sur les côtés de celle-ci. Pendant que des éléments scéniques finissent d'être installés, elle projette sa voix comme si de rien n'était. Elle en écoute les effets et propose des ajustements. Elle n'a pas encore le trac. Elle est méthodique. Le rituel est technique.

Nous sommes excités de la voir si loin du boulevard des Capucines, si loin de l'Olympia. Nous sommes partis à temps, mais cela fait plus de deux heures que nous roulons. Le concert approche.

De toute la région, les uns et les autres ont quitté leur hameau, leur village, leur ville, leur maison, leur appartement, leur ferme ou leur studio. Ils roulent sur des chemins de terre boueux, des départementales trouées et sans éclairage. Ils empruntent des carrefours aux ronds-points paysagés par des non-paysagistes et filent sur des nationales toutes aussi droites que l'autoroute et notre obstination à arriver vite. Vies différentes accrochées à leur volant, tous roulent dans la même direction.

Bapaume sortie 14 ! Nous venons de voir le panneau. Le dépassons. Nous crions comme si nous avions marqué un but. Nous nous rapprochons du nôtre. Combien de kilomètres encore ? Nous n'avons pas vu. Quand elle est en tournée, elle ne compte pas les kilomètres. Elle ne conduit pas. On la conduit pour qu'elle songe, lise, dorme, parle, écrive ou fasse des mots croisés, essentiellement ceux de Michel Laclos.

Elle a fini de répéter. Elle vient de retourner dans les coulisses. Elle plaisante avec ses musiciens et son équipe. Le concert n'est plus dans très longtemps. Tous ont le trac mais font semblant de l'ignorer en se distrayant, parlant, riant, mangeant, picorant, buvant. Certains vont dormir un peu, d'autres ajustent davantage leurs instruments.

Nous sommes dans le nord de la France. Elle adore jouer dans cette région dont elle connaît Lille et Tourcoing, Arras et Dunkerque. Nous ne sommes plus très loin d'elle. Nous accélérons. Laurent et moi avalons la sortie 14 comme deux enfants affamés. Nous franchissons le péage. Il nous libère de nos craintes. Le concert débute dans quelques minutes. Nous la verrons entrer sur scène. Bapaume est à notre portée. La route est avalée à grande vitesse. Un dos-d'âne. La route encore. Un stop. La route à nouveau et le centre-ville, enfin. Il est comme tout ce qu'on imagine du Nord, avec ses maisons en briques méthodiquement alignées. Les rues voisines sont similaires aux rues voisines. Les maisons d'à côté ressemblent aux maisons d'à côté. Nous passons devant une mairie dont le beffroi s'accroche comme un fils à sa mère. Partout des réverbères s'ennuient depuis que les enfants sont sortis des écoles.

Il y a un peu moins de quatre mille habitants à Bapaume, dit-on. Mais où sont-ils ? Seuls les chats se promènent avec leurs ombres. Il fait si froid qu'elles vont se figer comme l'eau l'est quand elle devient glace. Les chats finiront pas se balader sans leurs ombres.

Il est bientôt 21 heures. À cette heure-ci, Kanou veille à ce que les cheveux de l'idole ondulent beau, à ce que ses yeux et sa bouche soient dessinés au plus joli. Kanou vérifie que les vêtements qu'elle va porter paraissent virginaux. La porte de la loge est fermée afin de laisser les deux femmes dans leurs conversations intimes, de leur permettre de s'adonner à quelques rituels secrets.

Nous roulons sans avancer, les phares grands ouverts, toujours prisonniers de la pluie. Nous n'avons pas pu nous tromper : il n'y a qu'une route qui conduit de l'autoroute à Bapaume et nous l'avons empruntée ! Dans la ville, il n'y a qu'une rue sur laquelle nous avons roulé dans les deux sens. Mais aucun signe de sa présence dans la ville, aucun. Derrière le monument aux morts, j'aperçois des affiches qui annoncent un vide-grenier, une fête à l'école, un appel pour aider les plus démunis. Son visage est collé juste à côté, soulagement. Une affiche confirme qu'elle chante bien à Bapaume, et que c'est ce jour et que c'est maintenant. Elle précise que Véronique Sanson se produit à la salle polyvalente. Nous étions persuadés qu'elle chantait dans un théâtre et que le théâtre de Bapaume était situé près de la mairie, mais il n'y a pas de théâtre à Bapaume.

Il pleut encore. Elle vient d'enfiler une veste noire aux reflets d'argent, de vérifier que chaque petite perle de nacre claire est bien accrochée à chaque oreille. Elle brosse doucement ses cheveux avec des gestes appliqués. Des musiciens éteignent ou allument leur dernière cigarette. La scène est toujours plongée dans la pénombre. Sous la lumière plate de la salle, ils sont là, bruyants, survoltés. Pas un rang, pas une chaise n'est vide.

Nous retournons, hagards et paniqués, vers la sortie 14. Elle commence rarement ses concerts en retard et il n'y pas de première partie, comme souvent à l'Olympia.

Une demi-heure plus tôt, le moteur à plein régime, après avoir quitté l'autoroute en direction du centre de Bapaume, j'avais aperçu sur la droite une salle entourée de voitures. Une salle qui ne ressemblait pas à un théâtre, pas à une arène, pas à un Zénith. Un bâtiment construit dans les années 70 sans aucune fantaisie. Un édifice comme on en voit dans toute la France, qui aurait pu être un grand gymnase ou un supermarché. En passant devant à vive allure, j'avais surtout regardé, de l'autre côté, juste en face, une immense bâtisse, anormalement haute, effrayante. Nous l'avions longée, ne nous attardant pas une seconde sur la salle disgracieuse, probablement polyvalente, aperçue sur la droite. Toutes les fenêtres de ce bâtiment tentaculaire et si vaste pour une région perdue et peu peuplée comportaient des barreaux, toutes. Nous étions passés devant l'une des plus grandes prisons de France.

En plein cœur de la ville, nous faisons demi-tour et reprenons la route qui conduit vers l'autoroute. Nous sommes devant la prison. Nous ralentissons, tournons juste en face. Silence dans la voiture, pas un mot ne doit nous distraire. Nous nous garons devant la salle polyvalente survoltée. C'est là. Elle est là. La blonde la plus recherchée de toute la région se prépare à entrer sur scène.

Nous pénétrons dans la salle au moment exact où elle apparaît. Elle est resplendissante, le public aussi. La banale salle polyvalente devient plus belle que le théâtre d'Epidaure. Nous ne sommes plus sous un plafond préfabriqué, lui-même écrasé par le ciel nuageux du Pas-de-Calais, mais sous le ciel étoilé d'un soir d'août au Péloponnèse.

À Bapaume, dans l'espace culturel Isabelle-de-Hainaut, elle commence à enchaîner les tubes, à les réinventer, à les libérer.

Heureux de la voir chanter avec force et jubilation, je pense aux prisonniers privés de toute possibilité d'émotions, enfermés à quelques mètres de nous dans leurs cellules. Libérée, désenchaînée de tout sur scène, elle chante à quelques mètres d'hommes privés de tout. Je pense à ces centaines d'hommes mis à l'isolement, souvent depuis longtemps et souvent pour longtemps.

Sur scène, elle est joyeuse. Quand fut leur dernière joie ? Je l'écoute raconter à chaque spectateur des histoires qui viennent d'elle mais ne sont plus à elle dès lors qu'elle les partage, qu'elle les diffuse, qu'elle les infuse. Elle chante « Amoureuse ». Une émotion me lie immédiatement aux centaines d'inconnus qui m'entourent. L'émotion intime devient émotion commune. Sa chanson est celle de mon voisin Laurent, celle de ceux assis derrière comme ceux installés devant. Dans la rue, je ne les aurai pas regardés, même pas vus, mais dans cette salle polyvalente, je suis avec eux autant qu'avec elle. Sa musique, la musique fait tomber tous les barreaux que nous avons planqués quelque part en nous et entre nous. Ses chansons, les chansons nous déverrouillent. Les prisonniers d'à côté sont verrouillés. Les barreaux de leurs cellules sont en fer, bien fixés dans leurs murs en béton. Peut-être entendent-ils lointainement ce qu'elle chante.

Je ne reverrai jamais les inconnus à côté desquels je fredonne ses chansons, mais le souvenir de ce moment partagé perdurera. Que partagent ceux qui se trouvent de l'autre côté de la route ? Que perdure-t-il dans leurs vies, enfermés dans leurs cellules, hors les mauvais souvenirs de leurs mauvais coups ?

Elle chante « Bahia ». Les paroles sont sensuelles et sans ambiguïté : « Et je t'aime / Caresse-moi. » La chanson est plus qu'une suggestion, presque un ordre. Les prisonniers l'entendent peut-être, mais ce n'est pas à eux qu'elle s'adresse. Non c'est à nous, euphoriques et tous debout. Eux, les caresses, ils ne savent plus.

Quelques heures avant le concert, après être sortie de l'autoroute et avoir emprunté la route qui conduit à Bapaume, elle a vu l'impressionnante et gigantesque prison. Elle s'est garée de l'autre côté, devant la salle polyvalente, si proche des barreaux. Lors des répétitions, elle a demandé qu'une enceinte soit discrètement sortie de la salle et positionnée en direction des cellules.

Elle n'a pas chanté « Amoureuse », « Sans regret », « Chanson sur une drôle de vie » ou « Bahia » uniquement pour nous mais aussi pour eux. Ils ont dû ouvrir leur fenêtre. Par-delà les hauts murs, ils ont accueilli ses mots, des mots venus ensuite se coucher sur leurs lits où dormir est la seule façon de s'échapper. Ses chansons se sont faufilées entre les barreaux et les ont écartés un peu à leur passage. Elle a chanté aussi pour eux parce qu'elle chante pour tout le monde. Nous sommes tous des enfermés de quelque chose. Elle chante pour faire vaciller nos murs après avoir fait tomber les siens. Certains sont invisibles, d'autres hauts comme ceux de la prison de Bapaume.

Le concert terminé, chaque spectateur est reparti dans sa vie. Tous ont repris leur voiture, leur bicyclette ou leurs pieds : femmes sans enfants, hommes sans femmes, couples sans enfants, adultes d'eau douce sans mer mais avec pulls marins, filles portant les vêtements de leurs mères, femmes et hommes qui avaient mis ce samedi soir-là leurs habits du dimanche, hommes portant leur embonpoint comme autant de soirs joyeux ou tristes passés à boire de la bière. Dans la salle qui se vide, il y avait : des filles qui auraient rêvé d'être elle, qui auraient aimé vivre ses amours et qui ont pleuré quand elle pleurait. Il y avait une boulangère et son beau-frère, un notaire avec sa maîtresse, un agriculteur accompagné de sa solitude, un maire adjoint accroché à sa médaille, un professeur et ses élèves, le libraire d'à côté et deux vieilles filles de pas loin. Ils sont venus avec leurs chemisiers à fleurs, leurs chemises fraîchement repassées, leurs jeans rapés, leurs velours côtelés, des chaussettes montantes ou des chaussettes trouées, des vestes trop grandes et des blousons fanés, des bombers à la mode, des jupes qui ne l'ont jamais été, des robes triomphantes et des gilets usés.

Ils s'appellent Jean-Édouard, Jackou, Robert, Gunter, Meursault, Capucine, Églantine, Apollon, Athena, Gilberte, Dédé, Jean-Claude et Marie-Ange et Pierrot, Michel et Michèle, Jules et Jim et Catherine, Cynthia et Christine, Pierre et Yves, Swan et Odette, Solal et Ariane, Paul et Virginie, Brigitte et Emmanuel, Roméo et Juliette, Zézette et Raoul. Ils ont tous les prénoms de la terre. Et puis Paulette est là aussi. Dans cette salle polyvalente, le temps d'un concert, elle a réuni toutes les France devenues une, souriante, apaisée et généreuse. Elle a réuni un pays, l'a rendu indivisible le temps de vingt-quatre chansons.

Le public en train de partir, les fenêtres de la prison refermées, je la rejoins. Elle est fatiguée, peut-être un peu malade. Elle aurait dû annuler mais elle n'annulera un concert que morte, comme elle aime le dire. Dans sa petite loge, la fée est redevenue femme. Elle a mal partout mais, sur scène, elle n'eut mal nulle part. Elle a le visage marqué, le corps en douleur mais, même dans les coulisses, pas question de le montrer.

L'orgueilleuse ou l'élégante, les deux peut-être, ne se plaignent jamais devant celles et ceux qui viennent la voir. Lorsqu'elle chante la douleur, aucune douleur ne l'atteint. Elle dompte ses maux. Sa voix les expulse. Son corps s'en libère. Ses mots soignent ses maux. La scène la guérit de tout.

Avant de chanter, la tigresse peut être fatiguée, malade, son corps peut lui faire mal, le trac l'oppresser, mais sur scène elle terrasse tout, jusqu'au temps qui passe, jusqu'à la mort qu'elle oublie comme s'il s'agissait d'une simple paire de lunettes qu'elle oublie aussi.

Loin de vouloir retrouver le macadam qui la conduirait chez elle ou dans une autre ville, elle jouit de chaque minute, oubliant la tristesse et la banalité du lieu, oubliant qu'il est tard pour certains, qu'il fait froid, que c'est l'automne, que la terre tourne et que le temps passe. Pas question de se priver des allégresses de l'après-concert, dénuées de trac et de pression, ces instants prolongent les applaudissements. Elle accueille les compliments comme si elle n'en n'avait jamais reçu. Elle embrasse avec gentillesse celles et ceux qui ont sagement et souvent longtemps attendu leur tour avant d'entrer dans la loge. Elle écoute les commentaires flatteurs des organisateurs du concert, faussement étonnée de leurs éloges. Elle reçoit quelques notables de gauche et de droite qui perdent devant elle leur gauche ou leur droite. Elle salue les musiciens qui filent afin de retrouver leur famille, leur maîtresse, leur télé ou leur chien.

Dans la petite loge, il fait très chaud. Dehors, derrière une haute barrière, sont agglutinés des fans que ni le froid, ni la pluie ne parviennent à éconduire. Nous sommes enfin presque seuls avec elle. Kanou commence à ranger ses affaires. Christian, le compagnon des beaux et des moches jours est là, bien entendu.

Nous rions, nous nous amusons de nous être retrouvés à Bapaume – dont j'ignorais l'existence et dont elle ne connaissait que l'échangeur. Elle ne manque pas de rappeler que chanter c'est échanger, comme un échangeur échange. Dans la loge ils rient. Elle entame une longue histoire « drôle ». Le spectacle continue.

Il est 2 heures du matin peut-être ; pourquoi rentrer tout de suite ? Il y eut encore des phrases enchaînées à d'autres phrases. Les affaires prêtes à être rangées dans la voiture indiquent le début du début des au revoir.

Une fois tous dehors, commence le début du début de la cérémonie des dédicaces. Et peu importe le vent.

Fleurs et vêtements dans la voiture, moteurs en marche, nous sommes tous prêts pour la transhumance vers Paris, pas elle. Elle n'est en rien gênée par l'humidité glaciale. Elle continue de jouir de chaque sourire. Arrive le début du début de la fin de la file d'attente. Nous sommes soulagés. Nous serons chez nous avant le lever du jour.

Et le dernier sourire offert arrive, il ne reste plus que le froid. Elle rejoint sa voiture chargée de fleurs, de lettres et d'ours en peluche.

Nous l'embrassâmes et chacun reprit la route qui passait devant la prison pour rejoindre l'autoroute et ses quatorze sorties avant Paris.

Le chemin du retour fut beaucoup plus rapide. Nous avions tant de choses à nous raconter, Laurent et moi. Les chansons de son idole l'avaient sauvé de moments difficiles, l'avaient accompagné lors d'une vie tourmentée et parfois violente. Laurent, très jeune, avait été chanteur, mais la vie l'avait conduit vers d'autres chemins. Il le regrettait. Ses regrets lui faisaient chagrin.

Le voyage à Bapaume est devenu un souvenir de plus à ajouter à une longue liste, mais ce souvenir a changé quelque chose. Je l'avais vue à Olympia tant de fois, à La Rochelle devant des milliers de Sansonphages, sur l'immense scène du Paléo Festival de Nyon, sur les plateaux de tant d'émissions de télévision. Dans la salle polyvalente de Bapaume, je la vis avec la même fougue, le même enthousiasme, jamais blasée, toujours entière, totale.

Je compris sa nécessité absolue de monter sur scène. Elle est le sens de sa vie et peu importent la taille de la salle ou de l'arène, l'état de son âme ou les douleurs de son corps. Elle vit pour chanter. Elle chante pour survivre. Sur les scènes de l'Olympia ou de Bapaume, de La Rochelle ou de Pleyel, de Bourges ou de Monfort-les-Deux-Écoles, là est sa vie.

Peu avant le périphérique, nos chemins se séparent une nouvelle fois. Sa voiture la conduit chez elle à Triel, la mienne vers le centre de Paris. Le lendemain, elle n'aura plus pour fans, courtisans et complices que ses carottes et quelques pommes de terre. Elle n'aura plus pour musique que celle des branches de ses arbres, craquées par le vent. Mais comment passe-t-on du triomphe à la pomme de terre ?

Prison de Bapaume, cellule 324, troisième étage, aile nord, Éric marche sur la plage, le visage caressé par le vent chaud, il va rejoindre la femme qui l'attend. Il chante « Bahia » dans ses 3 mètres carrés de vie fermée.

Et puis Paulette. Avec Guillemette sa voisine coquette, elle mange des boulettes à la farigoulette. Toutes deux fredonnent guillerettes : « S'il te plaît je voudrais aller à Bahia ». Paulette n'a jamais quitté le 43, rue de l'Église, au centre de Bapaume. Elle attend encore, toujours bien mise, le prince charmant. Elle n'a que 74 ans et lui manquent quelques dents.

Nous franchissons le périphérique. Laurent chante, encore et encore,

S'il te plaît, je voudrais aller à Bahia,
Je l'ai bien vu dans la lampe d'Aladin
Je retiendrai deux places dans l'avion
Très loin du son des accordéons
Et je t'aime
Caresse-moi

Éric, Paulette et Laurent sont en route pour « Bahia ».

Elle s'endort, pas loin de ses carottes dans les Yvelines.

11

Olympia

Les lettres de son nom sont à terre, stockées comme le reste de l'alphabet. Certaines sont abîmées. En général, elles sont soigneusement classées et soignées. Elles ne dorment jamais longtemps. Elles gisent dans un entrepôt de la banlieue parisienne en attente d'un camion qui les transportera boulevard des Capucines. Ensuite, elles grimpent sur la façade de l'Olympia, brillent un temps puis retournent se coucher. Chaque lettre est un néon rouge. Lorsque le nom de Véronique Sanson monte en haut de l'affiche, il faut commander quinze lettres. Tous rêvent de voir leur nom triompher sur la façade du boulevard des Capucines. Les néons ne brillent qu'un temps. Tant de noms se sont fracassés sur l'autel de la notoriété, tombés dans l'oubli. Pas le sien. À chacun de ses passages à l'Olympia, les préposés à la gloire hissent ses lettres comme il faut se hisser pour triompher. Ils les accrochent comme il faut s'accrocher pour ne pas être oublié. Ils les fixent pour que le vent ne les emporte pas comme la mode emporte souvent ceux qui la font. Voilà des décennies que son prénom et son nom grimpent sur le fronton de l'Olympia.

En 1974, Marcel et Éric hissent les huit consonnes et sept voyelles. Pour la première fois, les néons rouges projettent leur lumière de feu sur le macadam. Elle a vingt-cinq ans. Elle se produit devant une salle étonnée et séduite par le phrasé de sa poésie, par ses mélodies subtiles que le piano murmure ou tempête. Elle rockifie la scène. Ses chansons romantiques sont enfiévrées grâce à un éclairage qui transforme la scène en un océan de douceur ou en un déluge d'éclairs enragés. Depuis plus de quarante ans, quasiment chaque année, les quinze lettres de son nom font l'aller-retour entre leur sous-sol impersonnel et sombre et l'incandescence rouge du fronton du music-hall le plus célèbre du monde.

Tant de fois je l'ai écoutée, assis au milieu de l'euphorie de la salle ou debout dans la pénombre sur le côté de la scène. À chacun de ses concerts, je fus davantage habité par une anxiété sourde que par une joie légère. Je suis allé à chaque spectacle le ventre noué comme si j'étais celui qui doit affronter le public. Je m'inventais le trac que je savais qu'elle avait.

Je suis sur mon vélo, en direction de l'Olympia. Cette fois-ci, aucun muscle n'est tendu, aucune respiration n'est anormalement rapide, le cœur ne s'emballe pas déraisonnablement. Je roule vers le boulevard des Capucines un jour où elle ne chante pas, où personne ne chante. Je me rends à l'Olympia pour imaginer ce qu'elle peut ressentir, pour me souvenir des Olympia où je me suis rendu pour elle et saluer les fantômes que les chanteurs enfantent à leur passage.

J'arrive devant l'entrée des artistes. La même porte sert aussi de sortie. Les chanteurs y entrent, terrassés par le trac. Ils en ressortent écrasés par la peur de retourner dans leur vie, par celle de ne plus à avoir à être qu'eux-mêmes. J'emprunte l'ascenseur puis le couloir qui conduit aux loges. Juste à côté, il y a la scène.

Piaf y a chanté les braises de sa vie et ses mythiques ritournelles. Quatre garçons dans le vent, mais non décoiffés par lui, ont commencé à faire chavirer le monde, leurs cravates bien nouées. Sur cette scène, les Beatles ont écrit les prémices de leur légende. De cette scène, Johnny a mis le feu dans la salle dont des fauteuils furent cassés. Sheila ou Brel y firent leurs adieux. D'autres ont essayé et sont revenus. Certains ont disparu sans mourir. Christine and the Queens vient d'y naître. Madonna y est passée, Lady Gaga aussi.

Je suis dans le couloir où se trouvent les trois loges les plus proches de la scène. Rien ne s'entend. Il n'y a que le silence à écouter. L'Olympia est vide. Tout est muet. Je suis devant leurs loges, derrière la scène, mais aucun fantôme ne hante les lieux. La moquette est trop épaisse pour entendre le souvenir de leurs pas. Il n'y a pas de plancher qui craque. J'aurais tant aimé. Si les Merlin enchanteurs qui ont chanté à l'Olympia ont émis des ondes, elles ont dû aller se promener dans la forêt de Brocéliande. Entre les murs du bâtiment, elles sont indiscernables, inaudibles. Elles ne me frôlent pas la peau, ne remontent pas le long du dos en cascades de frissons. Dans ce nouvel Olympia, la peinture est trop neuve pour qu'il y ait des traces d'avant. Aux murs, peu de photos en noir et blanc ou d'affiches jaunies pour rappeler que le lieu a un passé. Celui-ci est imperceptible, effacé. La salle actuelle de l'Olympia est récente, mais elle est située au même endroit que celui d'avant, alors on pense à celle d'avant. La légende du lieu vient du bâtiment précédent. Celui d'aujourd'hui lui ressemble mais il n'en a pas les odeurs, la poussière, les fauteuils qui craquent, aucune réminiscence de celui d'avant. Sur la porte des loges, il y a des numéros, pas des noms comme dans certains théâtres. Des numéros anonymes et banals. Les loges 1, 2 et 3 sont les plus proches de la scène. Elles donnent sur un couloir dont le mur opposé sépare la peur du triomphe. Les fauteuils rouges de l'Olympia sont de l'autre côté de ce mur, à quelques mètres des miroirs des loges où chaque artiste s'embellit, se transforme, où chaque homme ou femme qui s'apprête à chanter devient un autre. Dans la loge, face au miroir, chacun entame son auto-sublimation.

Je ne l'ai jamais vue dans sa loge immédiatement avant son entrée en scène, dans cette cité interdite, dans cette église dont elle seule connaît ses rituels. Ces minutes avant la scène sont un moment sacré, celui où elle se rassemble. La scène n'est pas l'arène. L'arène est la loge, là où se déroulent tous les affrontements. C'est là qu'elle délaisse les carottes de son jardin pour rejoindre la gloire, là qu'elle quitte les silences de sa vie pour le brouhaha et les hourras. Dans la loge numéro 3 de l'Olympia comme dans chacune de ses loges, elle a ses codes, ses recettes pour ne pas être écrasée par le trac, pour essayer de le dompter. Avec ses rituels et son incroyable volonté, elle entame sa victoire sur le trac seulement lorsqu'une auréole de lumière dessine son ombre sur la scène et que des milliers d'inconnus unissent leurs regards dans sa direction. Avant que les projecteurs ne s'allument, que ces oiseaux noirs posés sur leurs tringles ne la fixent de millions de volts, elle se recueille dans sa loge éclairée de quelques ampoules. Les minutes où elle devient celle qu'elle souhaite offrir aux autres n'appartiennent qu'à elle et Kanou, son inséparable amie et assistante. Kanou protège ce moment en fermant la porte au reste du monde. Elle devient Ashrana, déesse d'Afrique qui veille et protège les villages de toutes les intrusions. Kanou tolère que pénètrent les musiciens qui font semblant de ne pas avoir peur afin que l'idole elle-même ait moins peur. De son côté, elle fait semblant d'être invincible pour leur transmettre sa force. Mais personne n'est invincible, tous sont fragiles et fébriles, euphoriques et excités, leurs corps tendus comme des arbalètes. Tous attendent ce moment où ils décocheront leurs flèches faites de do, de ré, de sol mineur et de mots majeurs.

Au fil des ans, au gré des lieux, dans les loges qu'elle a occupées, j'ai vu des fleurs, des fruits, des cadeaux, des produits de beauté, des petits mots. Au-dessous du miroir, il y a toujours, sagement alignés, des ustensiles de maquillage et un flacon de parfum, souvent le même. Quand elle estime avoir raté un concert, elle en veut d'abord à son parfum qui n'a pas su remplir son rôle de porte-bonheur, de poudre de perlimpinpin. À côté attend le sèche-cheveux, celui qui transforme ses cheveux lisses de femme timide en crinière de grand fauve s'apprêtant à chasser.

Je suis assis dans la loge numéro 3, celle qu'elle occupait la dernière fois où je l'ai vue. Dans la numéro 3, quelques chaises sont posées devant un grand miroir, il y a un canapé, une salle d'eau, un réfrigérateur. La loge ressemble à une chambre d'hôtel, luxueuse mais sans fantaisie. Avant de monter sur scène, lorsqu'elle occupe ces quelques mètres carrés, l'espace est moins paisible. S'y déroulent des échauffourées. S'affrontent toutes ces choses qui se bagarrent dans la tête de celles et ceux qui s'apprêtent à chanter : le désir et la peur, l'exaltation et le vertige, l'envie de fuite et la volonté de conquérir.

Défilent et redéfilent les textes dont chaque phrase peut devenir la falaise au pied de laquelle Icare s'écrase ou la cime d'où s'élancent vers le ciel les albatros.

Je suis dans le couloir vide qui conduit à la scène en face de la loge numéro 3. Je l'ai vue en sortir et franchir la porte noire qui donne accès à la salle. À ce moment elle n'est plus avec le monde mais en elle. Cet instant est celui de l'extrême densité, de l'avant-conquête du sommet, de l'avant-saut du plongeoir, un instant en points de suspension, une fraction de temps en accordéon.

En quelques secondes, elle quitte la terre et entre en état de lévitation comme les saintes sont douées pour le faire. Durant ces quelques secondes, la joie se mêle à la peur. Nul ne sait vraiment ce qui se cache au fond de la peur, ni le nombre de celles-ci. Nul ne sait quelles joies se terrent au cœur d'une joie. Nul ne sait exactement quels et combien de chagrins se noient dans les larmes que l'on pleure. Quand elle approche de la scène, elle porte son blouson de cuir mais aussi toutes les joies, toutes les peurs et toutes les larmes de toute sa vie.

Je suis sur la scène, sans décor, sans projecteurs allumés, sans rideaux, sans câbles, sans régie sur les côtés semblables à des cabines de pilotage, sans techniciens affairés, sans accompagnateurs affables, sans producteurs exaltés, sans musiciens surexcités, sans privilégiés planqués en observateurs. Au moment d'entrer sur scène, elle est une reine entourée d'une cour qu'elle perçoit et n'écoute pas. Ces regards la rassurent, mais ne l'atteignent pas. Elle est dans son ailleurs. Elle flotte dans son apesanteur, au plus près des étoiles qu'elle chante si souvent, au plus proche de celles que nous comptions lors de nos nuits caribéennes.

J'ai compté le nombre de pas qui mènent de la loge à la scène, ces pas qui l'ont conduite et la conduiront encore de la loge numéro 3 vers le sens de sa vie. Une cinquantaine. Seules quelques secondes séparent la loge feutrée de la salle rouge mythique. Mais combien de secondes durent ces secondes-là, ces quelques secondes qui permettent de vivre sa raison de vivre ?

Le jour de ma visite, elle est absente mais elle est pourtant bien là et pour longtemps.

Je suis allé à l'Olympia ce jour de relâche, pour être seul avec elle, presque. Pour la retrouver, il faut entrer par le boulevard des Capucines, avaler l'immense et long hall qui conduit vers la salle. Il faut descendre les quelques marches qui conduisent à l'atrium qui précède l'arène. Au pied de l'escalier, sur la gauche, il y a un couloir. C'est là qu'elle se trouve.

Au milieu du couloir. Elle est là. Elle me fait un signe. D'une seule main, elle m'apostrophe. Sa main me salue comme la centaine d'autres qui l'entourent. Enfermées dans un cadre, des mains célèbres, figées dans le plâtre pour l'éternité, sont accrochées au mur comme des tableaux. Sa main fait partie de celles-ci. Sur plusieurs mètres, des dizaines de plaques prouvent que des hommes et des femmes ont chanté ici, ont ému ici. Ce couloir méconnu de l'Olympia est morbide. Ces mains dures et froides sont des reliques. Elles ne sont pas leur voix.

Sa main est sage. Elle est petite. Si les mains de Nicoletta et d'Yvette Horner font à peu près la même taille, ce n'est pas le cas de celle de Julien Clerc, qui fait presque deux fois la sienne. Ses doigts courts n'ont pas la longueur légendaire de ceux de Liszt. Ils sont enfoncés avec force dans le plâtre. Sa main est puissante, musclée.

Pour le moulage, elle a laissé sa main appuyée dans la matière sans bouger. Elle a fait exactement ce qu'on lui a dit de faire. Repliés, absorbés par le plâtre, les doigts de Jane Birkin, eux, s'agrippent nerveusement, fébrilement, sans constance à la matière. Ticky Holgado a choisi de laisser l'empreinte de ses deux mains, elles dessinent le V de la victoire.

Parfaitement centrée au milieu de la plaque, sa main à elle ne fait rien, ne dit rien. Quelques moulages ne révèlent aucune nervure, ils ne sont qu'une forme imprécise, leurs propriétaires n'ont pas eu la persévérance de les laisser saisir par le plâtre. Elle a été patiente, comme elle est patiente en tout sauf lorsqu'elle pense qu'il ne faut pas laisser l'amour attendre. Son empreinte dans le plâtre est parfaite.

Sa main ne raconte pas une vie pourtant jalonnée de chaos. Sa ligne de vie traverse toute la largeur de sa main comme l'US20 traverse les États-Unis de Boston à Newport. Sa ligne de vie n'annonce pas la fin de sa vie, je n'en vois pas la fin. Elle doit passer de l'autre côté de sa main.

Les dizaines de plaques accrochées au mur sur quatre niveaux sont composées d'empreintes de mains et aussi de la signature de leurs célèbres propriétaires. Certaines signatures sont fugaces, inscrites timidement sur le côté ou en bas des plaques. D'autres sont posées immédiatement au-dessus de la main comme un chapeau sur une tête.

Entre l'empreinte de sa main située en bas de la plaque et les lettres de son nom inscrites tout en haut, il n'y a rien, un désert où rien ne pousse. Elle a laissé un espace vide. Libre à chacun de s'y perdre. Tout en haut de la plaque de plâtre, sa signature forme deux lignes, le prénom est au-dessus du nom. Composée de lettres majuscules, l'écriture de son nom est ferme et franche. Celle-ci est une affirmation de soi sans fausse modestie ni arrogance, sans ouistitis ni olé olé. Les majuscules se déploient sans fioritures, sans lettres plus grosses que d'autres. Elles ne gigotent pas. Les lettres ne se terminent pas en arabesques précieuses. Elle a peut-être écrit son nom en majuscules afin qu'on le voie bien. Peut-être pense-t-elle que le monde est fait de myopes comme elle. À moins qu'elle ait un fort ego. Pour avoir son nom inscrit sur le fronton de l'Olympia, il doit bien falloir en posséder un peu, beaucoup, passionnément, à la folie ? Petite, elle rêvait d'être princesse. Un rêve d'enfant étant pour elle un chemin à ne jamais quitter, la princesse a fini par exister en posant sur sa tête une couronne de néons rouges.

Sa signature touche les limites supérieures de la plaque. Elle paraît vouloir s'en échapper. Les lettres semblent vouloir sortir du cadre comme si elles se sentaient mal à l'aise, à l'étroit, comme si elles envisageaient de repousser la frontière imposée par la plaque, la déchirer. Elles sont comme la femme qui les a écrites, toujours prête à dépasser les obstacles, à casser les limites. Elle s'est affranchie de nombreuses normes, comme elle a étouffé dans des espaces trop étriqués pour elle. Une vie étroite, un homme violent, des règles oppressantes, des codes musicaux contraignants, elle les a boutés hors de son univers comme l'empreinte de sa main tente de briser l'espace clos défini par la plaque de plâtre. Les quinze lettres de « Véronique Sanson » se tiennent droites comme des piquets plantés profondément afin qu'aucun vent, aucune tempête ne puisse les incliner ou, pire, les emporter. Elle a inscrit son nom méthodiquement, consciencieusement, minutieusement, sobrement. À ces lettres ennuyeuses, elle a ajouté un point d'exclamation. Il n'est pas qu'un trait au-dessus d'un banal point rond, renfermé sur lui-même. Son point d'exclamation est une apostrophe adressée à l'autre. Il est un moyen d'attirer l'attention, une façon de dire « vous avez vu ce que j'ai fait, j'ai écrit mon nom, je vous offre ma main, elle est à vous », une manière de signifier « c'est fait, *I did it !* ». Ce point d'exclamation ressemble aux « voilà ! » qu'elle adresse à son public après lui avoir dit quelques mots ou chanté une dernière chanson. Quand elle ne sait pas comment conclure une phrase parce qu'elle pense avoir tout dit, quand elle a terminé d'exprimer une idée et n'a rien à ajouter, quand elle veut dire au revoir à la fin d'un concert, quand elle ne sait plus quoi faire de ses mains et de ses bras, elle prononce un « voilà ! » enlevé, souriant et élégant comme un point d'exclamation. Son « voilà ! » est une pirouette, une façon de se dégager, de poursuivre son chemin. Il est l'expression de sa liberté. Il est sa piste de décollage. Au moment où elle « exclame » ce « voilà ! », au moment où elle trace son point d'exclamation, elle est déjà partie, déjà ailleurs.

Cette main moulée pour l'éternité, ces chansons offertes à la mémoire des autres, les entreprend-elle avec l'espoir que quelques zestes d'existence perdurent une fois la fin venue ? Adolescente, elle a manqué perdre la vie. Assise à l'arrière de la voiture de ses parents, elle s'est sentie mal. Elle a fini à l'hôpital. En quelques jours, une méningite foudroyante a failli l'empêcher d'atteindre ses dix-sept ans. Elle a même reçu l'extrême-onction. Peut-être a-t-elle compris alors que la vie peut se perdre vite, en un « pschitt » simple et définitif ? Écrit-elle, enregistre-t-elle, chante-t-elle pour conjurer le grand pschitt ?

Elle chante pour que ses mots franchissent les limites imposées par son existence. Par ses mots, elle s'installe hors de son temps. Elle pense que ses chansons dureront plus longtemps que sa vie, qu'elles atteindront les hommes de demain. Elle croit que « Ma révérence », « Bahia », « Et je l'appelle encore », « Mortelles Pensées » seront fredonnées par les générations à venir. Elle ne sait pas que le monde de demain perdra la mémoire comme celui d'aujourd'hui commence à le faire. Elle ignore que le lieu, où elle a maintes fois tout donné, sera probablement détruit, effacé et qu'il n'en restera peut-être plus qu'un mur avec des empreintes de mains, un sanctuaire comme certaines grottes préhistoriques que les touristes visitent, ignorant tout des personnes qui les ont habitées.

Il ne faut surtout pas lui dire que tout est amené à disparaître. Elle pense que des choses restent. Il ne faut jamais toucher à ce qu'elle croit ou espère.

Dans le couloir de l'Olympia, je mets ma main dans la sienne. En la recroquevillant un peu, elle parvient à se glisser dans le moulage et à épouser ses doigts.

12

Le club

La porte s'ouvre.

17e arrondissement de Paris, l'immeuble en pierre de taille, sage, élégant, ravalé est peu distinguable des autres. Au premier étage, une grande porte. Elle vient de se refermer. Quelqu'un vient d'entrer. Derrière des bruits de pas, un fond sonore jazzy, des éclats de rire. La sonnerie à nouveau. La porte s'ouvre.

Alix entre, affublée d'un pull-over orné comme un sapin de Noël. C'est l'automne, pas Noël. Des petits personnages sont accrochés à la laine. Ils pendouillent comme des andouilles. Son pull-over n'est pas sérieux. Elle non plus. Alix est écrivain. Elle est membre à vie du club qui se rassemble ce soir.

Il y a des boulettes de viande sur la grande table. Leurs parfums épicés pimentent la soirée d'effluves exotiques. Pour elle, il y a des petits légumes à croquer. La viande, elle est contre.

La porte s'ouvre à nouveau. Ce n'est pas elle, pas encore elle mais un autre membre à vie du club.

Hervé entre. Sa voix est grave. Il fume beaucoup. Il dirige une grande agence artistique spécialiste de musique classique. À chaque décision concernant les musiciens dont il s'occupe, il allume une cigarette. Quand il ne décide de rien, il fume aussi.

La porte s'ouvre encore. François-Éric pénètre dans le vestibule qui est assez grand. En sa présence, l'entrée paraît petite. Le corps de François-Éric est si puissant, ses épaules si larges qu'elles pourraient faire office de colonnes doriques pour soutenir les étages supérieurs. Il est élégant, comme il l'est depuis sa naissance. Il porte une chemise blanche en coton épais. Ses initiales sont brodées sur le flanc droit. Il a un regard d'homme fiable, un regard d'homme qui regarde en face. Depuis que le club existe, il n'en a raté aucune séance. Cela fait presque trente ans qu'il est fidèle à ces réunions très secrètes. Il s'inquiète de savoir si elle va arriver. Il s'est toujours inquiété pour elle. Il l'a protégée sans faille pendant les quelques années où ils ont vécu ensemble. François-Éric est membre à vie du club. Il n'y a pas de membres qui ne le soient pas à vie. Des bouteilles de champagne et de vin sont débouchées.

La porte s'ouvre à nouveau. Ce n'est pas encore elle.

À peine dans l'appartement, Cécile, tornade rousse écarlate, excitée comme une fille qui se rend à sa première boum, raconte le dernier tableau qu'elle essaie de peindre. Elle porte une robe d'été joyeuse, légère et fleurie. Nous sommes le 22 novembre. Au début de la matinée, elle peignait un chat solitaire, devenu ensuite, sans raison, un boxeur. Après le déjeuner, le boxeur s'était mué en une rue déserte. Tous les membres écoutent comment un tableau bouge, comment le peintre court après lui-même. Elle est membre à vie depuis le tout début. Tous les membres du club se connaissent mais ils ne se voient pas en dehors de celui-ci. Cela explique la joie des retrouvailles, le vacarme. On entend à peine la sonnerie de l'appartement.

La porte s'ouvre une nouvelle fois. Ce n'est pas encore elle. Une jeune femme entre. Derrière celle-ci, se tient un homme plus âgé. Elle est enveloppée d'un long manteau noir. Ses cheveux ont la même couleur que son manteau qui a la même couleur que l'ensemble de ses vêtements qui ont la même couleur que certaines de ses angoisses. Jocya a toujours un deuil en cours, qu'elle déguise de rires francs et généreux. La voix de l'homme qui l'accompagne le précède, l'annonce, l'identifie. Jocya est venue avec son père : Enrico Macias. Le gamin est excité de découvrir ce club dont il entend parler depuis des années. Sa fille en est membre à vie. Comme chacun, elle peut présenter au club un éventuel futur membre.

Jocya présente son père à tous, comme si chacun pouvait ignorer ce Français connu du monde entier, de Sadate aux gens du Nord. Jocya la cherche. Lui aussi. Il l'admire. Elle est venue avec son père pour elle. Tout de suite, son absence l'attriste. Jocya attend son idole avec fébrilité. Elle attend tout avec fébrilité. Enrico allume un cigare. Billy Holiday chante, personne ne l'écoute. Tout le monde parle bruyamment. Les assiettes de petits-fours se vident sans elle.

Des mois avant la réunion du club, je savoure déjà celle-ci, tellement heureux de retrouver chaque membre que je connais intimement. Chacun est une vertèbre de ma colonne, une cellule de mon oxygène. Je déguste chacun comme s'il était une biscotte recouverte du miel onctueux et sablé de la vallée du Wadi Do'an. Enrico raconte une histoire à Cécile. Il jubile de la lui raconter, elle jubile de l'écouter, tous jubilent de se raconter et de raconter. Je jubile de les voir jubiler. J'avais une espérance. Je m'étais fixé une mission, mais elle semble être un échec. Je souhaitais présenter celle qui manque à Enrico, mais elle n'est pas là.

La porte ne s'ouvre plus. Agnès l'hôte du club, pas encore membre mais espérant le devenir, masque sa déception comme elle masque les cicatrices qui ont endeuillé sa vie. Les chansons de celle qu'elle espérait accueillir ont adouci ses peines, embelli ses tristesses. Les bouteilles comme les conversations sont désormais largement entamées.

La sonnerie ne tinte pas. La porte ne s'ouvre pas. Tous, nous aurions aimé accueillir cet autre membre de la première heure. Elle n'entrera jamais plus dans la pièce, les bras chargés d'amour parce qu'elle est morte. Brigitte Engerer nous manque et nous ne cessons de nous le rappeler. Comme sur scène, à force de la rappeler, elle va bien finir par revenir.

Personne ne veut passer à table. Il faut attendre encore, encore un peu. L'appartement fume beaucoup.

La porte s'entrouvre, un chien passe la tête, tirant sa maîtresse au bout d'une longue laisse dont on ne voit pas le bout. Nous voyons le chien, la laisse, pas encore la maîtresse tant espérée. Nous interrompons nos conversations, nous nous levons et nous rapprochons de l'entrée. Enfants soudainement devenus sages, nous nous alignons pour former une haie d'honneur. Nous voulons l'accueillir comme une reine, l'amuser et la faire rougir comme rougissent toutes les timides lorsqu'elles sont honorées, adulées, regardées, contemplées, aimées.

La longue laisse se déroule sous nos regards enjoués. Au bout de la laisse, elle fait son entrée.

Elle porte une veste sobre mauve et un tee-shirt panthère. Son pantalon est très large. Elle avance perchée sur des talons aiguilles très hauts et infiniment fins. Ses cheveux longs tombent jusqu'à ses épaules plutôt dénudées. La membre du club que nous attendons ne porte jamais de talons hauts, jamais. La femme tenue en laisse ne ressemble pas à celle que nous espérons. Coquette et sophistiquée, la femme tenue en laisse s'appelle Katia. Elle a été invitée par la maîtresse des lieux. Je ne le savais pas, personne ne le savait.

Elle est une actrice fragile et tourmentée. Comme pour Agnès, les tourments chantés par celle que nous espérons encore sont des pansements cousus d'or.

Canapés, chaises et fauteuils pérorent, devisent, paradent, caquettent, discutent dans le plus grand désordre. La séance du club ne peut pas commencer. Manquent deux personnes. Manque l'hymne. Manque le sujet du jour à débattre. Il y en a toujours un. Nous nous impatientons. Elle devient notre unique sujet de conversation, de préoccupation. Agnès s'inquiète pour ses soufflés. Par la fenêtre, on voit qu'il n'y a rien à voir.

Une petite chose kaki passe rapidement entre deux portes. Dans sa foulée, une touffe de cheveux blancs passe et disparaît aussi vite. Les conversations se poursuivent, toujours aussi enflammées. La petite chose s'est assise. Elle porte autour du cou une petite écharpe en laine, un jean moulant et des bottes beiges. Sous son blouson militaire, elle porte un tee-shirt aux rayures de marin. Elle est accompagnée d'un ogre débonnaire enveloppé dans une chemise en lin rose orangé. Il s'appelle

Christian. La chose, c'est elle. Nous rêvions d'une entrée maîtrisée, mise en scène par nos soins avec effet de surprise. Échec. Nous ne les avons pas vus faire leur entrée. Ils se sont faufilés pour se fondre parmi nous. Ils se sont assis sans dire un mot, avec des gueules d'enfants qui ont fait une bêtise. Ils ont pris position comme si la position était prise depuis longtemps. Ils nous narguent. Ils veulent nous faire croire qu'ils sont là depuis longtemps sans qu'on les ait remarqués. Enfants, ils nous prennent pour des enfants.

Nous ne les blâmons pas d'être arrivés si tard. On ne blâme pas qui on aime.

Commence ensuite une longue cérémonie d'embrassades. Je retrouve ses bras. François-Éric aussi. Alix pétille. Cécile frétille. Jocya sautille et présente le chanteur à la chanteuse. Ils s'embrassent comme s'ils s'aimaient déjà. Agnès, Katia, Hervé, Christian et le chien exultent. Elle s'attarde auprès de chacun comme un candidat en campagne. Elle est membre à vie, depuis la première minute d'existence du club.

Nous nous dirigeons tous vers la table, enfin. Pas question de s'asseoir pourtant, la soirée n'a pas été inaugurée. Le rituel doit être respecté.

D'abord l'hymne. Autour de la table, Enrico est figé dans l'attente, dans l'expectative des instructions de sa fille. Agnès et Katia ne savent que faire de leurs bras, de leurs jambes, de leur tout. Elles observent. Christian est détendu. L'homme qui vit avec elle est habitué à se laisser porter d'imprévu en imprévu. Cécile, Alix, François-Éric, Hervé et moi sommes aux aguets. Nous sommes tous debout derrière notre chaise, prêts à écouter le bénédicité, prêts à entamer l'hymne. Alors, elle lève lentement les bras. La musicienne aux milliers de concerts est notre chef de chœur. Tous, nous attendons son signal. Elle vérifie que chacun la regarde, que chacun est bien accroché au geste qu'elle s'apprête à faire. Plus personne ne parle. Seul le ronronnement léger du four est perceptible. La tension est palpable car l'instant est solennel. Elle est grave. Sous le poids de ses frêles épaules pèse le destin d'un des clubs les plus mystérieux, intrigants et jalousés de l'histoire des clubs. Elle élève ses bras un peu au-dessus du niveau de ses yeux. En même temps que ses mains donnent le signal de départ, elle entonne la phrase, celle par qui le bonheur et l'hystérie commencent. Celle qui déclare officiellement réuni le club, qui proclame *urbi et orbi* le vrai début de la soirée. Celle qui ouvre le bal. *Travailler, c'est trop dur, et voler c'est pas beau, d'mander la charité, c'est quéqu'chose j'peux pas faire…*

Les membres ne chantent pas, ils hurlent. Chacun veut surpasser l'autre dans la manifestation de sa joie. La phrase n'est pas chantée, elle est propulsée dans la stratosphère. Consternée, amusée aussi, elle s'efforce de maîtriser la situation, en vain. Au troisième refrain, Enrico et les autres nouveaux entrent dans la chorale infernale. Elle tente d'en atténuer les dysfonctionnements. Elle ne perd pas son sang-froid.

La situation n'est plus contrôlable mais elle aime les défis. Consciencieuse, méticuleuse, optimiste, d'une voix posée, elle tente d'imposer la suite du texte. Elle espère que nous accordions nos voix à la sienne. Il n'y a rien à faire. Le refrain est repris en boucle par chaque membre qui s'égosille. À chaque membre sa boucle. Les boucles se télescopent. La terre tremble, les murs gigotent, le quartier s'affole, Paris oscille et elle chante, imperturbable.

La chanson s'achève. *Et j'espère de vivre vieux.* Elle tente de juguler le frénétique, d'imposer l'harmonie et la douceur. *Et j'espère de vivre vieux* est une fin sérieuse. Pour lui donner du sens, il faut étirer la phrase, la conclure en baissant la voix. Les bras déployés de notre chef de chœur pondèrent l'euphorie. *In extremis,* son sourire d'enfant à qui on ne peut rien refuser parvient à ce que, enfin unie, l'assemblée murmure la phrase finale à peu près ensemble. Celle-ci, chantée avec modération et à l'unisson, signe sa victoire sur le chaos. La soirée est déclarée ouverte. Le dîner commence. Enrico est assis à côté d'elle, elle-même assise à côté de Christian. Un des membres se lève et rappelle une règle d'or : « Nous sommes réunis ce soir pour débattre d'un thème, pour que nos réflexions concourent à améliorer le monde. Il nous reste à trouver ce thème. » Nous passons le dîner à le chercher, à débattre du thème possible, à nous opposer aux thèmes proposés. Nous passons le dîner à ne pas le trouver. Nous évoquons délicieusement des choses banales comme il est agréable de le faire avec des individus qui ne le sont pas.

Trois heures plus tard, Agnès notre hôte nous invite à passer dans la partie salon. Elle ajoute avec une insistante subtilité que « le clavier est à l'entière disposition de qui voudrait s'en servir ». Elle n'hésite pas longtemps.

Elle s'installe derrière la console, aussitôt rejointe par Enrico.

Il s'assied sur un petit tabouret en face d'elle, à soixante-trois centimètres d'elle. Plus de soixante millions de disques sont assis de part et d'autre du clavier.

Chaque clubiste choisit son fauteuil, choisit sa distance, en fonction de sa pudeur, de sa curiosité, de sa gourmandise, de sa timidité. Elle chante. Enrico connaît la chanson et chante avec elle. Le duo paraît huilé comme s'il était le fruit de nombreuses répétitions. Ce couple d'une minute semble avoir trente ans de vie commune. Pour la première fois depuis quatre heures, nous nous taisons tous. Enrico la regarde comme un petit garçon amoureux de sa maîtresse d'école. Elle est fière de son accompagnateur. Par son regard appuyé et solidaire, elle approuve sa performance. Enrico orientalise avec justesse une chanson pas du tout orientale. Elle ne s'en offusque pas, elle s'en amuse mais ne quitte pas son chemin. Nous observons avec gourmandise les deux grands fauves. Jocya se balance sur son siège. Trop heureuse de voir réunies les deux idoles de sa vie, elle ne dissimule pas sa joie, elle l'hurle. Cécile rit, attendrie. François-Éric et Christian, assis dans le même canapé, n'ont jamais entendu un tel duo alors qu'ils l'ont vu sur scène des dizaines de fois. Katia et Agnès sont médusées. Hervé, le plus sérieux d'entre tous, le reste. Debout près du clavier, Alix ne tient pas en place.

Ils terminent le premier titre sous des applaudissements dignes d'une fin de concert. Les voisins ont dû en profiter.

Elle entame une nouvelle chanson qu'il reconnaît dès les premières notes. Il écoute, savoure chaque mot, il chante avec elle, pour elle. S'il n'y avait pas le clavier pour les séparer, il l'enlacerait comme il sait enlacer les femmes qu'il aime.

Elle ne chante plus pour le club. Elle chante pour lui. Nous les écoutons sur la pointe de nos oreilles et évitons que nos pieds et nos jambes marquent le tempo de manière qu'eux seuls puissent le faire. Enrico l'écoute comme si elle lui faisait une déclaration amoureuse. Déclaration à laquelle il est difficile de résister sans défaillir. Enrico est en défaillance. Il admire sa partenaire à qui il ne déplaît pas de l'être. À la fin de la chanson, nous n'applaudissons pas dans l'espoir qu'elle glisse vers une troisième chanson sans s'en apercevoir.

Elle continue de chanter. Ce n'est plus une soirée, c'est un concert. Dans ce coin de salon éclairé par une unique bougie, elle entame « Je me suis tellement manquée ». La chanson est triste, mais elle, ne l'est pas. Impression étrange que d'entendre cette chanson-confession, profonde et grave, dans un contexte où le vin et le champagne coulent à flots. Nous ne bougeons plus. Enrico s'est rapproché d'elle. Il est accoudé au piano. Il est à quarante-deux centimètres d'elle. « Je me suis tellement manquée… Je me suis tellement fait mal… » Enrico ne chante plus. À la fin de celle-ci, il se lève, bouleversé, silencieux.

Il contourne le clavier pour l'embrasser. Et se passe l'impensable. Enrico, sans la moindre hésitation, sans l'idée de la moindre provocation, sans volonté de faire de l'humour, lui demande qui a écrit les chansons qu'il vient d'écouter et de chanter et dont il connaît les paroles presque pas cœur. Nous ne sommes pas certains d'avoir bien entendu. Enrico a dû mal formuler sa question. Il n'a pas pu lui demander qui était l'auteur des trois chansons. Non, il n'a pas pu. Pour la première fois, Jocya a honte de son père. C'est un blagueur mais là elle sait qu'il ne plaisante pas. Sans se vexer, sans être offusquée, sans forfanterie, elle précise simplement que toutes les chansons sont d'elle. Nous sommes stupéfaits. Impensable, incroyable, impossible.

Enrico a chanté « Ma révérence », ému il l'a regardée interpréter « Je me suis tellement manquée » en ignorant le nom de l'auteur. Elle ne lui en veut pas. Elle propose à Enrico de venir s'asseoir du côté du clavier. Elle lui propose de jouer quelques notes.

Mais il y a un problème, un problème majeur, une réalité incontournable, si Enrico est un guitariste étoile, il n'est pas un pianiste talentueux. En fait, il n'est pas un pianiste du tout. Il ne sait pas en jouer.

Pour elle, c'est un détail sans importance. Elle pose les doigts incertains d'Enrico sur le clavier. Elle est saisie, comme à Ibiza pour Fabiano, du syndrome de Je-vais-t'apprendre-tu-vas-voir-c'est-facile. Enrico esquisse quelques notes, les doigts guidés par les siens. Maladroit, il dérape, égratigne, se dérobe, massacre. Les plantes vertes se ratatinent, les sorbets fondent, les bougies flanchent, nous nous évadons dans des songes lointains, de la cire imaginaire bien enfoncée dans les oreilles. Elle s'acharne. Enrico s'empote sur chaque touche un peu plus. Il ne s'acharne plus. Il abandonne. Bougies et plantes vertes se redressent. Nous redescendons de nos songes. Elle abandonne la leçon mais pas le piano. Ses mains restent cependant baladeuses, continuant de se promener sur le clavier. Elles gambadent, déhanchent comme une Brésilienne sur une plage. Elle chante « Bahia ». Au premier « Caresse-moi », nous sommes debout. Puis, à chaque « Caresse-moi », nous rugissons, miaulons, minaudons, jouons. Enrico est un excellent acteur. Il mime bien l'homme qui aime offrir des caresses. « Bahia » s'achève. Une main astucieuse glisse alors un CD d'Enrico et aussitôt nous devenons les filles de son pays, laï laï laï. Nous ne sommes plus dans le 17e arrondissement, nous sommes à Constantine. Elle se déchaîne. Elle ondule ses poignets, se retourne sur elle-même avec grâce et maladresse. Le déhanchement se fait collectif, nous frôlons la chenille. Nous continuons de danser. Nous avons entre 12 et 17 ans.

Un membre a l'idée que l'hymne du club soit repris au piano. Cette fois, la chorale est disciplinée, l'autorité de la pianiste entière. Dans un joli troupeau, il y a toujours une brebis rebelle. Enrico est cette brebis. Le voici qui s'éloigne du texte, offrant une version très méditerranéenne. La chanson est enarabisée. Elle suit comme elle peut. Elle cavale après lui sur une plage de la Méditerranée. Hilarité générale.

Encore quelques gâteaux et beaucoup d'amour. Nous parlons pour ne pas nous quitter. Nous ne voulons pas que la nuit nous effiloche.

Il est autour de 4 heures probablement. Nous repartons les uns après les autres. Chacun enfile son manteau devenu noir. Nous enterrons la soirée. La mise en bière du club a pourtant lieu sans tristesse encombrante. Nous savons que nous allons nous revoir. Dans trois mois, dans deux ans, dans 900 jours ou dans 76 mois, dans 280 000 minutes ou dans 10 ans, un jour en tout cas.

Dès le lendemain, le club se poursuit. Nous nous appelons pour commenter la veille et la prolonger.

Elle a aimé la soirée et en espère une prochaine. L'essentiel est de maintenir ce lien qui pourrait sembler puéril s'il n'était tissé par des adultes sensibles, responsables et lucides. Le club offre à chacun une cour de récréation, permet à chaque membre de rester l'adolescent qu'il n'a pas cessé d'être mais que le reste du monde n'accepte pas qu'il soit encore.

Le club n'est pas un club, pas une secte, pas un réseau, pas une mafia, pas une loge maçonnique, pas une tribu, pas une communauté, juste une colonie de vacances d'adultes pas très grands. Les rendez-vous ont lieu depuis une trentaine d'années, ils ne sont pas réguliers. La seule règle à respecter est l'obligation faite à chaque membre de recevoir les autres.

Le club a été fondé à la suite d'un concert à Pleyel donné par la pianiste Brigitte Engerer. Très vite eut lieu le premier dîner du club. Brigitte Engerer organisa une soirée chez elle, entourée d'amis. Ce fut le premier dîner, le dîner fondateur, l'an zéro du club. Véro et François-Éric, unis par mes petits soins, vinrent en l'an deux du club.

En l'an trois, nous nous sommes rejoints à la soirée donnée en nos honneurs, à la campagne, dans la petite maison de pierre de mon enfance avec sa grande cheminée. Pas loin de la maison, s'étire la forêt de Fontainebleau. Brigitte Engerer et elle se découvrirent à ce moment-là, dans la cuisine. Ces deux pianistes aux répertoires si éloignés ne l'étaient pas. Passionnées, entières, indépendantes, travailleuses acharnées, déterminées, talentueuses, audacieuses, Brigitte et elle se ressemblaient. J'avais brodé la rencontre, persuadé de son succès. Elles avaient un amant en commun, le piano.

Ça rapproche. Les deux musiciennes étaient trop semblables pour ne pas se reconnaître. Toutes deux étaient parvenues à s'imposer dans un monde d'hommes. Toutes deux eurent des familles qui les soutinrent sans rien leur pardonner. Toutes deux réussirent à rester la fille de leurs parents sans omettre d'écrire leur destinée de femme. Toutes deux eurent un piano pour premier compagnon. Toutes deux avaient aimé très jeunes, au-delà de la raison et de ce que l'on souhaitait pour elles.

Chopin ou Gershwin, Schubert ou Liszt, elles en étaient proches. Toutes deux étaient éminemment romantiques et romanesques, comme eux. Toutes deux connaissaient la solitude et le trac du soliste. Toutes deux maîtrisaient l'art de vaincre une salle. Toutes deux étaient des affranchies, des joueuses qui n'aimaient pas perdre. En les voyant réunies dans la petite maison de pierre, je savais que je n'oublierais pas la moindre minute de la soirée, alors je n'ai rien oublié.

Assister à leur rencontre m'a enchanté, nourri et embrasé.

Leur immédiate affection, leur conversation ininterruptible donc pas interrompue malgré différentes tentatives, différa l'heure du dîner, repoussa l'heure de l'hymne. Entre déballage de gâteaux, préparation de sauces et découpage de saucisson, je surpris une conversation passionnée entre ces deux amoureuses de la scène. La rockeuse ne comprenait pas pourquoi les lumières des concerts classiques étaient si ennuyeuses, si conventionnelles, blafardes, immobiles, si mortes. Elle s'évertuait à suggérer à Brigitte une garde-robe plus rock'n roll, moins première communion, moins bal de la rose, moins fête des catherinettes, moins présentation de la fiancée aux parents, moins dîner de Noël dans une famille guindée de province au XIXe siècle. Brigitte s'évertuait à répéter que le public des concerts classiques l'était et qu'un concert de Rachmaninov n'était pas un concert de David Bowie. Je les écoutais, amusé, bloqué près du réfrigérateur. Tout en touillant une vinaigrette, la chanteuse persistait, affirmant qu'il faut essayer de changer les choses, qu'il faut les agiter. Elle était persuadée que le public a le talent qu'on lui prête, qu'il finit toujours par accepter ce qu'on lui propose si cela a un sens, si c'est sincère, sans artifices. Brigitte était cadrée par Schumann, bordée par Schubert, tenue par Liszt, sanglée par la démesure de Rachmaninov. La rockeuse au fourneau n'était cadrée par personne, Brigitte lui fit remarquer.

Les autres, exclus de leurs mots, péroraient autour de la longue table en bois ciré. Je restais dans la cuisine où je m'autocoinçais afin de ne pas perdre une seule bribe de leur échange.

Brigitte admirait l'incroyable liberté de sa collègue de scène.

La table est inquiète, il n'y aura pas assez de basilic. Elles s'en fichent. Toujours collé au régrigérateur, mon dos commence à avoir froid. Dans la pièce d'à côté crépite un grand feu de cheminée.

La rockeuse connaît la musique classique depuis l'enfance. Elle sait ce qu'un interprète de talent peut y engouffrer, y insuffler. Elle m'a toujours dit avoir été impressionnée par l'énergie fondamentale que possède Brigitte.

Les clubeurs se lèvent afin d'extraire les musiciennes de leur conversation. Enfin tous ensemble attablés, nous ne sommes pas encore en mesure de chanter l'hymne. Les deux monstres sacrés s'obstinent, continuent leur échange. Maître de cérémonie autoproclamé, je me lève, imposant le même mouvement à tous. Les perruches se lèvent aussi. Le club est presque prêt. Autour de la table massive et rustique, nous nous dressons. *Travailler c'est trop dur et voler c'est pas beau* est « chanté » dans la discorde.

Bien que fortement outragé, l'hymne interprété jusqu'au bout ouvre cette session campagnarde du club.

Bien entendu, nous essayons de trouver un thème de débat, sans le moindre succès. Le repas terminé, nous nous installons dans la salle aux murs de pierre et à la grande cheminée. Commence alors un jeu inattendu. Nous nous livrons au jeu de la vérité, nous posant des questions liées à l'amour, à la trahison, à l'enfance, à nos aspirations, à nos déceptions. Nous nous répondons sans nous soustraire, sans rien évincer. Le jeu dut cesser faute de bûches à mettre dans la cheminée. Au petit matin, ne restaient que les braises et un secret. Celui de ne jamais répéter les confidences faites.

Aujourd'hui, il y a du vent. Je le vois et je l'entends. Les mobiles qui pendouillent au-dessus du balcon se balancent avec frénésie. Les verres à champagne, ceux destinés au vin, d'autres à l'eau sont disposés sur une table, petites armées bien rangées prêtes à s'offrir. Sur une commode, quelques pivoines agrémentent de leurs frous-frous rosés la grande pièce blanche où je m'apprête à les recevoir. Les flammes des bougies déforment sur les murs les profils sombres et inquiétants de masques africains. Pour elle, j'ai imaginé des salades – en évitant la coriandre qu'elle n'aime pas. Un cassoulet géant mijote. Avant leur arrivée, j'ai repassé une chemise noire, couleur idéale pour masquer d'éventuelles taches. Il n'y a pas de grande table autour de laquelle ils vont se rassembler mais des petites placées à côté du canapé, des fauteuils et des rocking-chairs. Elle s'assiéra dans celui qui craque un peu lorsqu'il bascule. Je le sais. Je le sens. C'est de celui-ci qu'on peut rêver le plus loin. J'allume une bougie à la fleur de lin, celui qui pousse en Martinique. Ils vont bientôt sonner. Sauf Brigitte, elle est pourtant dans le salon, vivante, joyeuse, débordante de force. J'ai mis l'un de ses disques. Il était impensable de ne pas l'inviter.

Le club

L'interphone sonne, la sonnette de la porte résonne. La porte s'ouvre, encore et encore. Ils arrivent. Le club se réunit ce soir, donc la vie continue. Nous sommes comme nous étions. Pas question de nous trahir. Nous massacrerons notre hymne, nous entremêlerons nos conversations, nous jubilerons de nous, rirons beaucoup de si peu, nous éviterons la nostalgie mais elle ne nous laissera pas tomber.

Pour elle comme pour moi, nous en tricotons des pulls chauds qui réconfortent un peu quand souffle le vide. De la nostalgie elle extrait le pollen pour en parfumer ses chansons. Je n'en brode que des rêveries.

Quelqu'un propose un thème de débat. La soirée ne fait que commencer.

13

Ashrana

Il y a quelques milliers d'années est sorti des entrailles d'Abyssinie un village ocre fait de terre et de paille. Ce village ovale toujours existant est protégé par un mur d'enceinte crénelé très épais. Une seule entrée-sortie permet d'accéder au désert, aux vallées, aux prairies puis à la mer. Depuis des milliers d'années, une femme veille sur cette porte immense. Elle est assise, le dos appuyé contre le mur, juste à côté de l'entrée. Elle fixe, du matin au soir, tout ce qui approche du village : hommes suspects, silhouettes menaçantes, cargaisons inhabituelles, scorpions inquiétants, vents de sable trop enjoués ou chacals affamés.

Lors de la première de ses vies, cette femme était drapée de bleu. Sa tête était recouverte d'un chèche bleu lui aussi. Ses pommettes étaient mates et sa peau plissée. Ses yeux étaient d'un bleu aussi intense que celui des océans. Sur ses mains étaient dessinées au henné des lignes qui s'entrecroisaient comme les pédoncules du raisin. Ashrana, vigie et vigile du village, portait un parfum aux fragrances de fleurs d'immortelle, de jasmin et de venin de cobra. On l'appelait le « parfum de la paix ». Quand Ashrana sentait un danger, elle demandait aux soldats de fermer les deux lourdes portes en cèdre recouvertes de flèches en bronze, très affûtées. Pendant son règne qui dura une soixantaine d'années, le village de Sankaber vécut hors des tourbillons du monde. Grâce à la vigilance aiguisée d'Ashrana, pas un intrus ne pénétra dans le village. Aucun pillage ne mit à sac sa richesse. Nul n'interrompit la vaste tranquillité du lieu. Les habitants ont même ignoré l'existence de la violence, ne l'ayant jamais affrontée. Ashrana avait un pouvoir unique sur les hommes et les éléments. On dit qu'elle obtint qu'aucune tempête de sable n'étouffa jamais Sankaber, contrairement aux villages voisins.

À la mort de la vieille femme, les habitants décidèrent de faire d'Ashrana une déesse de pierre. Ils installèrent une sculpture la représentant à l'endroit même où elle exerçait sa charge de grande protectrice. Sous les pieds de la sculpture, se trouvent ses cendres. Depuis des milliers d'années, chaque 24 avril, date de sa mort terrestre, les Sankabériens drapent la statue de tissu bleu. Ils versent sur son front des gouttes d'immortelle, de jasmin et de venin de cobra. À ses pieds, ils déposent des pétales de lys et des fleurs d'orchidée exclusivement bleus. Qu'elle fût de chair ou de pierre, depuis qu'Ashrana existe le village de Sankaber a été protégé des médiocrités du monde, de la jalousie qui conduit à la haine, de la folie qui mène à la folie. Des enfants viennent régulièrement arroser la sculpture : on leur a enseigné que la vie étant indissociable de l'eau, à force d'être arrosée, Ashrana, femme de pierre, redeviendrait un jour femme de chair.

Aujourd'hui, une femme en France possède le même pouvoir qu'Ashrana. Son nom est Kanou. Comme Ashrana, elle décide d'entrouvrir les portes ou de les laisser fermées. Véronique Sanson est le royaume de Kanou. Pour accéder à la chanteuse après un concert, il faut recevoir l'onction de Kanou. Celle-ci est sa nounou, sa confidente, sa complice, sa vigile, sa physionomiste, sa videuse, son grand chambellan, son chef du protocole. Elle est la vestale des après-concerts. Quand l'idole retourne dans sa loge et que chacun souhaite l'approcher, la voir, la réconforter, la féliciter, l'embrasser, Kanou est celle qui accorde le droit d'entrée ou le refuse. Elle hiérarchise l'ordre des passages, les écourte parfois. Kanou observe toutes les rencontres, écoute tout afin de pouvoir tout lui raconter ensuite, histoire de prolonger l'après-concert, de le faire pianoter jusqu'au lit de la nuit.

Kanou est une comémoire qui se souvient de tout mais ne répète rien.

Kanou a un immense avantage, un petit quelque chose de plus qui fut son sésame, un petit détail qui n'en est pas un, une caractéristique majeure qui lui permit de devenir l'immense mur d'enceinte : toutes deux ont la même taille. Les deux femmes se regardent sans avoir à sautiller pour être au niveau des grands ou que les grands se baissent afin de faire semblant d'arriver à leur niveau, attitude qu'elles trouvent grotesque, voire blessante. Les deux complices voient le monde de la même hauteur. Cela compte.

Kanou a la voix rauque des grandes fumeuses. Elle est brune. Son amie est blonde. Son amie brûle sa vie, Kanou brûle la sienne pour son idole. Elles rient ensemble. Elles pleurent ensemble. Elles respirent ensemble. Elles sont malades ensemble. Quand la maladie de l'une est grave, celle de l'autre le devient aussi. Quand l'une est malade, l'autre s'en occupe indéfectiblement, et ce depuis plus de trente ans. Elles sont en interdépendance, en perfusion l'une de l'autre.

Kanou est partout ; dans la loge, devant la loge, dans la voiture, dans la chambre d'à côté de tous les hôtels de France, dans les recoins les plus reculés de la mémoire de son amie.

Kanou balise le chemin que sa complice trace. Pour supporter la route, il faut aménager les bas-côtés, préparer le terrain. Kanou est maître d'œuvre. « Le diable se cache dans les détails », a écrit le philosophe et poète Nietzsche. Point de grandes choses sans la maîtrise des petites, alors pour les choses simples et encombrantes de la vie, Kanou déchiantifie.

Leur histoire est une histoire d'amour faite de complicité, de secrets, d'inattendus, de voyages, de confessions, de moments tristes ou légers partagés intensément. Les deux femmes ont les mêmes loyauté, fragilité et humanité. L'amour rendant aveugle, Kanou ne juge pas, ne conteste pas son amie. Kanou est amoureuse d'Alain Delon qu'elle n'a pas encore rencontré. L'océan d'affection que Kanou porte à son ami a probablement asséché ses réserves pour les autres. Les deux femmes sont les deux capitaines d'une amitié au long cours. Toutes celles qui ont voulu, rêvé, imaginé pouvoir approcher d'elle comme Kanou y est parvenue ont fracassé leurs espoirs sur des obstacles infranchissables. Les amies qu'elle a sont, en général, de l'ère d'avant Kanou. La sœur de Michel Berger, discrète et douce, la Tovati mère d'Elisa et épouse pétillante d'un vieil ami dentiste, Nicoletta, la copine des copines, Violaine, la sœur et amie, sont toujours les bienvenues dans la loge. Pour elles Kanou/Ashrana ouvre les portes avant de les refermer aussi vite afin de protéger leur proximité, leur intimité. Kanou fait partie de cette intimité.

Quelques assistants ou secrétaires ont été dans l'ambition cachée de remplacer leur idole. Kanou ne représente pas ce genre de danger. Elle ne rêve pas de se substituer à son amie comme Anne Bexter y parvient dans *All about Eve*.

Kanou admire sincèrement « sa » chanteuse, qui n'a donc aucune raison de s'en méfier. D'ailleurs, Kanou n'a jamais rêvé être chanteuse. L'admiration étant un joli miroir, non dénué d'ego, chacune admire l'admiration que chacune porte à l'autre.

La femme de Triel ne peut vivre sans que quelqu'un s'occupe d'elle. Elle a toujours eu un compagnon capable de défier ses peurs, de combattre les ombres obscures qui rôdent la nuit. Elle n'aime pas dormir ni rejoindre son lit sans qu'aucun vivant, bien chaud, aux respirations ardentes n'y soit pour repousser la mort glaciale et éviter qu'elle se glisse dans la couche. Elle a besoin d'hommes pour vivre, pour survivre et de Kanou pour n'être préoccupée par rien d'autre que le bonheur de chanter.

Quand elle ne chante pas, Kanou reste chez elle, dans une maison du Sud-Ouest où seuls poussent quelques cailloux. Kanou use sa vie pour elle qui use sa vie toute seule. Kanou vieillit, elle aussi. Elles vieillissent ensemble. Vieillir depuis longtemps à côté de la même personne permet de moins se voir vieillir. Leur entente cordiale est magnifique et insupportable.

Kanou peut être un récif sur lequel on se fracasse.

Un été, je me suis perdu de vue. Je suis devenu un autre que moi. Je me suis quitté. J'avais perdu l'amour de ma vie, celui que l'on croit être l'amour de sa vie. Y croire suffit à ce qu'il le soit. Être dépossédé d'un tel amour conduit à se déposséder de soi-même, à se sentir désossé, sans chair, sans vie, en survie seulement. L'absence, l'abandon, le vide et tout s'effiloche. Tout revient aussi. Tout ce qui est parti se réveille. La perte de la mère, la disparition de la jeunesse, les premiers émois, tout vient frapper à la porte. Pour que rien n'entre, je me suis emmuré. Je me suis enfermé. J'ai commencé à m'abandonner et à abandonner les autres pour qu'ils ne me voient pas comme ça. Elle aussi s'est cachée. Elle aussi a perdu des amours de sa vie qu'elle a drapés de chansons, ce qui n'empêche pas la nostalgie, qu'elle fréquente avec assiduité.

Cet été-là, j'étais en nostalgie. Je m'enfonçais dans cette mer sans fond. Je ne m'aimais plus parce qu'on ne m'aimait plus. Elle pouvait me voir comme j'étais parce que je l'ai vue comme cela. Délaissé, plié, désassemblé, ligoté, vidé, épuisé, je me sentais froid. J'avais besoin d'elle, de soleil, de la mer. J'avais besoin de me retrouver à ses côtés pour me retrouver à côté de moi. Je savais qu'elle ne jugerait pas l'absence qui m'habitait, s'absentant d'elle-même aussi, des jours, des semaines, des mois, des années. Je savais qu'elle ne heurterait, ne brutaliserait pas mes vides, qu'elle ne violenterait pas mes tourments. Elle est enragée parfois, mais pas une seconde douée pour la violence. C'est à la scène seulement qu'elle confie ses rages. J'avais besoin d'être aux côtés d'une femme dont la capacité à comprendre l'autre sans le juger est déjà un soulagement. Elle ne voit pas les autres uniquement lorsqu'ils vont bien, ce qui est le cas de la plupart des gens. Je savais qu'en la rejoignant à Ibiza, elle ne me demanderait pas « comment ça va » mais verrait d'emblée que ça ne va pas. Et elle comprendrait. Elle m'expliquerait. Elle me guérirait. Elle me sauverait de moi comme elle est parvenue à se sauver d'elle. J'étais dans la nécessité d'elle. Alors, au cœur du mois d'août, je l'ai appelée. Je ne lui ai rien dit de mes maux, j'ai juste affiché une irrépressible nécessité d'elle. Sans hésiter, elle a dit : « Quand viens-tu vite ? » Vite, je suis venu. À peine le téléphone raccroché, j'étais dans l'avion et j'allais déjà mieux.

Dès l'arrivée à l'aéroport, certaines angoisses prennent le chemin du départ. La cure commence. Au fur et à mesure que les valises se présentent sur le tapis roulant, des inquiétudes filent. J'aperçois Christian. Il est roc parmi les rocs, bronzé parmi les bronzés, souriant parmi des touristes teigneux, placide parmi les capricieux, vacancier détendu parmi les vacanciers pressés. Dans la voiture, il raconte des choses que je n'écoute pas, absorbé par ce mal obscur qui rend sourd et empêche que l'on écoute quelqu'un d'autre que soit. Nous roulons vers la maison. Le paysage est exceptionnellement beau, paraît-il. Le ciel couvert est lézardé de rayons clairs, paraît-il. Ils ont repeint le village que nous traversons à la chaux blanche, paraît-il. Les collines que nous traversons n'ont jamais été aussi verdoyantes, paraît-il. Elle a préparé une salade de lentilles, dit-il. Dans la vie, Christian pose peu de questions. Dans la voiture, il n'en pose aucune. Il conduit la fenêtre ouverte car les odeurs sont joyeuses et épicées, paraît-il. Je me tais. La gorge, la langue, les sens, les pensées sont bloqués, raides comme le monument aux morts que nous dépassons. Nous avalons un dernier nuage de poussière quand la maison apparaît.

Elle est dedans, elle est quelque part dedans, dans sa chambre, assise dans le patio, sous le haut vent, dans le salon, au bord de la piscine ou de la falaise, sur le toit face au soleil et, en face, l'horizon de la mer. Le pas de la porte est la ligne blanche, celle de départ d'une course de sprint. Je cavale. Je la cherche comme un lionceau perdu dans la savane. Je passe d'une pièce à l'autre sans la voir, sans l'entendre.

Sous un auvent, au détour d'un mur blanc, je vois, cachée sous un chapeau de paille rouge qui ne cache personne, une femme sage. Elle joue aux cartes, avec la mer pour partenaire. Elle est assise paisiblement à l'ombre de la chaleur, concentrée, absorbée. Elle déplace les cartes lentement. Les images qui défilent devant mes yeux semblent diffusées en ralenti. Je suis agité. Elle est au ralenti. La joie qui semble l'habiter lorsqu'elle me voit chasse quelques-unes des choses obscures qui me rongent. C'est le début de l'allègement. Elle m'embrasse, infiniment détendue, parfaitement hâlée. Ses yeux sont plus grands que son petit chapeau rouge. Avant d'arriver dans la maison, je voulais déposer mes valises pleines de nœuds sur ses épaules avant même de poser mes bagages sur le carrelage. J'étais pressé. Maintenant, devant elle, il n'est pas question que je l'encombre, mes parents m'ayant appris à ne pas envahir les autres. De toute façon, en m'observant, elle fera vite le constat que quelque chose a disparu. Elle tentera de comprendre. Il s'agit juste d'attendre. Je lui parlerai quand elle le souhaitera. J'espère juste que ce soit tout de suite.

Quand je l'ai appelée, je ne lui ai pas demandé qui se trouvait chez elle. Cela ne se fait pas, comme me l'ont appris aussi mes parents. Après avoir dit « Quand viens-tu vite ? », elle a ajouté : « Il reste une chambre. » Je n'ai pas fait le décompte des pièces, imaginé le nombre d'invités. En général, il y a peu de monde dans la maison. Elle n'est pas une mondaine qui reçoit, pas une femme d'affaires dont les convives sont des profits potentiels, pas une salonnarde qui a besoin de voir des gens s'agiter autour d'elle. Elle n'est pas la meilleure amie de tous les grands de ce monde, déteste les conversations qui font passer le temps comme on peut faire du tricot ou le ménage. Elle n'est pas douée pour les discussions superficielles qui ne sont que distractions et ne correspondent à aucun intérêt réel et profond pour l'autre. Elle est incapable de faire semblant de s'intéresser à quelqu'un, de feindre une proximité qui ne serait pas, de surjouer une affection qui n'existerait pas.

La maison d'Ibiza comporte quatre chambres. Une est occupée par elle et Christian. Un peu plus loin est située la mienne. Elle m'y conduit adorablement. Nous passons devant une porte fermée et poursuivons notre chemin à travers la maison, qui s'étire sur un seul niveau. Elle parle doucement. Elle a peur de déranger les fleurs et les cigales. Elle craint de réveiller le jour qui fait la sieste, accablé par la chaleur. Elle a préparé la chambre. Être attendu, accueilli, c'est guérir un peu. Elle retourne à ses cartes. Il fait trop chaud pour toute forme de confession. Mon obsession, depuis qu'elle a dit « Quand viens-tu vite ? », est de rejoindre le plus rapidement possible la première confidente disponible, de recevoir la pommade d'urgence la plus proche, d'avaler le calmant avec effet immédiat : la piscine à débordement, centre d'accueil de tous les épanchements.

Je traverse le jardin, décidé à aller parler à l'eau, à lui confier mon corps noué. Arrivé au bord de la consolatrice d'eau douce, je jette au sol, avec empressement, la serviette de bain. Je vais enfin pouvoir quitter la terre et me quitter, plonger dans l'eau et tout oublier. Une voix m'apostrophe alors. Une voix rauque venue d'un quelque part que je n'ai pas remarqué. Cette voix chaleureuse mais pas joyeuse interrompt mon envol, m'immobilise. Cette voix, reconnue immédiatement, stoppe mon élan, casse ma course, freine ma joie, m'arrête au bord extrême de la piscine, au bord de cet irrépressible désir d'eau. Dans un recoin caché par un buisson est allongée, ou plus exactement recroquevillée, sur un transat, une femme que je connais bien et dont j'ignorais complètement la présence.

Ashrana a quitté Sankaber pour se reposer à Ibiza. À ses pieds, un cendrier rempli de mégots attend les suivants. Le visage de Kanou ressemble à un paysage rocailleux balayé par des vents hostiles. Nous sommes en plein soleil mais son regard est sombre et froid. Kanou m'enlace comme si elle n'avait jamais enlacé personne. Elle m'enlace afin de poser sur mes épaules une femme tout entière encombrée d'un lourd désespoir. Kanou est grise. Les premiers mots qu'elle prononce sont : « Ma mère vient de mourir. » Après elle n'émet plus un son, mais je vois ses yeux mouillés et surgir de ses doigts une autre cigarette. Elle pose sa tête sur les épaules d'un homme qui n'en a plus. Je suis gris comme Kanou. Rocher friable, rivage incertain dont les côtes fragiles ne permettent aucun abordage, au lieu de l'enlacer et de l'enlacer encore, au lieu d'accueillir ses larmes, je me détache d'elle. Je m'en éloigne. Homme devenu égoïste et misérable, écrasé par son propre mal-être, je m'écarte de Kanou. Sa tristesse est un écho insupportable à la mienne, le miroir grossissant de mon désespoir. Elle me raconte son mal-être. Je lui cache le mien. Kanou se confie. Je ne vois plus la mer, ni le soleil, plus la serviette de bain. Kanou se libère de sa peine et m'emprisonne dedans.

Sous l'auvent, dans la maison, notre hôte continue d'étirer le temps, de jouir de petits riens, c'est-à-dire de tout. Elle ne descend pas vers la piscine. Elle gambade dans ses songes, loin de nous. Le soleil commence à baisser. Il serait temps qu'elle nous rejoigne, qu'elle nous égaie par sa présence et celle de son chapeau de paille.

Kanou et moi restons accrochés à la piscine. Elle a besoin d'être réconfortée. Elle n'est pas la seule. Elle a besoin de la chaleur d'un homme mais celui-ci n'est plus qu'une enveloppe, un reste de corps au cœur verrouillé. Je laisse Kanou à son malheur pour me précipiter enfin, enfin, enfin dans la piscine. J'y nage plusieurs siècles.

J'aperçois la joueuse de cartes jouir de l'ombre et des criquets. Elle ignore qu'elle accueille sous son toit deux réfugiés.

Nous sommes deux venus lui offrir nos chagrins, espérant qu'elle nous en débarrasse, les jette à la poubelle ou à la mer. Nous sommes dans cette maison afin de nous alléger de nos manques, afin de déposer nos douleurs auprès de celle qui en est la grande spécialiste, de celle qui les a tant chantés : le manque de la mère dans « Je l'appelle encore », le manque de soi dans « Je me suis tellement manquée », le manque de l'être aimé dans « L'un sans l'autre ».

Nous avons besoin d'être réparés par une experte.

La maison d'Ibiza est devenue un garage sur le fronton duquel pourrait être écrit : « Ici on répare les choses absentes qui tourmentent » (en écho à la phrase rédigée un jour par Camille Claudel enfermée dans un asile psychiatrique). Deux personnes malheureuses ne peuvent écouter que leur propre détresse. Nous ne pouvons nous aider.

Au bord de la piscine, nous poursuivons la journée en faisant transat à part, très à part. Nous érigeons un mur invisible, un rempart pour séparer nos détresses. Celles-ci vont devenir rivales.

Très vite, Kanou et moi nous empêchons, malgré nous, de vivre pleinement nos chagrins.

La blonde au chapeau de paille finit par rejoindre la piscine. Vers 15 heures, elle a dit « je descends ». Puis elle eut tant de choses à faire qui ne sont pas nécessaires d'être faites qu'à 17 heures, elle a envisagé de nous rejoindre. À 18 heures, elle a confirmé sa venue. À 19 heures, elle entame sa descente vers la piscine, un livre à la main. Il va lui servir de moucharabieh, de filet de camouflage, de poste d'observation. Elle s'installe un peu à l'écart afin de ne pas déranger les conversations que Kanou et moi n'avons pas. Elle dresse son livre entre elle et nous. Elle lit en compagnie des vagues, le regard absorbé par les mots. Un regard qui prend l'air souvent en se tournant vers nous, l'air de rien. Elle entend le bruit de la mer mais rien venant de nous. Pas un éclat de rire comme habituellement. Rien. Elle nous observe par-dessus les pages. Et perçoit les tensions. Percevoir est sa vie, son métier.

Le soleil commence à s'affaisser. Nous remontons vers la maison en abandonnant nos serviettes sur le sol, sans pour autant mettre à terre nos mal-être respectifs. Le dîner est silencieux. Assis en face de Kanou, je ne la regarde pas. Je l'évite. La voir, c'est me voir. Tout en touillant une salade de lentilles, notre hôte constate l'étendue de nos silences, en sonde la profondeur mais elle ne les commente pas. Kanou et elle s'amusent malgré tout, donc pas moi. Les deux adolescentes se parlent. Elles dandinent vers la cuisine, en reviennent guillerettes. Je deviens jaloux. Ma détresse se barricade plus encore. Kanou est en deuil et la seule à pouvoir le porter, le vivre. Je quitte la salle à manger pour une dernière conversation avec la piscine. Au lointain, je devine les leurs. Et je nage, envieux.

Je suis chez elle, chez MA Véro, et elle me manque.

Le lendemain matin – qui fut le début d'après-midi –, son chapeau de paille sur la tête, elle se dirige vers moi. Nous allons enfin pouvoir parler, rien que tous les deux. Christian est parti faire des courses et Kanou s'est réfugiée dans ses pensées. Elle s'adresse à moi avec douceur dans le ton et fermeté dans le fond. Sa voix est posée, comme habituellement, pas son sourire. Elle le déploie exagérément comme un paon étale ses plumes pour séduire et conquérir. Son sourire est une parade, une façade. Il est trop appliqué pour ne rien cacher. Elle paraît fâchée, ou du moins triste. Elle ne s'énerve pas. Elle ne s'énerve jamais. Je ne l'ai jamais vue gonfler et rougir ses joues, grandir de quelques mètres, se bomber, descendre dans les graves et éjecter de sa bouche des phrases assassines aussi mortelles que l'huile bouillante jetée sur l'ennemi. Elle évoque Kanou, blessée par mon indifférence à sa détresse. Elle ne pose aucune question quant à la mienne, si bien cachée. Elle ne comprend pas notre mésentente. Elle ne l'accepte pas. Lors du rangement de vaisselle nocturne de la veille, Kanou lui a raconté mon manque de compassion, l'absence de gentillesse que sa situation légitimait. Elle y voit, de ma part, une forme de méchanceté, de dureté. Elle ne comprend pas cet égoïsme. Rien n'est plus douloureux que la perte d'une mère, me rappelle-t-elle. Je le sais. Elle me demande donc d'être plus doux, plus présent. Elle ajoute : « Tu dois être plus gentil avec toi et les autres. » Cette phrase est une gifle. Comment être gentil quand on est absent de soi-même, que des choses profondes se désintègrent ? J'aimerais lui expliquer que mes radars sont cassés, que mes ailes sont coupées, mais je n'y parviens pas. Kanou arrive, elle me quitte. Je fais le constat que Kanou est une priorité. Ma détresse s'enfonce d'un cran. Les deux complices désertent la maison afin d'acheter du poisson pour le soir. Elles disparaissent dans la pampa et moi je reste assis, aussi droit que le dossier en rotin tissé serré de ma chaise. Je regarde la mer mais je m'en fous.

Elle est préoccupée par les tristesses de Kanou, qui empêchent les miennes de fleurir puis de mourir comme la moindre rose. Nos tristesses sont en guerre.

Irrationnellement, je commence à en vouloir à Kanou d'avoir perdu sa mère – comme si elle l'avait fait exprès pour gâcher ma joie d'être à Ibiza et d'embrasser un peu de bonheur alors que celui-ci me quittait. Il y a une détresse de trop dans la maison. J'ai envie de laisser Kanou entrer dans sa chambre, de refermer la porte à clef puis de jeter la clef dans la mer.

Je reste assis pendant longtemps sur ma chaise sans même descendre vers la piscine. Je boude. Thelma et Louise reviennent de leurs courses. Elles s'amusent, moi pas. J'assiste au spectacle de leur amitié. Pour le fuir, je décide de rejoindre enfin la seule complice et confidente de la maison, la piscine, avec laquelle je partage les mêmes débordements. Allongé sur un transat, j'entends au loin le binôme qui jacasse joyeusement dans la cuisine. Je tiens dans les mains un livre que je ne lis pas et j'écoute en boucle Chopin, en boucle comme moi.

Elle descend seule, je la vois descendre vers la piscine, enfin seule. Je cesse de lire l'ouvrage que je ne lisais pas et d'écouter la musique que je n'écoutais pas. Elle tire son transat vers le mien. Le bruit de celui-ci, traîné sur la pierre, n'est pas insupportable. Il est aussi beau qu'une ouverture de Richard Wagner. Il annonce les actes que nous allons enfin pouvoir vivre ensemble avec pour témoin un parterre d'ibiscus. Nous allons enfin nous parler, mais nous n'en avons pas le temps : Kanou arrive aussi. L'intruse approche son transat des nôtres. Fin du concert.

Ashrana

À sa mort, Ashrana est devenue sculpture de pierre. J'ai envie de transformer Kanou en tas de cailloux mais je ne sais pas tenir un pied-de-biche.

Dès ce deuxième jour, j'ai commencé à préparer mes bagages. Chaque heure sans elle mais à côté d'elle est insupportable, misérable, une heure de rien du tout.

Je commence à ne plus savoir pourquoi je suis à Ibiza, pourquoi je respire. Les pourquoi succèdent aux pourquoi, chacun plus épais que le précédent. Le ciel se charge. Le mont Vedra devient une silhouette inquiétante sortie d'une eau trouble. La météo annonce une situation dépressionnaire. Je rentre dans ma chambre. Avant de venir à Ibiza je perdais le sens, à Ibiza je le perds davantage. Allongé sur le lit en entendant l'orage, je n'espère qu'une chose : qu'elle et Kanou défusionnent. Mais elles sont scellées. Orphelin à côté de mon oreiller, je n'écoute pas l'orage qui zèbre la mer. Il est en moi, violent. Je quitte la chambre, arpente la maison, traverse le patio pour les rejoindre parce que j'ai faim, seulement pour cette raison-là. Je les écoute bourdonner. Je les regarde déhancher. Je suis hors d'elles, maintenu devant la porte de leur histoire comme un étranger interdit de Sankaber.

Deux jours s'écoulèrent ensuite de la même manière, les bagages faits avec l'idée de partir, de fuir. On fuit toujours quand on ne sait pas ce que l'on fuit. Rien de nouveau lors de ces deux jours-là, je suis resté assis sur mes détresses. Je fis auprès de Kanou quelques efforts qui puaient l'effort. Rien à faire. Elle et Kanou étaient aussi inséparables que Sankaber et Ashrana. Les repas du soir parvenaient à être conviviaux grâce à la présence de Christian et des mets délicieux. Christian discourt peu. Il raconte ses observations simples et saines du jour. Comme sa compagne, il n'aime pas les conflits, il les évite, ne les crée pas. Il aime se taire. Christian et elle n'ont aucune difficulté à se taire l'un à côté de l'autre.

Le lendemain, je me retire de la vie commune de la maison. Je me réfugie dans la maison voisine, dans l'eau, dans la marche et les livres. Je me confesse aux cactus qui ne savent que piquer. Je m'abandonne au soleil qui ne fait que brûler.

Elle ne me délaisse pas mais je ne suis pas son principal centre d'intérêt. Quand on se sent mal, on souhaite devenir le centre du monde. Je voulais être le sien mais j'en suis empêché. Me sentant de plus en plus étranger à tous et à tout, le soir je boucle mes bagages avec la ferme intention de partir le lendemain.

Au matin de ce cinquième jour, ce ne sont pas mes bagages qui trônent dans la cour mais ceux de Kanou. Il était prévu qu'elle parte ce jour-là, je l'ignorais. Christian raccompagne Kanou avec la même gentillesse et la même moustache débonnaire que lorsqu'il vint me chercher. Le regret d'avoir été incapable de vivre avec Kanou fut vite remplacé par une joie simple, immédiate, égoïste : elle est à moi.

Au bord de la piscine, elle me rejoint mais elle est accompagnée. Elle arrive avec, dans les mains, un récipient, un sac de pommes de terre et un éplucheur qu'elle m'a expressément demandé de rapporter de Paris. Elle appela même plusieurs fois afin d'être certaine que je ne l'oublie pas. Cet objet banal à 3,50 euros était son Graal, il devient le mien. En m'apprenant à éplucher les pommes de terre, elle m'interrogea sur mes absences, mon manque de tact, une certaine irritabilité. Une pomme de terre, une question, une pomme de terre, une réponse, une autre pomme de terre, une autre question, plus de pommes de terre, plus de questions. La séance d'épluchage fit œuvre de séance psychanalytique. Le préposé aux pommes de terre retrouva la force, une certaine légèreté. Grâce aux patates, nous nous sommes retrouvés. D'autres séances eurent lieu. Plus j'épluchais, plus je m'épanchais. Elle décortiquait mes maux avec la même dextérité qu'elle décortiquait les pommes de terre.

Elle comprit ce qui s'était passé sous son toit. Elle pensait malgré tout à Kanou, qui devait être encore blessée par ma fuite d'elle. « Il faudra faire quelque chose », dit-elle, sans que sa suggestion soit comminatoire ou menaçante. Femme habile, elle trouverait.

Le soleil triomphe. Christian nage dans la mer. Les débordements de la piscine la font chanter. Je ne déborde plus. Nous nous allongeons sur les matelas pneumatiques. Le vent fait de nous ce qu'il veut. Nos matelas rose et rouge s'autotamponnent gaiement. Nous ne nous parlons plus. Nous nous laissons aller. Nous finissons par nous endormir ensemble dans la piscine, réveillés par quelques goélands en furie. Les ombres s'inclinent. Nous restons près du bord. C'est le début du crépuscule. Il est notre ami commun. Nous lisons, l'un à côté de l'autre. À chacun son livre, mais au fur et à mesure de nos commentaires, nous fusionnons la bio de Churchill lue par elle et *Le Garde du cœur* de Sagan que j'essaie de finir depuis le début du séjour. Nous évoquons le général de Gaulle, la guerre, Roosevelt, pas Kanou. Nous en reparlerons, je sais. Elle n'apprécie pas d'étirer les discussions et les commentaires alors qu'elle aime étirer le linge et les heures. C'est elle qui décidera de quand nous évoquerons l'affaire Kanou. Nous partons au village acheter des choses dont nous n'avons pas besoin, évidemment.

Dans la voiture qu'elle conduit lentement, concentrée et myope, sans probablement porter les bonnes lunettes, nous nous parlons, mais pas de moi. Je n'en souffre pas. L'autocentré va mieux. Il est en voie de guérison. Nous parlons du temps qui use l'amour et qui a usé le mien, du temps qui passe qu'on ne voit pas passer, du temps des cerises qu'il faut sans cesse recréer car un temps sans cerises est un temps mort. La conductrice prudente observe les collines, maugrée contre une ville au loin scandaleusement moche. Un virage à gauche, un autre à droite, un arrêt au village et le retour à la maison. Dans ses yeux, j'ai l'impression de redevenir qui je suis, plus jovial, inattendu, attentionné que je croyais ne plus pouvoir être. Elle me reconstitue, rassemble, pacifie. Nous tricotons ensemble le reste du jour. Elle ne pose plus de questions. Je n'espère plus qu'elle en pose. Nous avons recommencé à laisser les choses glisser. La tension avec Kanou est comme oubliée. Comme, seulement.

J'ai tout aimé du reste du séjour. Nous avons étendu les heures pour les laisser se faire caresser par le temps comme il prend son temps pour sécher le linge exposé au soleil et au vent.

Je dois maintenant rejoindre une autre mer plus froide, les bords de la Baltique. J'y suis attendu pour l'anniversaire d'un ami suédois. Mais je n'en n'ai pas envie. Elle ne souhaite pas que je parte. Je suis heureux qu'elle ne veuille pas que je parte. Elle sait être persuasive. « As-tu vraiment besoin d'y aller ? Il fait si froid là-bas. C'est si loin de tout. Tu es mieux ici que tu ne seras là-bas. Tu ne sais pas qui il y aura là-bas. On pourra rentrer ensemble à Paris. Il y a de la place dans l'avion. Et ils n'ont pas de pommes de terre à éplucher là-bas. »

Pour les pommes de terre, je suis resté. J'ai vidé à nouveau totalement mes bagages et grand ouvert la porte-fenêtre de la chambre comme si je venais d'arriver, comme si les vacances commençaient enfin. Son invitation à rester fut le début d'une récréation retrouvée et de réconciliation avec moi-même. J'avais eu peur de l'été, peur qu'il ne soit plus comme ceux des années précédentes.

Je retrouvais l'été. Chaque jour ensuite dans la maison du bord de la Méditerranée fut un jour sans tristesse. Je récupérais possession et jouissance de mon corps, une bouche pour embrasser et des joues pour recevoir des baisers.

Le dernier jour arrive. Je dois rentrer avant elle. Je l'enlace sur le pas de la maison, juste à côté d'un jasmin immense. Je suis triste de partir mais tellement moins triste qu'à mon arrivée. Christian me raccompagne à l'aéroport. Sur le chemin du retour, les collines sont plus verdoyantes que jamais, la mer bleue magnifiquement scintillante. Tout est beau et cette fois-ci je le vois.

Revenu à Paris depuis quelques jours, je l'appelle pour la remercier. Très vite, elle évoque Kanou et me suggère de lui envoyer une lettre expliquant que nous avons subi simultanément des deuils dont le sel des larmes n'était pas le même et que celles-ci se sont bêtement affrontées.

Quelques mois plus tard, je pris le chemin de l'Olympia. Après le concert, dans le couloir qui conduit à sa loge, je vis Ashrana fidèle à sa mission, postée devant la porte fermée de la loge. Kanou l'ouvrit tout de suite. Nous n'étions plus en guerre.

NOTRE Véro imposa la paix, parlant à l'un et l'autre, suggérant, expliquant, dénouant. Elle avait ardemment voulu notre réconciliation. Quand elle veut ardemment, en général elle obtient.

14

Chevaleresque

Je perdais ma lumière.

Elle m'a dit : « Quand on sait où est la lumière, on va la chercher. » Elle a ajouté : « C'est tellement merveilleux. » Trois fois, elle a répété : « Merveilleux. » Elle a précisé : « C'est tellement merveilleux d'aller vers ce que l'on considère comme essentiel. » Elle a continué, absolument définitive : « Si tu es persuadé que quelque chose menace cet essentiel, que tu dois tout faire pour le protéger, le sauvegarder, le reconquérir, tu dois le faire, rien ne doit t'empêcher de le faire, tu ne dois pas t'empêcher, personne ne doit t'empêcher de le faire. » Elle a poursuivi : « Tu dois prendre le prochain train et si tu devais aller au bout du monde, tu irais au bout du monde, parce que quand on aime, il n'y a pas de bout du monde qui soit trop loin. » Elle a conclu, avant de me recommander de réserver mon billet de train : « Sois chevaleresque, pars à la reconquête de ton amour si tu le crois menacé. »

Elle m'a donné ces instructions un vendredi soir. Le samedi matin je prenais le train pour me ramener vers l'amour, l'amour de ma vie qui me quittait probablement, qui glissait vers quelqu'un d'autre possiblement. Je n'en étais pas certain, je le pressentais. Et le doute me faisait souffrir. Afin de ne plus être englouti par celui-ci, pour partir chevaleresquement à sa reconquête, j'ai englouti des centaines de kilomètres, couru dans sa ville, grimpé ses montagnes, arpenté les rives de son lac, appelé ses amis afin qu'on lui dise que j'étais là, là pour ressouder l'amour. J'ai pris le train pour entamer sa reconquête et j'ai emporté la victoire. Sans ce conseil d'une fermeté absolue, j'aurais hésité sur le type de chemin à suivre. J'aurais trop attendu. Dans ce trop, je l'aurais perdu. Si je n'avais pas pris ce train conduit par elle, j'aurais pris le risque de laisser mon amour être happé par un autre et j'aurais pleuré le restant de ma vie. Et j'aurais regretté mon existence entière de n'être pas monté dans le train de 10 h 02.

Je lui dois des années de bonheur supplémentaire.

Ses conseils sont légitimes, éclairés par ce qu'elle a fait dans sa vie et de sa vie. Tant de gens livrent des recommandations qu'ils n'ont jamais réussi à suivre. Tant de bons amis expriment leurs regrets de ne pas avoir su s'appliquer les leçons qu'ils préconisent. Elle a chanté « Sans regrets ». Il faut tout faire pour ne jamais éprouver le regret de n'avoir pas tout fait, tout essayé de faire.

Un mardi, il y a peu de temps, j'ai pris le chemin de Triel pour un rendez-vous que nous n'avions pas.

J'avais besoin de la voir. Depuis mon réveil, c'était devenu vital. J'ignorais si elle serait chez elle, si elle m'ouvrirait sa porte. Je lui ai envoyé des mails, des textos, des messages... restés sans réponse. Elle est ainsi. Parfois elle ne répond pas, un jour, des semaines, des mois. Pour nous, il s'agit d'une punition. Pour elle, c'est une liberté. Sa liberté.

Sait-elle que j'écris sur elle ? A-t-elle simplement lu les premiers textes rédigés au fil des mois et que je lui avais envoyés ? A-t-elle seulement parcouru ces pages où je raconte à quel point elle fut un point d'ancrage dans le chaos et le désordre qui secouent tout fils à la mort de sa mère ?

Je devais la voir. Je ne pouvais plus ne plus la voir alors j'ai pris une voiture. L'autoroute de l'Ouest, les arbres sans feuilles, la sortie de Poissy, la route sinueuse vers la Seine, les mêmes battements accélérés du cœur, la même exaltation, un léger embonpoint par rapport au ventre plat du premier rendez-vous de Triel, celui que nous nous étions donné il y a trente ans, celui du début de nous.

Tout est gris : l'intérieur de la voiture, la Seine qui coule devant la maison, le ciel qui est au-dessus de la Seine, le dessous des mouettes, le mur d'enceinte de la propriété, la façade de la bâtisse, quelques-uns de mes cheveux.

Tout est immobile : l'eau du fleuve, les herbes au bord de l'eau, les nuages qui s'accrochent à leur place, les branches des arbres, la France figée dans le froid de ce jour d'hiver, moi devant sa maison. Pas un bruit.

Tout est fermé : la fermeture Éclair de ma parka beige, la petite porte près de la maison des gardiens, le grand portail, chaque fenêtre. Le texte que j'aimerais lui remettre est enveloppé, enfermé par l'écharpe verte que j'ai achetée pour elle. À l'intérieur de moi, rien ne l'est. Tout est en braises, en flammes. Je désire avec ardeur voir celle à laquelle je pense chaque heure depuis des mois, celle sur qui j'écris des jours et des nuits depuis quatre mois, celle qui m'envahit malgré elle, celle qui m'obsède et qui l'ignore.

Un chien aboie, un autre aussi, encore un autre je crois. Ils sont là parce qu'elle est là, ou ils sont là pour garder la maison parce qu'elle est absente. Je ne sais pas.

Une porte s'entrouvre. Celle des gardiens. Une femme détendue, une cigarette à la bouche, me sourit et m'accueille. Personne ne l'a prévenue de ma visite. Une fenêtre s'ouvre au premier étage. Une femme aux cheveux blonds se rapproche du bord de sa fenêtre. Elle est là.

Il est mardi. Il est environ 16 h 15. Elle est étonnée, pas enjouée, pas intriguée, pas désarmée, juste étonnée. Jamais je ne suis venu, ne l'ai vue sans la prévenir. Sa voix, projetée vers la Seine, me demande un peu amusée, un peu inquiète : « Mais que fais-tu là ? » Je ne réponds pas. Je souris, c'est tout. Voilà, je souris et ça lui suffit. « Prends un café dans la cuisine, je descends. » Sa silhouette disparaît.

Elle vient de me proposer d'entrer dans sa maison, donc elle existe. Je vis depuis quatre mois avec elle mais hors de sa présence, loin de son existence. Je la fréquente sans elle, sans sa voix. Depuis des mois, je la tricote, la brode, la jette au panier, la reconstitue.

La cuisine est emplie d'objets qui ne servent à rien mais qui racontent des histoires, donc qui servent. Les portes des meubles sont peintes en vert. La machine à café est rouge. Tout est joyeux, chaleureux. Il fait si froid dehors. La femme qui garde la maison prépare un café. Aucun pas ne fait craquer le bois de l'escalier. J'attends et j'ai peur. J'ai tellement de choses à lui dire. Elle peut être douce mais aussi dure, distante comme cela peut m'arriver de l'être. Elle ne descend toujours pas. Je compte les cartes postales affichées partout, le nombre de vêtements qui sèchent, les assiettes posées sur la nappe colorée d'une table ronde, le nombre de capsules à café en attente d'être consommées, le nombre des rideaux qui laissent deviner le jardin, le nombre des boutons de mon pull qui n'en a pas. Je comptabilise tout ce qui peut l'être. Je n'arrive pas à compter les battements de mon cœur mais vu leur rythme, je ne devrais plus être en vie.

« Je n'en reviens pas que tu sois là », dit-elle. Elle surgit dans la cuisine.

Elle est habillée comme une indienne du Pérou, enveloppée dans un pull blanc et un châle beige en laine épaisse. À ses pieds, des bottines fourrées qui ont permis que je ne l'entende pas arriver. Elle a dû acheter sa tenue exotique, élégante et chaude sur le marché de Triel qu'elle adore.

Elle ne sourit pas. Elle ne fait pas la tête. Elle n'est pas grave. Elle est interloquée, étonnée et subodorante, pressentant que ma visite n'est pas que de courtoisie. Un œil est dur, l'autre brillant. Je la dérange peut-être. Elle n'en laisse rien paraître. Une certaine gêne nous maintient à distance.

« Je suis là parce que, ce matin, j'ai pensé à ce que tu m'as dit il y a une quinzaine d'années… si quelque chose te semble essentiel, fais-le. À mon réveil, j'ai ressenti l'impérieux désir de te voir. »

Je n'ajoute rien. Elle ne pose aucune question. Le bruit de la cafetière se substitue aux mots, puis nous parlons de tous ces objets qui font de la cuisine un petit musée d'art brut. Des statuettes amusantes, des cadeaux de fans, chaque centimètre carré est occupé. Une grande reproduction conduit à Ibiza. Nous évoquons nos séjours qui furent des moments d'apaisement, d'amusement, de tension aussi lorsque Kanou et moi, unis malgré nous auprès d'elle, n'étions pas parvenus à partager nos douleurs. Elle ne sait pas que j'ai écrit sur tout cela et je ne lui dis pas. Pas là. Pas encore. Elle le lira peut-être, peut-être jamais. Nous allons vers le salon, passons devant l'escalier.

Les chiens s'amusent, nous narguent. Ils sont cajolés, adorés par elle. Qui est aimé veut toujours plus d'amour. Nous les caressons, les observons. Ils en profitent. Ils occupent beaucoup de place et minorent la mienne. Ils dédramatisent l'enjeu qui ronge mon dos, le casse. Partout d'amusantes et touchantes photographies racontent sa vie. Elles encombrent les murs, et pas qu'eux. Le grand piano noir, collé dans un coin du salon, ne lui permet pas de voir la Seine ou le parc quand elle s'assied face à lui. Cela m'a toujours étonné. Sur la table, en face de la cheminée, celle autour de laquelle nous nous sommes assis, j'ai posé le texte que je brûle qu'elle lise. Elle s'empare de l'écharpe verte, s'en drape. Elle l'apprécie immédiatement. Le texte reste en abandon, perdu sur l'immense table basse.

Pourquoi parlons-nous alors de Brigitte Engerer, qui nous manque tant ? Nous évoquions la pollution, les élections, et soudain, Brigitte. Heureusement Brigitte.

Dans les médias, elle a expliqué que c'est dans le salon où nous sommes assis que sa mère lui a soufflé le texte de la chanson « Et je l'appelle encore ». Dans ce même salon, Brigitte vient de pousser mon texte jusqu'à elle. Brigitte fait partie d'un des récits avec lequel je suis venu la conquérir.

Nous évoquons la conversation où elle avait suggéré que Brigitte déritualise, décongèle ses concerts. Conversation entièrement rapportée dans le texte posé sur la table. Elle le saisit enfin, feignant d'ignorer qu'il est le cœur, le centre, la raison de mon inopinée venue. Mais l'urgence de l'autre n'est pas la sienne. Elle est rarement en état d'urgence. Elle porte le texte à hauteur de ses yeux. Elle ajuste ses lunettes. Je la supplie de ne pas l'entamer devant moi, tellement j'ignore ce qu'il vaut, tellement je crains son jugement, ses foudres. Elle le parcourt comme si aucun mot n'était écrit, comme si les pages remises étaient blanches, comme si les mots ne faisaient pas le moindre bruit. Elle repose les feuilles. Et ne commente pas. Aucune expression sur son visage alors que son visage n'est qu'expressions.

« Je le lirai », dit-elle.

Elle n'a dit que ça.

Nous parlons d'autres choses, comme si elle n'avait rien porté à ses yeux. Nous poursuivons la conversation, heureusement interrompue par Brigitte Engerer. Nous évoquons les choses du pays, celles du monde, l'inconséquence des hommes, leur capacité à se montrer d'une violence inouïe envers eux-mêmes, la nature et les animaux. Elle s'attarde avec rage et dépit sur le cas de milliers d'ours noirs qui ne connaissent de la vie qu'une cage, enfermés afin que leur bile soit exploitée jusqu'à leur mort.

« Tout est consommation aveugle… on aime plus que le plastique… même les hommes deviennent des hommes en plastique », dit-elle, leur reprochant d'être de moins en moins humains.

Et elle ajoute : « Pourquoi es-tu là ? » Dans le même élan, le même souffle, avec le même ton, elle a enchaîné, associé « les hommes deviennent des hommes en plastique » à « Pourquoi es-tu là ? », question qui devait frétiller au bout de ses lèvres depuis la première seconde. Question que j'espérais qu'elle me pose depuis avant la première seconde.

Elle vient de poser une question, la question, la seule. Avant celle-ci, nos propos n'étaient que décoration, déambulations, contournements et déviations.

« Je crois que j'écris un livre sur toi. Il n'y a que toi dans le livre. Ce que j'écris depuis des mois est lié à toi. »

Elle ne tire pas de satisfaction de ce qu'elle entend. Elle écoute, attentive. Le dos rappelle qu'il me fait mal. Je me redresse un peu. Je marque un silence, de ceux qui sont importants et qu'on choisit d'offrir, d'imposer, plongeant l'autre dans la dépendance de ce qui va être dit. Après le silence, la phrase : « Je suis ici pour ne pas te trahir. Je me suis levé ce matin en me disant que je ne pouvais pas continuer d'écrire sur toi sans que tu connaisses mes mots. »

Elle écoute, mais j'ai tout dit. Elle ne manifeste ni enthousiasme, ni réticence, ni euphorie, ni désolation, pas une curiosité particulière, aucune inquiétude non plus.

« Il n'y a aura pas de trahison si ce que tu écris est juste et joli. »

Elle marque une pause. Son visage s'éclaire enfin. Son sourire devient franc, entier, affiché, offert.

« Tu racontes quand on s'est rencontrés à la Martinique et qu'on quittait la salle de projection en rampant ? »

Elle m'a demandé si je raconte. Elle n'est pas offensée que je raconte, pas opposée à l'idée que je nous partage. Et je n'ai plus mal au dos, et le cœur reprend une course normale et les photos du salon sont magnifiques et la verrière est majestueuse et le piano est beau et, et, et que j'ai eu raison d'être le chevalier qu'elle souhaite que l'on soit quand on a quelque chose à dire, quelque chose à faire.

« Tu racontes ? », donc l'idée du livre ne la heurte pas.

« Tu racontes ? », et je n'ai pas écrit chimériquement.

« Tu racontes ? », et j'avais envie d'appeler tous ceux que j'évoque dans l'ouvrage et enlace dans la vie pour leur dire : « Elle m'a demandé si je raconte. »

Toujours assis dans le salon, débordés par le plaisir de nous remémorer, nous évoquons quelques épisodes de notre vie commune. Nous parlons du voyage à Bapaume où elle me rappelle la petitesse de la loge, la prison si proche de la salle de concerts. Nous nous remémorons la mort de nos mères et le rôle qu'elle a joué, m'obligeant à dire à la mienne un texte que je n'avais pas la force de lui adresser. Elle se souvient à peine de l'accident de voiture que j'ai eu après l'avoir quittée et avant que nous chantions ensemble « Ma révérence ». Elle s'en souviendra peut-être en lisant le texte. Car il y aura un livre. Elle le sait maintenant et je sais que chaque moment de ce rendez-vous impromptu deviendra une phrase et que les souvenirs partagés deviendront des chapitres. Je suis un vampire, un voleur, un manipulateur, mais maintenant elle le sait. Je fais ce qu'elle fait depuis des décennies.

Un chapitre entrouvert, l'écharpe portée, elle en face de moi, j'étais comblé. Je sentais qu'il me fallait partir mais ne le voulais pas. Je n'avais pas été invité à venir. Je fus invité à rester plus de trois heures. C'était beaucoup. C'était tellement, mais partir s'imposait.

La nuit est tombée. Sur le pas de la porte, elle annonce solennellement : « Voici Versailles ! », et appuie sur un bouton. En un clic, chaque pourtour de fenêtre et de porte se met à scintiller. Des larmes de lumière coulent des cimes de certains arbres. La maison de Triel fait des étincelles. Elle zèbre la Seine de mille points lumineux dansants. Elle a paré la demeure de lumières autant pour elle, ses visiteurs, que les habitants de Triel qui voient ainsi Noël toute l'année. Mais la fête est finie. Je l'embrasse comme on embrasse, comme on enlace quelqu'un qu'on aime.

Le chevalier soulagé reprend sa voiture pour Paris. La route sinueuse tourne le dos à la Seine, puis l'autoroute, le passage par la porte de Saint-Cloud, les quais. J'arrive au cœur de la capitale, heureux et vidé, euphorique et soulagé.

Pourtant je ne m'endors pas. Non, impossible, déjà préoccupé. Lira-t-elle ce que je lui ai confié ? Elle n'a rien contre l'idée d'un livre mais comment va-t-elle accueillir mes phrases ? Elle qui connaît si bien les mots va-t-elle adhérer, aimer les miens ? Combien de semaines, de mois avant qu'elle apparaisse à nouveau ? Elle sait être présente comme disparaître. Elle tourne les pages de sa vie à la vitesse qu'elle veut. Il y a des chapitres de son existence qu'elle entame et ne finit pas, qu'elle reprend ou abandonne. Il va falloir attendre. Apprendre à attendre.

Le lendemain, le téléphone sonne. Il sonne toute la journée, mais ce n'est jamais elle. Les complices de ma vie veulent savoir si je suis allé à Triel, ce qui s'est passé à Triel, ce qui est arrivé depuis le retour de Triel. Le surlendemain, l'écriture s'impose à nouveau, les souvenirs reviennent, les phrases naissent d'eux. Encore des coups de fil. Certains cachent leur numéro. C'est le début du bal des appels masqués. De l'étranger, l'amour sauvé par elle me demande si je suis allé la voir pour lui dire que j'écris sur elle sans elle, si elle était belle, en forme. Un autre appel, encore un autre.

Vers 19 heures, le portable sonne à nouveau. Un numéro masqué. Le bal continue. Elle dit : « Tu écris mal. Aucun éditeur ne te publiera. Tu fais plein de fautes d'orthographe. » Elle m'engueule : « Écoute, quand on se fait des taches aussi souvent que toi, on doit apprendre à ne pas mettre d'accent circonflexe sur le a. Il y en a un lorsqu'on a une tâche à accomplir. »

Elle vient de me dire que j'écris mal. Je ne suis plus chez moi, assis à l'écouter. Je ne suis pas effondré. Je suis sur le chemin de la mort.

Elle poursuit : « À part ça, tu écris très bien, tu racontes très joliment, surtout, tu es juste. » Je ne suis pas flatté mais furieux et lui demande pourquoi elle n'a pas commencé par la fin. « Parce que cela t'aurait fait trop plaisir », poursuit-elle avec délectation, divine perversité et pirouette rieuse. Elle ajoute : « Il y a un moment où ça tombe un peu, mais on s'en occupera. »

Après, je ne sais plus ce qu'elle a dit.

Et j'ai acheté des tulipes jaunes.

15

Avec elle

Il n'y a plus de tulipes jaunes dans le vase rond en céramique posé dans le salon. Ces fleurs étaient celles d'un autre temps, celui de l'hiver. Aujourd'hui, la végétation est en enchantement, moi aussi. Les lilas sont en floraison, les glycines tombent en cascades. La terre jouit enfin après des préliminaires hivernaux trop longs. Des mois sans elle se sont écoulés depuis le rendez-vous inopiné de Triel.

Et elle a appelé. Elle m'a donné rendez-vous chez elle pour un jour, peut-être deux. Elle a proposé – sans être réellement précise, sans être volontairement précise – que nous regarderions le texte. « Si tu le veux », a-t-elle osé dire comme si je pouvais ne pas vouloir. Si un mot était plus fort que ce verbe-là, il serait ici. Elle a précisé qu'elle viendrait me chercher à la gare. Elle aime les gares, davantage pour accueillir que pour partir.

La gare Saint-Lazare est gigantesque, hystérique, une trentaine de voies, à trente-deux minutes du moment où je descendrai du train. Direction

Mantes-la-Jolie. Tant de V pour un même homme et une même ligne : gare de Villennes-sur-Seine, gare de Vernouillet-Verneuil, les clairières de Verneuil.

Agrippé à mon sac à dos, l'œsophage et le duodénum compressés, le foie ratatiné, l'estomac replié sur lui-même, je suis noué, assis à même le sol à l'entrée du quai. J'attends que le train arrive et qu'il reparte. J'attends qu'il me conduise, le plus rapidement possible, à elle. J'attends qu'elle ouvre la porte de chez elle. La gare entière s'en moque. Elle va découvrir le texte, chaque chapitre, chaque alinéa, le moindre mot, la plus petite virgule. Elle va lire dans un ordre quasi définitif les chapitres envoyés par mail au fil des semaines sur lesquels elle n'a jamais jugé bon de donner son avis. Elle n'a commenté aucun des textes envoyés au fil des mois. Pas un « Bien reçu », pas un « Merci », pas un « À suivre ». Rien. Elle n'a rien promis, rien demandé. Lorsqu'elle a appris que j'écrivais sur elle, elle n'a pas émis de réserves, pas imposé de contraintes, juste chuchoté l'espoir que tout soit joliment dit, même le plus dur, le plus gris. Elle a suggéré puis s'est mise en absence des semaines qui ont ressemblé à des siècles. Les heures immobiles qu'elle aime sont devenues des jours, des semaines, des mois. J'ai honni ces heures-là.

Quai 17, je monte dans le train. En lisant le texte, elle va comprendre sans ambiguïté ce qui se cache derrière chaque page. Elle va voir mes yeux, ceux qui la regardent depuis trente ans. Elle va découvrir ce que ma mémoire a fait de nous. Le train fonce. Je ne vois pas la banlieue parisienne défiler à grande vitesse. Je relis sur l'ordinateur certaines pages à peine terminées. J'entends le son des phrases, non le vacarme du convoi. Le bruit de ces mots encore frais compose la bande originale d'un film dont la musique ne correspond pas aux images du wagon. Le train avale les kilomètres, les noms des gares traversées trop rapidement ne sont pas compréhensibles, certaines lignes du texte, trop rapidement écrites, ne le sont pas plus. Le train s'immobilise gare de Houilles-Carrières-sur-Seine. Je m'arrête sur une phrase : « Elle est guerrière, un vainqueur qui n'aime pas les vainqueurs. » Et si ce n'était pas vrai ? Et si elle me le disait, me le reprochait ? Je doute de chacune des phrases que je relis. Le train repart, droit dans ses bottes. Des phrases ne vont pas droit. Elles sont vides, faciles, arrogantes, redondantes. Toutes, je voudrais les corriger. Le train arrive dans treize minutes. Je ne peux pas changer le cheminement du train, pas plus que celui des phrases. Plus rien ne m'appartient. Douze minutes encore. Je fais cavaler les pages les unes après les autres mais ne peux m'attarder sur aucune comme je ne m'attarde pas sur les pavillons, la forêt, les bourgs traversés et les visages lacérés par le soleil assis dans le wagon.

Les lignes du livre, la ligne J du RER, toutes se pressent vers elle. Je suis impatient qu'elle lise, qu'elle livre son verdict, qu'elle s'empare du livre pour qu'il vive en elle et que je m'en libère. Non, je ne suis pas pressé qu'elle lise, qu'elle livre son verdict et qu'elle s'empare du livre. Je ne veux pas m'en libérer, cela annoncerait une séparation, pire, une fin.

Le train entre en gare. J'ai volontairement un train d'avance, ayant pris celui qui arrive une vingtaine de minutes avant celui que nous avions décidé que j'emprunte. J'arrive avant qu'elle ne soit là, parce qu'elle ne sera pas encore là. Je suis là pour la voir arriver, se garer, attendre et me cacher, probablement, certainement. Malgré la peur liée à sa découverte du texte, je demeure atteint de l'inaltérable syndrome du bac à sable, de la surprise-partie, d'un-deux-trois soleil, de la cabane dans les arbres, du je-me-cache-sous-la-table-ou-derrière-un-arbre-qui-ne-cache-rien. Elle est victime du même syndrome. Elle va arriver devant la gare où je suis déjà et où je serai caché.

Je quitte la gare et le XXIe siècle. Le village de Villennes-sur-Seine semble emprisonné par ce que les impressionnistes ont immortalisé de lui. Un parc paysagé avec fontaines, des maisons élégantes en meulières, d'autres, tout en bois, ressemblent à des datchas. En face de l'église, un café à quatre tables ; je m'y assois. De là on voit la gare et le parking où elle stationnera et où je la surprendrai. De la table, je vois deux chats, des tourterelles, un employé municipal, un couple assis sur un banc et partout des ombres parfaites car le temps l'est. Je fixe la grande pendule ronde et ancienne de la gare. Le train que j'aurais dû prendre va bientôt se faire entendre. Juste devant la sortie de la gare, une berline aux vitres teintées se range à côté d'une camionnette d'un réseau câblé. Un autre véhicule s'immobilise. Le reflet du soleil sur les vitres ne permet pas de voir à l'intérieur. Dans deux minutes, le train. J'imagine ses mots à l'arrivée, les portières qui claquent puis la voiture qui roule vers Triel et enfin, enfin, la maison recouverte de vigne vierge, probablement en bourgeons. Le train entre en gare. Je paie l'addition.

Les rares premiers passagers sortent de la gare. Leurs pas résonnent sur le pavement. Les battements de mon cœur aussi.

Un jeune homme se presse vers la voiture dont on ne peut apercevoir l'intérieur. Il y entre, l'automobile démarre aussitôt. La camionnette du réseau câblé ne bouge pas. Un véhicule arrive à toute vitesse, impossible de voir qui le conduit. Il charge un passager et repart aussi vite. Reste la berline aux vitres teintées. Elle est assise dedans. Plus aucun passager ne sort de la gare. Ne me voyant pas apparaître, elle doit s'impatienter. Je m'en réjouis. À quelques mètres de sa voiture, je me cache derrière un arbre, un gros. J'ouvre mon sac à dos afin d'en extraire les accessoires qui vont habiller, égayer notre rencontre, la mettre en scène, nous amuser et augmenter notre collection de souvenirs. Rien ne sera plus doux que ses éclats de rire. Elle ne pourra pas ne pas éclater de rire. Mon effet a été savamment réfléchi, mijoté. Anticiper sa réaction est le véritable début du bal des réjouissances. Mais il est interrompu par la sonnerie insolente et stridente de mon téléphone portable. Numéro masqué. Elle m'appelle de la voiture éloignée de quelques mètres. Je repousse de quelques sonneries le plaisir d'entendre sa voix. Je l'imagine en train d'essayer de me joindre, là devant moi, dissimulée par les vitres teintées. Sa voix sera lactée et claire comme chaque fois. Je décroche. Je n'ai pas le temps de lui dire « bonjour, je suis là, mais pas où tu crois, hi hi, na na na », sur un ton idiot et narquois. Elle est furieuse. Elle débite comme une rivière folle qui sort de ses gonds : « Mais enfin ! Ce n'est pas possible, où es-tu ? Ce n'est pas croyable ! Je me suis pressée pour être à l'heure et tu n'es pas là. Mais enfin, zut, enfin quand même, enfin zut, ce n'est pas possible, enfin, mais enfin ! Où es-tu ? Zut et encore zut ! » Impossible de compter le nombre de zut émis par dépit.

Je m'amuse plus que ne souffre de sa révolte. Je précise d'un ton désinvolte et léger, qui ne peut qu'augmenter la dose d'énervement de l'énervée, que je suis devant la gare, que je vois la berline et la camionnette d'un réseau câblé juste à côté. Avec une délicieuse perversité, je m'autorise à ajouter un commentaire d'ordre esthétique : « La gare est si charmante et désuète, avec ses fenêtres bleu layette. » Au téléphone, elle n'est pas douce. Elle n'est pas celle qui chante « Caresse-moi ». Elle interrompt la description savante des lieux que j'espérais poursuivre afin de prolonger le jeu tout en approchant de sa voiture. « La gare n'est ni charmante ni désuète et il n'y a personne de je ne sais quel réseau câblé... Je suis entourée de voitures, seule dans un parking moche comme tous les parkings... » La jolie gare est celle de Villennes-sur-Seine. Je suis devant une autre gare. Quelques minutes plus tôt, dans le train, les pensées et les yeux plongés dans le texte, surpris par son freinage puis son arrêt, me souvenant du V de la ville où il faut descendre, je me suis trompé de V. Comprenant mon erreur – qui aurait pu être la sienne –, son énervement s'évanouit. Elle aussi a ses égarements et là je ne fais qu'être fidèle à ce que je suis parfois : un distrait. Elle poursuit : « Je suis à Vernouillet-Verneuil. Tu es descendu à l'arrêt d'avant. Prends le prochain train et descends à la première gare. Je t'attends. » Elle a quitté ses reproches pour une adorable compassion.

Je pèse plus que mon poids habituel, près de deux kilos supplémentaires. Père sans enfant, je porte dans mon sac à dos deux mômes de papier : 1,800 kg pour le manuscrit imprimé recto seulement afin d'y ajouter des corrections, 900 grammes de pages imprimées recto verso pour elle.

Dans le sac à dos, il y a aussi les accessoires que je n'ai pas eu le temps de sortir, l'occasion d'utiliser. Le prochain train étant dans vingt minutes, je promène mes gosses reliés, format 24 × 24, dans le village. Le sac à dos, la marmaille et moi visitons l'église un peu enfoncée dans la terre, repassons devant le café à quatre tables et deux clients et longeons un monument aux morts. Nous traversons un jardin très soigné. Afin que certains mots inutiles, certaines répétitions, certaines idées approximatives, certaines phrases qui pourraient la gêner tombent du texte, je sautille comme si un caillou était entré dans ma chaussure. Les pages sont secouées mais ne lâchent rien. Tout s'accroche comme le lierre sur les murs des belles maisons devant lesquelles nous passons. Le sac à dos pèse lourd comme l'anxiété.

Nous rejoignons la gare. Le bon train pour la bonne gare arrive dans quelques minutes. Je porte mes gamins, à la fois heureux de les lui présenter enfin, et inquiet. Elle peut ne pas les aimer. Elle peut même les rejeter. Dans huit minutes, le bon endroit et elle.

Nous montons dans le wagon. Les voyageurs, absorbés, dévorés par leurs vies ne regardent plus par la fenêtre depuis longtemps. Ils rentrent chez eux, leurs existences vidées à force de se lever pour gagner l'argent qui leur permettra juste de se nourrir. Ce soir, ils s'endormiront à la même heure que la veille. Ils se lèveront demain afin de travailler pour se nourrir puis ils dormiront comme avant-hier et après-demain. S'ils ont mis un peu d'argent de côté, ils iront peut-être la voir sur scène. Elle sera leur part de rêve avant qu'ils empruntent à nouveau, encore et encore le même train à la même heure. Je regarde par la fenêtre parce que je ne rentre pas chez moi, une fois encore. J'arrive chez elle par le train pour la première fois. La vie qu'elle a, comme la mienne, conduit à connaître d'innombrables premières fois. Vies voulues aussi pour cette raison-là. Les seules répétitions qu'elle aime sont celles qui précèdent l'enregistrement d'une chanson ou la scène.

Lorsque nous sommes convenus du rendez-vous, sachant que nous nous étions vus quelques mois plus tôt, elle m'avait dit : « À la gare tu me reconnaîtras, je porterai un nez rouge. » Jamais elle n'aurait dû prononcer cette phrase, jamais. Elle a commis une erreur indigne de la subtilité de son intelligence. Elle a manqué de discernement, oubliant que le gamin qui se déguisait est devenu un adulte qui n'a pas tué l'enfant qu'il est encore. Cette erreur lui sera fatale. Elle en paiera le prix fort. Dans le sac à dos, écrasé entre les deux manuscrits, il y a deux nez rouges de clown venus accompagnés de deux acolytes, deux chapeaux pointus en carton et papier crépon. J'extrais le nez rouge du sac pour lui redonner forme ainsi qu'un des deux chapeaux, lui aussi dévolumisé.

Deux jeunes gens écoutent de la musique, courbés sur leurs portables comme on s'incline à la messe. Contre la fenêtre, un homme usé somnole sans rêves. Au-delà de la fenêtre, le paysage défile plus vite que sa vie, à l'arrêt depuis longtemps. Un vieux couple est assis à côté du sac à dos, moins affaissé qu'eux. Un homme aussi gris que ses vêtements me regarde vaguement, trop vaguement pour voir le chapeau en carton un peu plié et déformé redevenir un cône parfait auréolé de fleurs multicolores en papier crépon. Son regard se perd tristement contre la tôle marronnasse du wagon. J'aurais tellement aimé que la rame tout entière s'amuse mais je suis seul à rire. Je passe l'élastique du chapeau sous mon cou afin de le faire triompher sur ma tête.

Dans une minute, la bonne gare. Elle soigne ses entrées sur scène, je veux réussir ma sortie de train. Il s'immobilise. Le nez rouge de clown est posé sur le mien, autour de moi il ne provoque aucun sourire. Les voyageurs sont indifférents, écrasés par leurs lassitudes. Je jubile à l'idée que, probablement énervée d'avoir beaucoup attendu, elle me découvre ainsi. Je ris. L'homme tout gris esquisse un nouveau sourire et le range aussi vite dans ses poches usées.

Gare de Vernouillet-Verneuil. Le train me dépose. Le sac à dos serré près de mon cœur, paré du nez rouge et du chapeau pointu, je pars à sa recherche. Effectivement la gare n'est pas jolie. Il y a davantage d'immeubles pâles que de maisons charmantes. Les voitures sont nombreuses. Toutes se ressemblent.

Une est aussi banale que les autres, un peu plus sale et un peu plus cabossée peut-être. Il fait chaud pour la saison. La porte avant gauche est largement ouverte. De l'automobile d'un certain âge, s'échappe une émission de radio savante. Elle l'écoute, enfoncée dans son siège, aussi sérieuse que l'émission. Absorbée par les méandres philosophiques du programme, elle détourne vaguement la tête pour découvrir, effrayée puis rapidement hilare, le visage angulaire et facétieux d'un homme qui écrase son nez rouge contre le pare-brise. J'ai imaginé pour rien affronter le visage réprobateur d'une femme énervée. Elle se redresse stupéfaite. À peine des mots, mais des rires entiers. Elle aurait pu râler mais elle préfère rire. Avec détermination mais sans aucune dextérité, elle saisit le nez rouge comme s'il s'agissait d'un bijou de roi. Elle le pince à son propre nez avec la grâce d'un manchot. Très sérieusement. J'enfile celui resté dans le sac à dos. Comme deux gangsters ayant répété leurs braquages, sans un mot, nous enfilons nos chapeaux de clown. Et les portons dignement, avec fierté. Elle démarre et tente une manœuvre dont la grâce n'est pas évidente. Nous quittons le parking et nos silences. Elle ne me reproche ni mon retard, ni de m'être trompé de gare. Un simple nez rouge et la vie est belle.

Nous croisons des passants. Si seulement ils savaient que le clown qui conduit concentré cette voiture cabossée est la femme aux chansons sérieuses les plus connues de France ! À un feu, moins rouge que son nez, une quinquagénaire passe devant le véhicule et s'arrête. Elle nous observe, interloquée. Et s'attarde sur la conductrice. Dubitative, que voit-elle ? Qui distingue-t-elle ? Qui croit-elle reconnaître ? Elle reprend son chemin, tirée par son caddie rempli de poireaux.

Nous nous rapprochons de Triel. Nos chapeaux de clown, courbés par le plafond de la voiture, ressemblent désormais plus à deux tours de Pise ramollies par le poids du soleil qu'à de jolis bibis coniques. Nous passons devant un établissement médical. Ma voisine, toute de clown vêtue, d'une voix sans émotion, détachée et indifférente, précise que c'est là qu'elle se fait soigner d'une méchante et encombrante maladie. Elle ne semble pas triste alors je ne le suis pas. Triel n'est plus loin. Le sac à dos est posé à l'arrière de la voiture. Il écoute les grands. Les deux manuscrits miaulent. Ils ont besoin qu'on s'intéresse à eux. Je la regarde conduire, accrochée au volant, le nez rouge de clown pincé sur le sien.

Après un visage diaphane peint par Zurbarán, l'embouchure émeraude du Kinabatangan, les nuances moirées du *Requiem* de Fauré, les lueurs mordorées du lin, les dunes d'or du désert de Tam Man Boroa, les falaises blanches d'Étretat, les jambes ambrées de ma mère, les écorces d'oranges amères drapées de chocolat noir, les noirs tout nus de Soulage, les feuilles rousses d'érables en automne, le cœur rose des Agapitonnes, le laiteux d'un saint-nectaire, les ciels bleus crépusculaires, après les ocres des gorges du Colorado, les neiges immaculées et blanches du Kilimandjaro, les bleus vifs de Klein, les tout petits points rouges de Corot et le petit pan de mur jaune de Vermeer, n'y a-t-il rien de plus beau qu'une femme qui porte un nez de clown en plastique rouge, un chapeau pointu posé sur ses cheveux blonds ?

Nous roulons, parés de nos accessoires enfantins au milieu de rues et de gens plus droits que la sinuosité de nos âmes. À travers nos narines pincées, nous respirons un même air pur, celui du temps qu'il est doux de suspendre, celui du temps où nous respirions sans avoir conscience qu'un jour on ne respire plus.

Nous arrivons au bord de la Seine. Le fleuve roucoule, joyeux et scintillant. La maison de Triel est bien recouverte de vigne vierge toute embourgeonnée. Nous entrons dans la demeure noyée de soleil, inondée de lumière. Nous nous dirigeons vers la cuisine. Tout est heureux. La toile cirée posée sur la table ronde arbore des fleurs colorées, tournesols, coquelicots et iris qui ne faneront jamais comme ne dépérissent jamais les beaux souvenirs. Les placards sont aussi verts que le gazon du jardin. La machine à café est aussi rouge que le nez de clown qu'elle pose à regret sur la table. Deux chats dorment ou font semblant. La cuisine n'est pas sérieuse mais peu importe, peu importent le vert des placards, la toile cirée aux grandes fleurs ou l'humeur gaie de la Seine. L'essentiel est dans le sac à dos. Nous quittons la cuisine et passons devant une colombe. Elle regarde couler la Seine de sa cage posée dans la salle à manger. Nous rejoignons les trois chiens qui se dorent le poil dans le salon. Il y a l'immense piano noir qui semble sans vie quand elle ne le touche pas, mais peu importe. Ce qui compte est dans la cuisine, bien rangé dans le sac resté à terre. Elle s'attarde affectueusement sur tout ce qui compte dans la maison, c'est-à-dire tout. Il est temps de prendre un café. Nous rejoignons la cuisine. J'enlève mon nez rouge et mon chapeau pointu que je pose à côté du sien. Nos deux nez rouges se tiennent compagnie. À quelques centimètres du sac à dos, nous discutons des élections, de la France, de la haine qui se répand, d'une immense péniche qui passe devant la maison, de la circulation fluviale en général, de l'exploitation des ressources de la planète, de la puissance des forces de l'argent. Nous n'abordons pas la situation économique mondiale mais nous aurions pu. Assise si près de lui, elle doit bien voir le gros sac à dos s'impatienter. Elle ne peut ignorer ce qu'il y a dedans. Elle ne peut pas ne pas percevoir qu'une certaine fébrilité brusque mes mouvements. J'hésite à pousser discrètement du pied le sac afin qu'il encombre la pièce, devienne inévitable, que sa masse verdâtre fasse tache sur le carrelage blanc et qu'elle ait envie de le saisir.

Si heureuse du printemps, tellement attachée à son jardin, elle propose que nous empruntions le petit escalier qui conduit de la cuisine à celui-ci. L'herbe au pied de la maison est verte et pour elle, elle n'est pas plus verte ailleurs. Elle aime son jardin. Le temple de Borobudur est doté d'innombrables bouddhas qui contemplent le monde. Son jardin est son Borobudur, le temple de ses innombrables traîneries. Je crains qu'elle ne propose que nous contemplions chaque brin d'herbe en passant lentement de l'un à l'autre. Heureusement il y a les arbres, mais ils sont nombreux et elle les aime tous comme s'ils étaient quelqu'un. Elle les raconte. Au fond du jardin, loin de la cuisine, très loin du sac à dos qui se morfond, il y a un arbre qui gît, immense. Il était malade. Il a fallu se résoudre à l'abattre. C'est toujours triste un arbre qu'on abat et triste de ne pas profiter du papier qui provient des arbres… Les manuscrits étouffent, ils pleurent d'être enfermés. Elle n'entend pas leurs larmes se fracasser sur le sol. Elle écoute les oiseaux. En général je les aime aussi, mais moins là. Dans le jardin, il y a une petite cascade artificielle en restauration qui déverse normalement son eau dans des bassins. Pour elle, c'est amusant de la voir toute nue. Je ne trouve pas. Plus rien n'est amusant. Mon réservoir à sourires est vide, bloqué, encombré par mon empressement à ouvrir le sac à dos. J'aime beaucoup les fontaines, les bassins, les canaux, les rivières, les fleuves et les océans mais dans le sac à dos il y a toute l'eau DU MONDE, de la plus petite fontaine au plus immense des océans. Les mots racontent tout, font tout de tout. Les chapitres d'un livre sont plus vastes que les mers, les phrases plus puissantes que les fleuves, la ponctuation et les mots plus sonores que les fontaines. Elle n'entend pas les vacarmes contenus dans le sac. Elle dévore sa Seine. Il ne se passe rien. Ne pas bouger devant ce qui ne bouge pas ne lui pose aucun problème. Je trépigne. Je dois cacher mon impatience. Elle n'aime pas l'impatience parce que celle-ci conduit à la brutalité, au bâclage, à l'effleurement, à une rapidité dont elle ne tire aucune satisfaction. Je regarde la Seine à ses côtés et essaie d'écraser mon impatience sous mes chaussures crottées. Devant une étrange embarcation qui l'étonne et retient toute son attention, toute, je me souviens d'Ibiza et de sa façon de détricoter le temps. Inutile d'essayer d'envisager d'interrompre le rythme de ses errances bucoliques. Elle sait pourquoi je suis là, bien sûr. Elle décidera donc du moment où nous rejoindrons le sac à dos.

Une embarcation remonte la Seine, une autre la descend. Elle contemple ses sœurs de lenteur. Je suis désormais prêt à observer passer toute la flotte fluviale française. Elle ne m'en laisse pas le temps. La maîtresse des lieux, expression qu'elle doit trouver ridicule, a la bonne idée de proposer un autre café. Mon rythme cardiaque swingue. Un autre café, oh oui, tellement oui. La machine est juste à côté de là où le sac à dos s'est endormi, épuisé d'attendre.

Nous nous attablons. Nous posons sagement nos bras sur les fleurs rouges, mauves et jaunes de la toile cirée, pas loin de nos nez rouges et chapeaux pointus.

Elle dit : « Alors ? » En prononçant le mot, elle l'allonge. Chaque lettre est comme une pince à linge qu'elle accroche sur un long fil, prenant soin de les éloigner les unes des autres avec parcimonie. Après « Alors », elle poursuit : « Comment fait-on ? » Après un « Alors » interrogatif et posé, le « Comment fait-on » est plus enlevé, projeté à la cuisine tout entière. Entre le « Alors », traînant et dubitatif, et le « Comment fait-on ? », gourmand, enthousiaste et énergique, elle a changé de rythme comme elle sait le faire dans son art. En une même chanson, elle est capable d'emporter chacun dans un rythme affolant, de le stopper net par une ballade paisible et cajolante avant de l'entraîner à nouveau en un rythme furieux. Certaines fois, elle entame ses chansons par une mélodie triste qu'elle interrompt par un rythme enragé qu'elle brise ensuite afin de faire sombrer son piano en nostalgie, en regret ou en remords. En une chanson, elle peut rompre le calme d'un lac endormi par le jaillissement déchaîné d'une cascade, la tarir pour la transformer en ruisselet qui ne trouve pas son chemin. Elle maîtrise davantage l'art de la rupture dans sa musique que dans sa vie.

« Comment fait-on ? » dit-elle en fixant le sac à dos qui se réveille aussi sec. Je le prends dans mes bras, tremblant comme les feuilles du dehors. J'ouvre la fermeture éclair. J'extrais du sac les deux volumineux textes reliés. Je les pose, enfin, sur la table. À leur contact avec la toile cirée, ils provoquent un son lourd. Ils font trembler la table jusqu'à atteindre les fondations de la maison. Après une interminable mise à l'isolement, les deux masses en papier atterrissent enfin sur les fleurs de la table. En constatant l'ampleur du travail à accomplir, sans avoir la moindre idée encore de comment nous allons nous y prendre, les bras croisés, prêts à en découdre, nous rions : oui, comment faire ?

Je glisse son pavé de papier vers elle. Un de ses chats semble très intéressé. Elle chausse ses lunettes. Je dévisse. Six mois de travail solitaire, une venue inopinée pour lui raconter la possibilité d'un livre et lui confier quelques chapitres, un appel téléphonique reçu où elle n'empêche rien mais encourage beaucoup, puis l'écriture encore et les envois de chapitres par mail qui ne reçoivent aucun commentaire, aucun signe de vie. Plus aucun mot pendant des semaines, et ce rendez-vous. Elle ouvre l'imposant manuscrit. Elle tourne la page de garde puis celle qui mentionne le titre. Je fais comme elle. Je fais avec elle. Elle est devant la première phrase. Elle est en face de « Elle dépend du vent ». Après, il y a des milliers d'autres phrases. Comment va-t-on faire ? Que souhaite-t-elle faire ?

Elle lit la première phrase, à haute voix. Je l'entends énoncer les mots, écrits sur elle. Je n'avais jamais envisagé cela, jamais. Sa voix devant moi prononce les mots qui viennent de mon sang. Avec son souffle, son intelligence, sa sensibilité, elle leur offre son rythme. Les mots quittent mes veines pour entrer dans les siennes. Elle poursuit sa lecture. Elle met les phrases en vie. Celles-ci étaient couchées, les voici debout. Celles-ci étaient silencieuses, je les entends. Elle les murmure ou les danse, les ralentit ou les déhanche. Elle les lit savamment. Elle connaît la saveur des mots. Même s'ils font du bruit, ils peuvent être creux. Elle les surveille pour qu'aucune sonorité maladroite ne dissimule leur sens, qu'aucune phrase ne s'agite pour rien. Les plus emportées de ses chansons n'engloutissent jamais le sens. Le sens des mots, la musique des mots, la musique de la musique, quant à l'écriture, elle est une brodeuse. Ensuite elle devient l'interprète. De ses tricots, bâtit ses cathédrales. Chaviré par la générosité de son implication, je suis également terrifié par ce qu'elle peut dire, ce qu'elle va dire. Absolument heureux d'être en face d'elle, j'aimerais être absolument loin tant mes genoux font de la timbale et ma mâchoire tremblote.

Je la regarde assise de l'autre côté de la table, ses lunettes sur les yeux, emmitouflée dans un petit pull clair, la gorge protégée par une écharpe claire aussi. J'écoute une femme lire des mots écrits sur elle. Je regarde la femme qui dit les mots qui la décrivent. Il y a plus d'une femme à table. Elle continue de lire, s'arrête peu, souligne, s'interroge sur la possibilité d'un point à mettre à la place d'une virgule. Elle poursuit, oubliant les minutes et les heures. Elle se soulève soudain, quitte le sol, transperce le plafond comme une fusée, dépasse la stratosphère, se pose sur la Lune, pose ses mains grondeuses sur ses hanches, tape des pieds sur la surface de l'astre et redescend sur terre pour se rasseoir sur sa chaise. Elle vient de lire une invraisemblable et monumentale faute d'orthographe. Je corrige, honteux. Elle continue. Les premiers paragraphes glissent comme le font les péniches pas loin de nous. J'ai craint qu'elle ne soit dans l'obsession de la défense de l'image qu'elle a d'elle-même, de celle qu'elle pense que les autres ont. Elle s'avère n'être ni procureur ni avocate mais complice. Elle veut voir comment le livre entier se tient, s'il se courbe, se perd ou s'endort, s'il fonce ou bêle. Elle sait pourquoi une chanson se tient debout et ce qui fait qu'elle titube. Elle sait ce qui freine ou emporte.

Dans la cuisine ensoleillée, pas une mouche, pas de courant d'air, pas de mouettes au loin, rien que sa voix et le bruit des pages qu'elle tourne.

Cela doit être étrange de se voir racontée par un homme qui se tient en face d'elle, un stylo à la main, prêt à dégainer et indiquer, sur la page réservée aux notes, la moindre de ses remarques, le plus petit bout de ses mots. Elle continue de lire. Elle continuera pendant des heures, s'attardant sur un mot, corrigeant à nouveau une faute d'orthographe, puis deux, puis cent, puis mille. Sur certains souvenirs, elle a des doutes mais très vite elle considère que si un jour n'est pas le bon, que si une fleur est mal nommée, cela n'a aucune importance. Elle n'est pas heurtée que le romanesque puisse être romancé. Elle est obsédée par la vérité, non par la réalité. Parfois, elle cherche dans sa mémoire des détails, des impressions. Elle fait remonter à la surface quelques images, quelques moments qui s'étaient égarés, emportés par le temps. Elle prend plaisir à se remémorer. Elle ne suggère pas que je consigne. Elle apporte des précisions, pas afin que je les transcrive mais pour rapprocher nos mémoires, ce qui nous rapproche. Nous nous apercevons que la mémoire est facétieuse, peu fiable, qu'elle écorne, enfouit des souvenirs, qu'elle a probablement ses raisons mais que nous les ignorons. Nous rassemblons des pierres tombées au sol il y a longtemps pour tenter d'édifier un mur qui tienne sur ses pattes. Elle continue de lire chaque phrase. Elle continue de ne rien demander. Elle voudrait peut-être, mais elle s'abstient. Elle n'a qu'une exigence, valable pour tout et en tout : la justesse. Elle souhaite que le texte soit juste, au plus près. Elle écrit « au plus près ». C'est pour cela qu'elle touche le « au plus près » des autres. Elle poursuit la lecture, assidûment. Je prends des notes. Je raye.

Il y a des chansons qu'elle a écrites en quelques heures, d'autres en toute une vie. Elle bute sur un mot qu'elle ne trouve pas joli, moi non plus. Nous en dénichons un autre. Au fur et à mesure, la peur de son jugement s'estompe parce qu'elle ne juge pas. Deux chats nous écoutent désormais, un chien se rapproche.

Les deux nez rouges et les deux chapeaux pointus ne mouftent pas. Elle poursuit sa mise en vie des phrases. Certains mots pourraient la heurter ou des souvenirs personnels être, à son goût, trop exposés. Rien de cet ordre ne nous encombre, pour l'instant. Elle ne se laisse pas brûler par ce qui est évoqué, pas consumer par ses propres souvenirs. Elle pense à ceux qui vont lire le texte. Si les mots de ses chansons ne s'adressaient qu'à elle, elle serait la seule à les aimer. Elle est le voyageur qui lira le livre dans un train, qui regardera par la fenêtre et reviendra aux pages de l'ouvrage sauf s'il s'ennuie. Elle ne veut pas qu'il s'ennuie. Elle continue la lecture, toujours aussi attentive. Elle est rassemblée. Elle ne se laisse disperser ni par le vent, ni par les chiens jaloux de notre rapprochement, irrités par l'emboîtement, la fusion de nos intimités. Elle résiste à la tentation du nez rouge qui nous nargue, posé si près de nous, au chocolat planqué derrière un meuble aux portes vertes. Elle est accrochée au sens. Nous poursuivons. Passionnés par les phrases haletantes qui s'enchaînent, un des deux chats s'est endormi et la Seine commence à ronfler. Il se fait déjà tard. Christian va bientôt rentrer. Les réverbères au bord de la Seine viennent d'être allumés.

Elle souhaite revenir sur une phrase qu'elle trouve approximative, peut-être pas juste, une phrase qui doit rester dans la cuisine mais ne peut pas prendre le chemin du monde. Elle se redresse de sa chaise où les heures de lecture l'ont un peu enfoncée. « Il faut être vigilant tu sais, ce qui est écrit reste pour toujours, le vertige est là, ça reste », répète-t-elle.

J'imagine alors les nuits, les jours, les heures, les siècles qu'elle a passés dans cette cuisine ou dans le salon à essayer de peaufiner, trouver le mot juste, la phrase vraie, celle qui correspond à ce qu'elle veut dire, ressent, celle qui ne doit pas ressembler à d'autres déjà écrites, celle qui sera entendue dans quatre mois, dans dix ans, dans des milliers de jours, par quatre inconnus, dix ou des millions. Nous revenons sur la phrase que j'entoure de rouge. Je la reprendrai sérieusement puisque « ça reste tu sais ».

Tout le monde a faim, Christian, les plantes, les chiens et les chats, même la colombe râle. Depuis des heures maintenant, nous sommes absorbés par ces phrases encore fragiles, encore fraîches. Nous relevons nos têtes du texte. Elle était sérieuse, elle sourit en regardant le nez en plastique rouge qui lui tend ses narines. Nous faisons un point sur notre méthode de lecture. Je survole les notes prises. Nous faisons fièrement redéfiler dans nos doigts les pages lues. En ces heures intenses, nous n'avons lu que vingt pages, seulement vingt pages. Il en reste des centaines à lire, à annoter. Je vais devoir rester quinze jours, au moins.

Nous nous apprêtons à laisser les phrases se reposer, à refermer nos textes. Je me lève. Elle reste assise. « Tu ne penses pas que cette idée, écrite ici page 12, est mieux exprimée dans un autre chapitre, je pense notamment à celui où nous sommes à Ibiza ? » Comment le sait-elle ? Nous n'avons pas encore abordé ce chapitre-là. Il est même à plusieurs jours de lecture de nous. Étonné, interloqué, sidéré, je lui adresse un : « Comment le sais-tu ? » Sans être nullement décontenancée, elle me répond qu'elle a tout lu au fur et à mesure de mes envois, tout lu, tout. Elle a attendu jusqu'à ce que je lui dise : « Je crois que c'est fini », jusqu'à ce qu'elle me dise : « Veux-tu venir à Triel afin que nous regardions le texte, si tu le veux ? » Je suis en arrêt cardiaque, en suspension de respiration.

Elle n'a répondu à aucun envoi afin de ne pas interférer, pour laisser se faire et se défaire les mailles, pour qu'aucun de ses commentaires ne soit des aiguilles à tricoter qui se substituent aux miennes. Elle a laissé le tailleur à son ouvrage, respectant son travail de dessin et de coupe, lui donnant la liberté de respirer, ne pouvant imaginer à quel point il avait parfois terriblement besoin de son oxygène à elle.

Elle connaît donc les textes qu'elle lit depuis quelques heures et va continuer de lire à voix haute. Elle en a découvert certains il y a longtemps déjà. Ils étaient des textes mal posés comme des tours mal construites, en déséquilibre. Elle ne m'a rien dit, laissant le temps qu'il faut pour qu'ils se désagrègent d'eux-mêmes, renaissent, et que je les cimente du mieux possible. Elle m'a attendu pendant que je l'attendais. Durant des semaines, elle a lu les textes dans le silence de sa maison en me laissant errer dans le mien. Au gré de mes envois, elle a lu les chapitres sur le petit écran de son téléphone ou celui, plus grand, de son ordinateur. Ils sont là maintenant, devant elle, en encre et en papier. Sur des pages blanches les mots sont plus tactiles que sur les tablettes. On peut presque les toucher. En les lisant à voix haute, elle a mis les mots en relief. Nous avons emprunté quelques vallées et montagnes mais la marche est encore longue. Des kilomètres de chapitres sont encore à parcourir. Ceux dans lesquels nous allons rire ou pleurer ensemble n'ont pas tous le même poids. La plupart sont sans risque de trahison, d'autres avec. Un l'est. Un qui a été pénible à rédiger et qui a dû être douloureux à lire. Nous le lirons demain. Je ne pense qu'à lui.

Les textes sont refermés. Les nez rouges et les chapeaux pointus sont exténués. Le sac à dos a la gueule ouverte comme l'un des chiens venu nous rejoindre. Ils ont soif.

Je regarde son visage sage, ses grands yeux gourmands, ses bras posés sur les tournesols de la toile cirée. Elle a l'air contente. Je suis apaisé, rassuré. Nous dînons sur la table ronde de la cuisine. Les assiettes sont posées à côté des textes. Nous sommes assommés d'avoir remué tant de souvenirs et englouti tant de mots. Nous parlons de tas de choses qui n'ont rien à voir avec le manuscrit mais c'est à lui que nous pensons. Nous dévorons un cassoulet pas plus léger que certaines phrases. Des paragraphes mal travaillés sont encore du yogourt – moins citronné que celui que nous mangeons. Christian est le témoin de nos absences. Nous ne sommes pas amusants comme d'habitude. Il se distrait avec sa moustache, qu'il tournicote.

Nous avons fini de dîner. La colombe de la salle à manger vole dans ses rêves. Les chiens et chats sont au lit depuis longtemps. La Seine ne frétille plus. Peu de péniches passent à cette heure-ci. Le village de Triel s'endort. L'église reste éclairée. La France va bientôt aller se coucher. Les nez rouges et les chapeaux pointus se blottissent sous leur couverture. Christian rejoint l'étage. Je m'apprête à faire de même. Mais si tout le monde se couche ou espère se coucher, pas elle. Elle reste dans la cuisine, donc moi aussi. Elle souhaite continuer la lecture alors que la fatigue commence à pousser nos paupières vers le bas. Je la suis. Il faut savoir la suivre autant quand elle décide que quand elle ne décide pas. Elle reprend sa lecture. Nous tournons les pages de nos vies. Nous continuons encore et encore, retenant quelques possibles larmes. Nous évoquons les êtres qui nous manquent en une même nostalgie. Des larmes la quittent.

Lorsqu'elle pleure, elle ne ramasse pas ses larmes pour les enfermer dans des bocaux de verre afin de les étiqueter puis de s'asseoir devant eux et les contempler avec condescendance. Elle n'est pas dans la complaisance de ses épanchements lacrymaux. De ces larmes, elle ne fait « rien » d'autre que des chansons. Elle maîtrise leur couleur et leur salinité. Sur scène, si elle conduit aux larmes, elle ne pleure jamais. Une fois qu'elle a fait pleurer, elle offre les mouchoirs en papier, des chansons plus joyeuses et enlevées. Son art conduit à savoir faire venir les larmes tout en étant là pour consoler.

Attablés dans la cuisine, nous quittons la table ronde pour la Martinique et Ibiza, pour Bapaume et l'Olympia, pour l'église de ma mère, celle du tableau de mon père, celle de son mariage. Nous lisons alternativement, conjointement parfois, les phases qui racontent la maison de Triel dans la maison de Triel.

Au centre de la nuit, nous sommes montés nous coucher, épuisés, vidés. Elle m'a installé dans la grande chambre au fond du couloir du premier étage, celle où Colette a achevé sa vie, celle d'où l'on voit couler la Seine, celle qui permet de deviner les arbres de son jardin, celle de toutes sortes d'abandons. Avant de défaire le drap, je me rends dans la salle de bains. Étonné puis ému, je découvre, posé à côté du lavabo, un extrait de la page 14, paragraphe 2, un savon venu d'Ibiza. Il sent bon l'huile d'olive, bien qu'il soit enfermé dans son papier jaune et vert. Elle sait, l'ayant lu, que je ne l'utiliserai pas afin de garder intact le souvenir qu'il renferme. Les savons d'Ibiza sentent le soleil et les vacances, celui qui est devant moi contient un parfum supplémentaire, celui de son geste. Elle a offert au savon enfermé dans le livre, un petit frère. Elle a agrandi la famille de nos souvenirs.

Je range ce cadeau amphiphile dans le sac à dos venu me rejoindre, soulagé de nous avoir entendus dire, prononcer, lire ce qu'il a porté une bonne partie de la journée.

Le lendemain matin, assis dans la salle à manger, surveillé par la colombe fort exaltée, je corrige le texte, inclus quelques idées, lui souffle de nouvelles phrases. Tout gambade. Le sac à dos fait la grasse matinée. Il n'a plus rien à faire. Elle dort encore. En tout début d'après-midi, elle me rejoint, les cheveux retenus par l'un de ses inénarrables chouchous. Elle est élégante, peu maquillée, coquette mais pas poule comme celles que nous allons saluer dans le jardin et qui ont reçu un hommage appuyé dans une de ses chansons. Nous rentrons dans la maison sans visite du jardin, ni observation de la Seine. Nous commentons l'actualité. Pas une information ne lui échappe. Le besoin de comprendre ne la quitte jamais. Comme Colette, elle est douée pour la curiosité. Christian est parti depuis longtemps. Chiens et chats ne se préoccupent de rien. La colombe regarde la Seine qui ne la regarde pas. Le fleuve continue de couler comme il le fait depuis longtemps. Il se recommence. Eau, vapeur, pluie, nuage, eau encore, l'eau ne vieillit pas. C'est sans doute pour cela qu'elle aime vivre à côté de la Seine. Le fleuve est immortel. Le temps de la contemplation de l'eau conduit peut-être à oublier sa propre condition. En la contemplant, elle croque un peu de son éternité.

Les deux textes sont prêts à reprendre le chemin de sa voix. Nous décidons de continuer la visite du texte dans le salon. Nous nous asseyons l'un à côté de l'autre, non plus face à face comme la veille. La journée redoutée d'hier ne nous a pas séparés comme j'ai pu le craindre, mais le plus délicat reste à venir. Nous continuons la lecture sans obstacle particulier. Il n'y a pas moins de fautes d'orthographe que la vieille, zut une, la veille.

La mort rôde dans certains paragraphes. Nous l'appellerons « le grand pschitt » d'un conjoint accord, histoire de dédramatiser le drame. La mort n'est pas un sujet tabou. Elle a conclu avec Violaine un pacte. Si la souffrance et l'agonie empêchaient le plus microscopique plaisir, les deux sœurs les bouteraient en un grand pschitt définitivement libérateur. Elle a choisi sa façon de vivre. Elle choisira sa façon de mourir si elle le peut.

Nous poursuivons de plus en plus rapidement la lecture. Pas parce que le texte que nous lisons est unique AU MONDE, mais parce que nous savons que nous allons arriver à un chapitre que nous redoutons l'un comme l'autre. Autant y arriver vite.

Le chapitre que nous allons bientôt lire est un enjeu et un risque, celui d'être blessant, un enjeu car l'enlever serait omettre un élément essentiel de sa vie. Nous arrivons à la fin du chapitre qui précède celui que je redoute. Elle lit rapidement les phrases, étonnamment brutale avec les mots qu'elle prononce alors qu'elle ne l'est jamais. Elle sait ce qu'elle va lire ensuite. Elle s'apprête à tourner la dernière page du chapitre lu pour arriver à celui de sa vie dont elle aimerait avoir définitivement tourné les pages.

Il fait trop chaud. Il faut ouvrir la fenêtre qui donne sur le jardin. Et puis j'ai besoin d'un café. Et puis elle doit passer quelques coups de téléphone. Et puis il faut nourrir la colombe. Et puis il y a quand même des fleurs à couper. Et puis il manque certainement quelque chose à aller acheter. Et puis j'ai mal au dos. Et puis elle a mal quelque part aussi. Et puis le monde ne va pas si bien. Et puis si nous travaillions ce chapitre une autre fois. Et puis je dois partir alors prenons juste un café, marchons sur les berges et revoyons-nous.

« Ne nous revoyons pas, voyons le texte, maintenant, tout de suite, il le faut, maintenant c'est bien, tout de suite faisons une pause quand même, juste une pause », dit-elle. J'ai le ventre en marmite. Je me rends vers la machine à café. Elle part discuter avec la colombe. Le salon reste vide, les deux textes ne reposent pas en paix sur la grande table au pied du canapé, juste en face de l'immense cheminée. Sur celle-ci est posée une photo de Colette. Elle nous surveille. Elle qui a toujours été entière, courageuse et franche nous grondera si nous sommes en défaillance ou en circonvolutions. Il faut affronter.

Colette a toujours affronté, jamais fui. Je reviens de la machine à café. Elle quitte la colombe. Alors que l'ensemble du texte a coulé devant nous comme la Seine, je me prépare à une guerre âpre. Le Seine s'énerve, soudainement secouée par une immense barge noire. Des vagues se brisent sèchement sur le quai au pied de la maison. Les autres chapitres ont été partagés, celui qui arrive est à affronter. Chaque mot, chaque alinéa sera un Waterloo ou un pont d'Arcole, la retraite de Russie ou la libération de Paris. J'enfile mon gilet pare-mots. L'adversaire est concentrée. Elle est habile. Elle peut dissimuler ses armes et dégainer sur le texte des phrases de remplacement afin d'effacer ce qui dérange ou rappelle de mauvais souvenirs. Plus subtile, elle peut me convaincre que ce chapitre convenu, lourd et banal détériore le livre. Je suis préparé et prêt pour la bataille.

Elle lit le début du texte, quelques mots seulement, puis s'arrête. Elle tourne la tête, tout doucement. Elle se redresse pour me fixer intensément. La bataille commence. Elle ne pas va continuer la lecture de ce chapitre-là. Elle ne veut pas de ce chapitre-là. C'était prévisible. Sa générosité ne pouvait être sans limite. Son respect d'un texte écrit sur elle ne pouvait être à ce point un blanc-seing. Sans aucune violence, elle rappelle ce qui lui est essentiel. Il faut être juste. Il faut que chacun comprenne. Il faut que ça aide à comprendre. La bataille n'aura pas lieu. Là encore, elle ne demande rien. « Je vais rester comme tu me racontes, tu sais. » Pour la première fois, elle est sa préoccupation.

Pour les autres chapitres, sa préoccupation était d'abord le livre, je crois. À travers ce chapitre-là, elle a peur de paraître laide. Elle ne l'est pas. Celui qui est évoqué l'est. Je comprends sa crainte. Je l'ai imaginée en l'écrivant. Elle pourrait ne pas reprendre la lecture, elle la reprend.

J'ai peur qu'elle ne se retrouve pas dans ce que j'écris. Elle lit lentement. Entre les virgules et les points, elle doit revivre les moments sombres décrits. Le texte l'oblige à replonger dans des moments douloureux de sa vie. Elle ne se dérobe pas. Colette n'est pas loin. Elle poursuit. Elle n'aime pas le nom que j'ai attribué à celui qui partageait sa vie et qui donne son nom au chapitre. Chaque fois qu'elle prononce son nom, il la heurte, la gêne, il la perturbe. Elle n'aime pas le mot salaud. Elle ne trouve pas l'appellation juste. Elle en propose d'autres. Je la comprends. Il aura plusieurs noms. Nous poursuivons la lecture, sérieux et tendus, fébriles encore. Nous essayons de nous le cacher. Du haut de la cheminée, Colette ne bronche pas, ce qui est rare. La Seine et la colombe sont devenues muettes. En lisant, elle s'arrête, elle précise certains points, sachant parfaitement qu'il faut l'être quand il s'agit de choses graves. Elle ne demande pas qu'on supprime. Elle n'a pas élevé de barricades. Elle continue de suggérer. C'est tout. Colette a transmis à ses filles un cadeau dont aucun autre n'est plus précieux : la liberté. Sa fille me laisse donc libre, libre de dire, d'interpréter. Il y a peu de jours, elle m'a fait découvrir une phrase adressée par Albert Camus à René Char : « Plus je vieillis et plus je trouve qu'on ne peut vivre qu'avec les êtres qui vous libèrent… ». Elle me précisa à quel point cette phrase est une phrase-phare. Avec elle, il n'y aura donc jamais de privation de liberté. Elle est la fille de celles et ceux qui lui ont permis de devenir libre, d'être qui elle est, qui elle a souhaité être.

Après avoir un peu titubé, nous arrivons vers la fin du chapitre. Nous lisons chacun à voix haute les phrases qui racontent ce que nous avons vécu au même moment mais pas de la même manière. Sans vaciller, elle poursuit la lecture. Elle atteint la dernière phrase de ce chapitre-là. Les nez rouges, les chapeaux pointus, le sac à dos, les chats et les chiens sont soulagés, même la Seine se réjouit.

Nous interrompons la lecture.

Il est tard mais nous n'avons pas fini. Il reste des chapitres à relire, d'autres à écrire.

Un moment il faudra s'arrêter.

Un début, c'est toujours beau, une fin c'est souvent triste. Je le suis. Je range le manuscrit gribouillé et raturé dans le sac à dos. Et je quitte Triel. D'ici quelques jours, quelques semaines, s'écrira le dernier chapitre. Il clôturera le livre mais pas nos vies.

Ce texte ne sera plus une raison de la voir. J'en trouverai d'autres.

Je ne pourrai jamais me passer d'une femme qui chérit la liberté autant qu'elle aime ses chats, qui préfère les vraies rivières à celles de diamants et, à tout l'or du monde, un petit nez de clown en plastique rouge.

Voilà !

Remerciements

Elle, évidemment.

Brigitte Abraham et l'Olympia, Kanou Benattar, Fabiano Bianchetti, Thierry Billard, Véronique de Bure, François-Éric Gendron, Laurent Guerrini, Christian Meilhan, Violaine Sanson-Tricard, l'équipe éditoriale des éditions Plon, sans oublier Zézette et Raoul, ni celles et ceux que j'ai lus et écoutés depuis ma naissance et qui enchantent ma vie.

Table

Pour en savoir plus
sur les Éditions Plon
(catalogue, auteurs, vidéos, actualités...),
vous pouvez consulter notre site Internet
www.plon.fr
et nous suivre sur les réseaux sociaux

Editions Plon

@EditionsPlon

Imprimé en France par CPI
en octobre 2017

pour le compte des Éditions Plon
12, Avenue d'Italie 75013 Paris

N° d'impression : 142673